A VIDA É UMA FESTA

Da Autora:

UM AMOR DE DETETIVE

(*Vencedor do Prêmio Parker de Melhor Livro Romântico de 2003*)

A VIDA
É UMA FESTA

Sarah Mason

Tradução
MAURA PAOLETTI

BERTRAND BRASIL

Título original: *The Party Season*

Capa: Carolina Vaz
Ilustração: Eva Byrne. Autorizada mediante contrato com Digital Vision/Levendula

Editoração: DFL

2005
Impresso no Brasil
Printed in Brazil

CIP-Brasil. Catalogação na fonte
Sindicato Nacional dos Editores de Livros – RJ

M368v Mason, Sarah
A vida é uma festa/Sarah Mason; tradução Maura Paoletti. — Rio de Janeiro: Bertrand Brasil, 2005.
294p.

Tradução de: The party season
ISBN 85-286-1160-4

1. Colunáveis – Ficção. 2. Romance inglês. I. Paoletti, Maura. II. Título.

05-3481 CDD – 823
CDU – 821.111-3

EDITORA BERTRAND BRASIL LTDA.
Rua Argentina, 171 — 1º andar — São Cristóvão
20921-380 — Rio de Janeiro — RJ
Tel.: (0xx21) 2585-2070 — Fax: (0xx21) 2585-2087

Atendemos pelo Reembolso Postal.

AGRADECIMENTOS

Meus sinceros agradecimentos a Tara Lawrence, a Jo Coen e a todos na Time Warner, cuja paciência infinita, boa vontade e encorajamento mantiveram-me colada ao computador, em vez de ficar deitada no sofá vendo TV. A Jo e a Tara em especial, vocês foram maravilhosas. Obrigada por terem mantido seu senso de humor quando o meu já havia feito as malas e partido para a Mongólia.

Obrigada, Dinah, minha agente, cujo aconselhamento no começo do romance provou ser inestimável, e por seu apoio e entusiasmo constantes.

Como sempre, agradeço ao meu marido que teve que agüentar o complexo processo de redação com paciência e bom humor. Obrigada. Ao meu *westie*, que não estava nem aí com o que acontecia ao seu redor, desde que continuasse ganhando seus biscoitos em forma de osso.

Amigos e família. Imprestáveis. Todos vocês. Nenhum de vocês fez um comentário que prestasse. Mas, pelo menos, eles são divertidos.

Obrigada também às pessoas da fazenda e da empresa de *catering* (que serão mantidas no anonimato para que não sejam associadas a qualquer acontecimento fictício deste livro) por todo o conhecimento que compartilharam comigo e pelos seus conselhos. Quaisquer erros encontrados são de minha própria autoria.

Para o meu irmão, Mark.
Com amor.

PRÓLOGO

Ele está pronto para ir embora. Reconheço os movimentos irrequietos das mãos, os gestos entediados, a postura do corpo que está pronto para sair. Ou seja, tenho cerca de trinta segundos para dizer algo descontraído, espirituoso e sofisticado, com uma entonação não-estou-nem-aí-pra-você, veja-só-como-me-dei-bem. Não é preciso entrar em pânico, basta pensar em algo.

Vinte segundos.

Droga. Droga.

Pense, sua estúpida, pense. O turbilhão de emoções faz minha cabeça girar. O problema todo está no fato de que, nas poucas ocasiões em que pensei a respeito de um reencontro com Simon, sempre me vi deslizando no meu carro esportivo imaginário, com uma bolsa Prada bem posicionada nas mãos, e mais bem posicionada ainda no alto de um par de sapatos Manolo Blahnik. Imaginei cenas onde esnobava sua fazenda, enquanto Simon dizia o quanto lamentava seu comportamento no passado e mostrava a sua incredulidade ao ver como eu estava glamorosa/linda/inteligente.

Estive esperando esta oportunidade durante anos, mas, agora que ela se concretiza à minha frente, estou nervosa e apreensiva. Simon teve um efeito tão grave na minha infância que eu mal posso acreditar que ele está a poucos passos de distância.

Este tipo de encontro não deveria ter o acompanhamento de trovões e fogos de artifício, em vez de canapés de enroladinhos de salsicha? E para onde vão todas aquelas observações espirituosas e sarcásticas que você tem guardadas na memória quando você mais precisa delas? Olho em direção a Dominic, que supostamente é o meu melhor amigo, balançando a cabeça de um modo ridículo e ignorando solenemente os dois cavalheiros que pairam em frente da bandeja de canapés que ele deveria estar servindo. No exato momento em que as mãos dos dois movem-se em direção à bandeja, Dom não agüenta mais, tira a bandeja que estava bem debaixo dos seus narizes e marcha na minha direção.

— Izzy, o que você está fazendo? — ele cochicha. — Você sabe quem é ele, não sabe? Vá até lá e diga alguma coisa.

Ele me empurra na direção da porta, onde Simon Monkwell está vestindo seu casaco, ainda ignorando minha presença.

— Eu não sei o que dizer — cochicho nervosa.

— Basta começar uma *conversa* — resmunga Dom enquanto revira os olhos dramaticamente.

Basta começar uma conversa. Falando assim parece fácil, não é? Bom, é muito fácil começar uma conversa com uma bandeja de canapés na mão, não é? O senhor gostaria de provar o rocambole de salmão defumado ou a tortinha de cogumelo? Sim, claro! É mesmo muito simples.

Antes que eu possa impedi-lo, Dominic coloca sua bandeja nas minhas mãos e me empurra com força na direção de Simon. Mas meus sapatos são novos e ainda não foram usados o suficiente, as solas novas deslizam levemente no piso encerado, fazendo com que eu pare quase, quase em cima dele. Simon parece muito surpreso em ter uma morena e vários rocamboles de salmão defumado nos seus braços.

Fantástico, Izzy. Simplesmente genial. Agora você está, literalmente, jogando-se em cima dele.

— Puxa, desculpe — murmuro, tentando me desvencilhar dele. Chegou a hora. E não é nada parecido com o que eu havia planejado. Apesar de ter sempre imaginado o que aconteceria se eu acabasse ficando novamente cara a cara com Simon Monkwell, não pensei que seria algo tão ao pé da letra.

Simon me segura pelos ombros e me endireita com firmeza, como se estivesse me colocando no meu lugar. Algumas coisas nunca mudam. Ele olha dentro dos meus olhos com uma expressão levemente confusa.

— Gostaria de provar uma tortinha de cogumelo selvagem? — pergunto. Bravo, Isabel. Você não vê este homem há quinze anos e esta é a única pergunta que passa pela sua cabeça?

Simon olha para mim intrigado.

— Hã, não. Obrigado. Estava de saída. — Sua voz é como uma ligeira nuvem de perfume. Ela toca a minha memória por um segundo e desaparece.

— Um enroladinho de bacon e nozes? — insisto. Por trás do ombro esquerdo de Simon está Dominic, fazendo gestos de quem está cortando a garganta.

Simon me olha como se estivesse tentando me reconhecer. Não tenho certeza se ele vai se lembrar de nosso último encontro: eu tinha onze anos e ele, treze. E eu o reconheço somente por causa da sua meteórica ascensão empresarial, registrada pela mídia.

— Nós já nos encontramos antes? — ele pergunta intrigado.

— Hum-hum... — gaguejo. Minha boca tem a enorme tendência de ignorar qualquer instrução que venha do meu cérebro. Às vezes me pergunto se meu cérebro e minha boca não são, de fato, duas entidades separadas e independentes.

Não sei por quê, mas, subitamente, descubro que não tenho muita vontade de revelar quem sou. Estamos em uma festa muito elegante no centro de Knightsbridge. É o lançamento de um novo tênis de corrida, cheio de estilo, chamado Zephyr, que é, supostamente, a Dom Pérignon do mundo dos esportes. Eu organizei a festa — sou uma *promoter* —, mas ele provavelmente deve pensar que sou uma garçonete, ali de pé, oferecendo canapés como uma idiota. Agora, Dominic acena para mim por trás das costas de Simon. Lanço um olhar fulminante de indignação na direção dele, enquanto Simon olha para nós dois, completamente desorientado.

De repente, uma luz surge nos olhos de Simon. Ele me reconheceu. Sabe exatamente quem sou e me encara por um segundo, mergulhado em um fascínio quase mórbido. Mas desisto de cumprimentá-lo quando ele inclina a cabeça, sem graça, escolhe um canapé da bandeja, coloca-o na boca e continua a vestir o casaco sem voltar a fazer contato visual. Ele me reconheceu e me ignorou, sem sequer me dar uma oportunidade para explicações. Sou transportada imediatamente para a casa onde crescemos juntos, e as lembranças ruins daqueles anos preenchem minha mente.

Faço um último esforço para falar com ele.

— Tenho, hã... — Dom está pulando para cima e para baixo. —

... hã... lido tudo sobre... — Dom está agora com a mão erguida no ar, como um menino de quatro anos de idade — ... você na... DEUS DO CÉU! O QUE É, DOM?

— Izzy, você precisa vir comigo agora. — Dom sussurra no meu ouvido. — Parece que a amante do diretor-gerente da Zephyr apareceu. E acho que a esposa dele não está muito feliz com isso. — Olho por cima do ombro de Dom e vejo uma mulher brandindo um espeto de frutas e um monte de pessoas encolhidas em um canto da sala. Genial. Por que coisas como estas sempre acontecem no meu turno? É claro que isto vai acabar sendo minha culpa, de um jeito ou de outro.

Viro-me para pedir desculpas a Simon, mas ele já foi embora.

CAPÍTULO 1

Dez meses depois

É extremamente difícil conversar com um viking. Em primeiro lugar, é impossível manter a concentração, os chifrezinhos espetados no alto do capacete estão praticamente tremendo de indignação e ele não pára de jogar sua capa no meu rosto.

— Não acho que você esteja me dando material suficiente para trabalhar. Como espera que alguém consiga se expressar com isto? — Ele brande uma espada de plástico atarracada bem à frente dos meus olhos. — Como é possível encontrar o verdadeiro eu nórdico de alguém? Hum? Como é possível? E por que o Oliver ganhou a picareta *e* o martelo e eu só ganhei *isto*?

Dou uma olhada em Oliver, que espera pacientemente na porta, de uma maneira decididamente nada nórdica. Provavelmente esperando que o ensaio comece. Conformado, ele acende um cigarro.

Volto a olhar para o viking enfurecido e digo calmamente:

— Olhe, Sean, você sabe perfeitamente que o seu papel é muito mais importante do que o de Oliver. Apenas achei que, dando-lhe mais alguns adereços, ele não se sentiria posto de lado. — É óbvio para todo mundo, menos para Sean, que Oliver não está nem aí para o fato de ser posto de lado ou não.

Sean acalma-se um pouco.

— Entendo o seu ponto de vista, Izzy. Obrigado por ser tão honesta. Mas eu realmente acho... — e começa a sussurrar — ... que você deveria pedir ao Oliver para ele perder uns quilinhos. Afinal de contas, um viking não deveria ter muito o que comer, certo? Alguns legumes e, talvez, um pouco de frango. Ele não deveria dar a impressão de ter engolido a Delia Smith* e todos os livros de culinária dela juntos.

---

* Famosa escritora britânica de livros de culinária. (Todas as notas são da tradutora.)

— Aaaah, mas Oliver não é um viking guerreiro da mesma estirpe que você. Ele é mais do tipo que fica na retaguarda.

— Mais pilhagens do que saques?

— Isso mesmo.

Sean balança a cabeça em sinal de compreensão e, ao mesmo tempo, consegue disparar um olhar maldoso na direção de Oliver, que de nada desconfia. Ele funga e diz:

— Foi o que pensei.

Dou umas palmadinhas reconfortantes no braço dele, mas, antes que consiga planejar minha fuga, ele acrescenta:

— Outra coisinha de nada, Izzy. Acho que, de agora em diante, você deveria me chamar de Arnog ou coisa parecida.

— Arnog?

— Acho que isso vai me ajudar a entrar no personagem.

Dou um sorrisinho forçado e resisto à tentação de olhar novamente o meu relógio. Estamos aqui há mais de duas horas e sei que Aidan está esperando para poder usar a sala para sua prova de guarda-roupa. A Festa Nórdica do Gelo de Lady Boswell está sendo mais problemática do que pensei e ainda tenho semanas de planejamento pela frente.

— Está bem, hã, Arnog. Como você achar melhor. Podemos recomeçar?

Espio através de um espaço entre os meus dedos enquanto eles ocupam suas posições. A porta se abre suavemente e Aidan entra furtivo. Ele olha ao redor por um segundo, me encontra e anda nas pontas dos pés ao redor da sala.

— Como vai indo? — sussurra, fazendo uma careta que mostra que o seu voto seria “horrivelmente mal”.

— Horrivelmente mal — respondo, retribuindo a careta.

— Acho que pode ser culpa do *feng shui* daqui. Ultimamente os meus ensaios também têm sido horríveis.

A encenação começa. Logo nos primeiros dois segundos, Oliver quase fura o olho de Sean com a picareta, mas é difícil saber se foi de propósito ou não. Só sei que os vikings deveriam adorar usar aqueles capacetes. O que deveria ser uma exibição natural da exuberância nórdica transforma-se rapidamente em uma pantomima. Junto com os ferozes gritos de batalha e o brandir das espadas há pessoas caindo sobre tapetes de pele de urso no meio de cantarolados "desculpe, meu bem". Dois atores usam o capacete ao contrário, Oliver derrubou Sean com um golpe de rúgbi, engalfinhou-se com ele no chão e está tentando sufocá-lo com a sua capa.

Aidan inclina-se na minha direção.

— Meu Deus, querida, isto é mais do que *feng shui*. Meus ensaios nunca foram tão ruins. Acho que você está é com uruca.

— Parece mesmo — digo desanimada, imaginando quanto tempo Sean pode ficar sem respirar.

— Querida, só se passaram duas semanas. É natural que você cometa alguns erros depois de ter levado um fora. É natural.

— Obrigada, Aidan. Tinha conseguido esquecer a minha vida amorosa por dois longos minutos.

E, achando que Sean já havia sofrido bastante, corro para salvá-lo.

Nossa sala de ensaios fica no porão de uma grande casa em estilo georgiano que é a sede de nossa empresa. É uma entre as várias casas idênticas, enfileiradas ao redor de uma praça em South Kensington, e a única coisa que nos identifica no meio de toda aquela nobreza serena é uma pequena placa de bronze com as palavras "Table Manners". Na verdade, fazemos o planejamento de todo o tipo de eventos: casamentos, lançamentos de produtos, eventos corporativos, coquetéis para vinte pessoas, bailes de máscaras para quatrocentos convidados, em qualquer lugar imaginável. Meu amigo e colega Aidan, o Salvador Dalí do mundo das festas, já usou cabanas de índios, submarinos, estábulos e até mesmo uma fábrica de camas.

Eu realmente não vejo motivos para fazer outro ensaio e, exausta, dispenso todo mundo, que sai correndo da sala como se fosse o último dia de aula antes das férias de verão. Fico feliz em ver como a minha equipe me respeita.

Verifico se todos os acessórios foram colocados de volta na enorme sala ao lado, que é o depósito do nosso considerável estoque de equipamento teatral, copos, louças, talheres, capas para cadeiras, toalhas de mesa, guardanapos e outros tipos de tralhas. Todos penduram suas fantasias numa arara de roupas enorme debaixo de um aviso gigantesco que diz: FESTA NÓRDICA DO GELO DE LADY BOSWELL.

Começo a subir os dois lances de escadas em direção à minha mesa. No primeiro patamar, ouço Aidan gritando no andar de baixo: — Não diga ao Gerald onde estou.

Gerald é o nosso fantástico diretor-gerente e não tem saco para o temperamento artístico de Aidan.

— Aidan, ele sabe onde você está. Seu nome está no quadro de ensaios — grito de volta.

— Bom, não deixe que ele desça aqui. Não estou falando com ele.

— OK. Tentarei. — Suspiro e continuo a escalada. A recepção e os escritórios da empresa ocupam os dois andares superiores da casa. O térreo abriga as cozinhas, onde toda a comida é preparada e enviada para o local da festa em uma das nossas caminhonetes refrigeradas. Os *chefs* são um pouco explosivos e eu tento ficar longe deles. Termino o último lance de escadas e chego ao coração da sede nacional da Table Manners onde Stephanie, nossa recepcionista, trabalha duro.

— Algum recado, Stephanie? — pergunto, mais pelo hábito do que por ter esperanças reais de que ela tenha mesmo anotado algum deles. Stephanie é uma discípula ferrenha da escola de pensamento que diz que se-é-importante-eles-ligarão-novamente.

Ela solta uma baforada de fumaça e aperta os olhos, pensativa. Temos uma política severa contra o fumo no local de trabalho e Gerald espalha memorandos sobre o assunto com regularidade. Stephanie os digita com uma bituca dependurada nos lábios. Mas tudo o que Stephanie não sabe sobre o mundo das celebridades não vale mesmo a pena saber. Uma habilidade que eu tive que admitir, relutantemente, que é muito útil no nosso meio. E esse é o único motivo pelo qual eu imagino que Gerald não a despede.

— Alguém ligou para você, mas não pareceu muito interessante e eu não me dei ao trabalho de anotar.

— OK. Maravilha. Lady Boswell vem para uma reunião mais tarde. Será que poderíamos evitar um repeteco do que aconteceu na última vez?

— Ela é uma bruxa velha — Stephanie responde emburrada.

— Pode ser, mas ela é uma bruxa velha e rica, e uma de nossas melhores clientes.

— Espero que ela fique com hipotermia nessa festa do gelo dela.

— Do jeito que as coisas vão, esta pode ser uma aposta com boas chances.

Stephanie volta a ler a *Woman's Weekly* e eu volto para a minha mesa. O primeiro andar é um ambiente sem paredes. O lugar está entulhado com amostras de decorações, acessórios teatrais (que deveriam estar no porão, onde é o lugar deles, mas Aidan insiste que devemos mantê-los aqui para conseguir inspiração), um urso de pelúcia gigante que sobrou de uma festa, chamado Zé Colméia, arranjos de flores dos eventos da semana passada, mostruários e catálogos sobre quase tudo, de guardanapos a fitas, vários tipos diferentes de vasos e candelabros, além dos computadores e laptops de praxe. Papéis e convites transbordam por todos os lados.

Assim que chego à minha mesa, a porta da sala do nosso diretor-gerente se escancara. — ISABEL. VENHA CÁ — diz, através dos alto-falantes do intercomunicador portátil, que ele insiste em usar mesmo quando estou tão perto que posso me inclinar e tocá-lo.

Gerald é um homem elegante beirando os cinqüenta. Tem cabelos escuros sempre penteados com cuidado e ostenta uma barriguinha. É o nosso diretor-gerente e merece todos os xingamentos que recebe dos funcionários, pois é, sem dúvida alguma, o homem mais rude e sarcástico que eu já conheci. E eu gosto muito dele. Ele não acredita em fazer rodeios, diz que é cansativo. Com Gerald, nada de amenidades como "bom-dia, como vai?".

Sigo-o, entro na sala dele e fecho a porta.

— Como foi o ensaio? — pergunta Gerald enquanto vou até a cafeteira e encho uma caneca.

— Horrível. Sean insistiu em trocar todos os seus adereços com os de Oliver. Café?

— Por favor. Preciso de algo que me ajude a agüentar este dia horrível. Sean e Oliver ainda vão acabar matando um ao outro. Só nos resta torcer por isso. Você vai trabalhar o dia todo na Festa Nórdica?

— Infelizmente. Lady Boswell vem aqui mais tarde. Vai ser uma semana muito comprida.

— Onde está Aidan?

— Na sala de ensaios.

— Ele está atravessando uma de suas fases.

Sorrio. Aidan sempre entra em uma de suas fases se acha que Gerald vai começar a fazer perguntas difíceis.

— Ele já estourou o orçamento de novo? — pergunto.

— Mandou tudo para o espaço. Honestamente, não sei por que ele se dá ao trabalho de fazer estimativas de custo.

Gerald olha cuidadosamente para mim quando faz este último comentário. É fato conhecido na empresa que Aidan prefere morrer a fazer uma estimativa de custo. E acho que Gerald, com razão, suspeita de que sou eu quem faz as estimativas dele.

— Nem eu — digo fazendo de conta que não é comigo.

— Sempre que faço uma pergunta sobre o custo ele tem um dos seus ataques.

— Ah.

Isto envolve Aidan jogando-se sobre o móvel mais próximo, gemendo algo como "Perguntas, perguntas. Por que tenho que agüentar tantas perguntas?". De vez em quando ele se compara a Picasso ou Bach, dizendo que a genialidade deve ter liberdade para se manifestar. Eu adoro os ataques de Aidan. Há sempre uma pequena multidão ao seu redor no fim de um ataque.

— Falo com ele, se você quiser.

— Faça isso. Faça com que ele corte despesas em algum lugar.

— Vou tentar. Mas não prometo nada.

— Já se recuperou do fora? — ele pergunta sem cerimônia. — Você não é o ser humano mais animado no momento.

Meu relacionamento com Gerald não permite que eu chore silenciosamente no seu ombro por uns vinte minutos, portanto respondo simplesmente que estou ótima.

Aidan reaparece na hora do almoço, senta ansioso na minha mesa e cruza suas pernas vestidas com calças Versace. Aidan é meu melhor amigo no escritório. Quando entrei na empresa, fui sua assistente por um ano, antes de começar a planejar festas sozinha. Ele trabalha aqui há anos e é o *promoter* mais solicitado da empresa. Ele é, e sempre que pode lembra a todos disso, criativo. Este é o passe livre dele com Gerald. Qualquer mau comportamento é posto de lado com a desculpa de ter uma natureza criativa. Aidan matou quatro clientes com uma bombinha de São João e uma toalha de mesa? Oh, isso é porque ele é criativo.

— Então, como você está hoje? — pergunta ele. — Não vi você antes para poder perguntar. — A frase vem acompanhada de muitas caretas. Você não consegue manter uma conversa com Aidan sem essas caretas e descobre que tem passado muito tempo com ele quando vê que também é incapaz de dizer uma frase sem chupar as bochechas para dentro, revirar os olhos e menear afetadamente o ombro.

— Ótima! — digo toda animada e faço uma careta de volta.

— Você não parece ótima.

Não consigo esconder nada dele por muito tempo.

— Aconteceu uma coisa no metrô hoje — suspiro. — Alguém achou que eu estava grávida e me ofereceu seu lugar.

— Oh.

— Não se atreva a rir, Aidan — digo zangada, vendo que ele está mordendo o lábio inferior com força —, porque simplesmente não tem graça nenhuma.

— Ora, não estou rindo, Isabel. Estou simplesmente, hum... E o que você fez?

— O que eu poderia fazer? Dizer que meu estômago *levemente* inchado deve-se ao fato de ter comido Cornettos demais desde que Rob me deu o fora? Fiz a única coisa que poderia fazer. Agradeci educadamente e sentei.

Aidan estende uma mão para me confortar.

— Querida, você sabe que tudo acaba aumentando o seu estômago e nunca os seus seios. A natureza é uma filha-da-mãe.

— Por que eu não consegui simplesmente dizer que ganhei uns quilinhos depois que meu namorado me deu o fora? Poderíamos ter conversado sobre os prós e os contras da dieta Hay, quando comparada à dieta Atkins, e todos iriam se divertir. Mas, não, fui completamente britânica a respeito de toda a situação. Alguém me acusa de estar grávida e eu sou demasiadamente educada para desmentir isso.

— Deixa pra lá, Izzy. Só se passaram três semanas. Além disso, acho que é muito útil que seja o seu estômago que aumente de tamanho quando você engorda. Pelo menos o peso não está indo se esconder traiçoeiramente no seu traseiro quando você não está olhando.

— Se fosse assim as pessoas não iriam pensar que estou grávida.

— Não. Elas só iriam pensar que você tem uma bunda grande.

— Muitíssimo obrigada. Por que não posso ser uma daquelas mulheres que encolhem quatro manequins quando levam um fora? — reclamo.

— Ah, benzinho, porque aí você não seria você. E gosto de você como você é. Tirando, é claro, essa sua obsessão perfeccionista com as estimativas de custo.

— Eu só queria entender por que Rob me deu o fora — digo. — Nós passamos um tempo maravilhoso juntos. Talvez eu tenha me esforçado demais, Aidan.

Ele bufa, sarcasticamente.

— Demais, ai-ais. Querida, não estamos mais no jardim-de-infância.

— Você acha que devo ligar para ele e perguntar?

— Não, não e não — diz Aidan —, já falamos disso antes. Qualquer pessoa que termina um relacionamento pelo telefone não vale um minuto do seu tempo. E não se esqueça de que ele tentou ligar em uma hora em que pudesse deixar um recado na secretária eletrônica porque não queria ter o trabalho de falar com você pessoalmente. E, se puder, gostaria de salientar o fato de que deixar uma mensagem na secretária eletrônica do seu *trabalho* é simplesmente a coisa mais covarde e horrível que eu já vi.

— Eu sei — sussurro com voz trêmula. Antes que possamos dizer mais alguma coisa, Stephanie chega perto de nós com um cigarro na mão.

— Lady Bostawell chegou.

— Stephannnieee — censuro, levantando e alisando a saia. — Já disse para não chamá-la assim. Você a acompanhou até a sala de reuniões?

— Sim.

— Obrigada. — Pego meu bloco de anotações, respiro fundo e marcho rapidamente pela recepção, subo um lance de escadas e entro na sala de reuniões. Lady Boswell está sentada em uma das cadeiras, espetada como um pau de vassoura, com uma mão apoiada elegantemente no colo e a outra no alto do cabo de um grande guarda-chuva que ela gosta de carregar por todo lado.

— Lady Boswell, que prazer revê-la — digo suavemente. — Stephanie lhe ofereceu um café?

Lady Boswell olha para mim como se eu tivesse acabado de lhe oferecer uma xícara de vômito de gato com umas colheradas de vermes.

— Café, Isabel, café? Fique sabendo que nunca tomo cafeína à tarde. Vivemos em uma era obcecada por café. Aquelas cafeterias horrorosas estão espalhadas por toda parte.

Lady Boswell é uma representante típica de nossos clientes mais tradicionais. Defensora das regras sociais e da etiqueta rígida, ela também é terrivelmente magra, o que não me ajuda a gostar mais dela. E hoje está vestida com um tailleur azul-marinho completo, meias e luvas brancas. Uma bolsa grande a acompanha sempre e comenta-se que ela dá umas bolsadas nas pessoas quando as coisas não saem como ela planeja. Daí vem todo o meu nervosismo com a Festa Nórdica do Gelo.

Ela aperta os lábios finos, que estão sempre exageradamente pintados com batom cor de cereja, enquanto eu abro meu bloco de anotações.

— Bom, como vai o planejamento da festa? Os vikings vão parecer vikings de verdade? Você sabe que não posso permitir que a Sra. Sneddon-Wells passe na minha frente. O banquete caribenho que ela ofereceu ainda é a coisa mais comentada em Londres. — Ela faz uma pausa para respirar e me mede de cima a baixo com olhos críticos. — Você engordou, Isabel?

CAPÍTULO 2

Ser uma *promoter* não era exatamente a minha vocação. Gostaria de poder dizer que uma infância repleta de eventos glamorosos me preparou para essa profissão, mas o mais perto que estive da agitação foi quando meu pai me levou para ver um concerto de música pop quando eu tinha doze anos de idade. O show foi um desastre completo e tivemos que ir embora no intervalo. Meu pai achou que as coisas estavam ficando fora de controle quando viu que o público estava jogando casquinhas de sorvete no palco.

Meu pai era oficial do Exército e, por causa disso, minha irmã Sophie e eu estávamos sempre fazendo as malas e mudando para vários lugares ao redor do mundo. E talvez por causa da minha infância caótica, sempre desejei ter uma carreira muito sólida. Assim que me formei na universidade, a necessidade de ganhar dinheiro e a ambição tomaram conta de mim e fui fazer um estágio como analista financeira. Não há nada mais sólido do que lidar com reconfortantes colunas de números e tabelas. Depois de meu curso de treinamento, uma boa empresa na City* me contratou, ofereceu uma sala só para mim com a garantia de que eles achavam que eu seria muito feliz trabalhando com eles. Eu esperava ser feliz.

No primeiro dia de trabalho, coloquei a cabeça para fora da sala em busca de um rosto amigável e a possibilidade de dividir um sanduíche na hora do almoço. Encontrei um labirinto de mesas e pessoas que almoçavam enquanto falavam ao telefone. Voltei para a minha sala e fiz a mesma coisa. Não faz mal, pensei com meus botões, as pessoas que dão duro no trabalho também jogam duro. Vamos todos nos encontrar para um *happy hour* no bar às seis da

* Centro financeiro da cidade de Londres.

tarde. Mas à medida que os dias foram passando, nunca fomos ao bar. Nem sequer a um McDonald's. Na verdade, a única pessoa que realmente falava comigo era a garota que vendia sanduíches.

Os dias arrastavam-se dolorosamente e foi um choque e tanto descobrir que eu morria de inveja da garota dos sanduíches. Eu invejava a mobilidade dela. Eu invejava os bate-papos informais que ela mantinha com as pessoas. Eu invejava os seus horários flexíveis. A gota d'água foi quando encontrei o presidente da empresa no corredor, enquanto mostrava o escritório para alguns visitantes. Depois de ter apertado as mãos de todos, ele virou-se para mim e disse, animado: "Espero que nós estejamos impressionando você!" Ele pensou que eu fosse um dos dignitários visitantes.

Foi aí que comecei a pensar se, na verdade, não havia feito a escolha errada. Como poderia ser reconhecida pelo meu trabalho se o presidente da empresa nem sabia quem eu era? Atravessei um período de indecisão difícil, até que um dia, enquanto conversava com uma das funcionárias de meia-idade, descobri que ela nunca quis trabalhar no ramo financeiro. Ela aceitara o trabalho como um tapa-buracos há dezoito anos e acabou ficando porque não sabia fazer outra coisa. É engraçado como uma conversa como esta pode mudar sua vida. Eu não queria ser como ela dali a dezoito anos.

E foi assim que peguei minha planta, meus porta-retratos e abandonei meu pequeno e seguro escritório na City. Em um golpe de pura sorte, respondi a um anúncio da Table Manners e o resto é história. O que o anúncio pedindo uma assistente administrativa para uma elegante empresa de serviços de *catering*, animação e organização de festas não dizia era que todos os novos funcionários deveriam completar um mês de treinamento obrigatório nas cozinhas da empresa, que lembravam muito um quartel do Exército. Eu me levantava ridiculamente cedo, descascava e preparava montanhas intermináveis de legumes. Estava sempre com um monte de sedutores esparadrapos à mostra (esse mês não ajudou em nada a minha vida amorosa).

Mas aprendi a fazer a maioria dos molhos básicos, fiquei sabendo quando é a melhor época para comprar vários ingredientes, qual a melhor maneira de preparar todos os tipos de peixes e carnes. Em resumo, desenvolvi um sentido especial para a comida. Não que a comida passasse despercebida por mim — sempre fui capaz de detectar quando havia biscoitos de chocolate nas proximidades —, mas acabei por saber instintivamente que sabores e texturas funcionam bem juntos.

Meu conhecimento matemático também me ajudou a ser boa com os alicerces da organização de um evento. Podia projetar os custos básicos de um evento em lindos relatórios com tabelas, de modo que ainda mantinha por perto os meus reconfortantes números, mas sem a solidão da City. Talvez daqui a alguns anos eu possa montar a minha própria empresa, porque acho que domino o essencial para ser uma gerente. E nunca imaginei que trabalhar pudesse ser tão divertido! Mesmo em um dia ruim como este. Chega a parecer imoral.

De péssimo humor, subo os degraus que levam ao meu apartamento batendo os pés e aperto impacientemente a campainha. Sei que Dom, com quem divido o apartamento, chega em casa antes de mim — como sempre — e não estou com vontade de perder tempo procurando pelas chaves na minha bolsa. Isso chateia muito o Dom, mas eu sei que ele vai atender ao interfone porque aprendeu uma grande lição na última vez, quando atendeu e gritou: “Não vou deixar você entrar, sua vagabunda preguiçosa!” E tudo o que a Sra. Lawrence queria fazer era entregar alguns folhetos sobre o programa Vizinhança Vigilante. Ela só voltou a falar com ele depois de receber um cartão e vários buquês de flores.

— Alô?

— Sou eu, Dom.

— Onde estão suas chaves? — ele pergunta, petulante.

— Não sei. Por favooor, me deixe entrar.

— Não!

— Vamos lá, Dom!

— Ah, tá bom.

Ele aperta o botão de destrave com pouca força, o que me dá exatamente um segundo para forçar minha entrada no hall do prédio. Assim que entro, começo a subir rapidamente os dois lances de escadas, xingando a revista feminina que disse que eu deveria subir dois degraus de cada vez ou então ficaria com um traseiro do tamanho da China, e empurro a porta do apartamento. Comprei este apartamento quando ganhava um salário melhor do que agora, e Dominic é o meu inquilino. Os meus tempos de salário generoso não duraram o suficiente para comprar muita mobília, mas Dom diz que gosta de um visual minimalista, acompanhado de poucos e bem selecionados acessórios: uma torrada embolorada no prato, uma planta morrendo e uma caneca meio vazia. Nossos quartos dão para o corredor e dividimos o banheiro. Temos uma regra que diz que quem for o primeiro a colocar qualquer parte do corpo dentro do banheiro pela manhã tem a preferência de uso. Isto faz com que, às sete da manhã, aconteçam corridas desembestadas, verdadeiramente perigosas e, às vezes, até temos uma bela agarrada no melhor estilo do rúgbi. Dom já dormiu na banheira para garantir sua vaga depois de algumas grandes noitadas de farra e de porre.

O som do The Strokes explode nas caixas acústicas, acompanhado pelo som de panelas batendo na cozinha. Provavelmente Dom está em casa há cerca de uma hora.

Foi através de meu trabalho que conheci Dominic. Sua tia Agnes oferecia um coquetel — a primeira festa que organizei sozinha. Lá pelo meio da noite, Dominic chegou timidamente perto de mim, informando que a tia Agnes era vegetariana e os canapés, decididamente, não eram. Nesse exato momento, todo o sangue fugiu do meu cérebro enquanto via tia Agnes pegando uma das delícias carnívoras. Antes que ela a colocasse na boca, Dominic fez uma corrida heróica, tirou o canapé da mão dela e o comeu com grande estardalhaço. Enquanto isso, eu afugentava a garçonete por trás dele, antes que tia Agnes, surpresa, pegasse outro canapé. Depois Dominic juntou-se a mim na cozinha, onde eu, transfigurada pelo medo, imaginava como a equipe da cozinha poderia ter feito uma cagada tão monumental e se alguém iria dar pela falta de duzentos canapés. Dominic simplesmente pegou todos os pedaços de presunto de Parma de cima das tortinhas e começou a enfiá-los na boca. Depois mandou a garçonete de volta para a festa com os — agora — petiscos vegetarianos. E foi assim que a nossa amizade começou.

Ele é o mais improvável melhor amigo que eu poderia imaginar ter. Somos, sem sombra de dúvida, um par incomum. Eu sou toda arrumada, Dom não. Eu tenho uma agenda sofisticada, Dom usa as costas da mão e uma esferográfica. Eu organizo os trabalhos domésticos, Dom pensa que um porta-copos é um armário de cozinha. Mas sou absolutamente louca por ele e gosto de pensar que ele também sente o mesmo por mim.

Dominic trabalha no departamento de reivindicações de uma seguradora para financiar sua carreira de escritor em dificuldades (dificuldades no sentido de que ele tem problemas em escrever o que quer que seja). Esse tipo de trabalho de escritório é perfeito para o Dom. Não há responsabilidades — não há lutas por promoções, não há horas extras, nenhum objetivo a longo prazo, porque quando o dia termina tudo se resume em uma frase: um trabalho das nove às cinco. Ele chega pouco depois da nove, mantém um delicado equilíbrio entre fazer o suficiente para não ser despedido e pouco o suficiente para não ser notado e sai correndo para casa às cinco horas em ponto. Ele encara cada dia como uma enorme aventura e tem o surpreendente talento de aproveitar cada segundo de prazer do que quer que esteja fazendo. Suas promessas — "Me mande uma bala pelo correio até quinta-feira e eu processo a sua reclamação" — são famosas em toda a empresa. Quero dizer, famosas no sentido admoestatório da palavra.

— Oi, lindinha!

— Oi. — Atiro minha bolsa e minha pasta de couro para cima da mesa da cozinha. — O que está fazendo? — pergunto. — Não é a sua vez de lavar a louça.

Dom sorri atrás das bolhas de sabão. Nas raras ocasiões em que lava a louça ele usa quase meia embalagem de detergente. Há bolhas até no seu cabelo.

— Não consegui encontrar uma caneca limpa. Às vezes a vida pode ser muito cruel — ele suspira dramaticamente. — Como você está se sentindo?

— Horrorosa. Como vai você?

— Completamente bem. Ia ligar hoje para você no escritório — continua Dom.

— Ia? Você nunca me liga no escritório.

— Isso é porque você nunca me deixa ligar para você no escritório.

— Dom, se eu deixar, você vai me ligar a cada meia hora. Mas hoje pensei em você.

— Foi? Você pensou: "Ah, Dom. Sinto saudades dele"?

— Não. Gerald estava perguntando por você.

— Estava?

— E, pensando bem, Aidan também. De onde veio este súbito afeto dos meus colegas de trabalho por você?

— É porque sou adorável.

Desdenho, com sarcasmo:

— Adorável, dificilmente. Eles gostam de você porque você me mete em encrencas. Gerald ainda está gozando da minha cara sobre aquela minha intoxicação alimentar que você disse que era uma ressaca.

— Era uma ressaca.

— Sim, bom. Está vendo, Dom? É por isso que não deixo você ligar para o escritório, porque acabamos tendo conversas deste tipo. Você vai visitar tia Winnie comigo neste fim de semana? — Dom vai, várias vezes, ver tia Winnie comigo. Ela o considera um membro da família.

— Vou no sábado. Tenho uma despedida de solteiro na sexta à noite.

— Uma despedida de solteiro? — É a primeira vez que ouço falar disso.

— É, um cara no escritório.

— Quem?

— Ah, você não o conhece.

— Quando é o casamento?

— Vai demorar um bocado.

— Uma despedida de solteiro só para homens? — pergunto, cheia de suspeitas.

— Existe algum outro tipo? A propósito, chegou um cartão-postal dos seus pais. — Ele inclina a cabeça na direção da pilha de correspondência em cima da mesa.

Surpresa, largo mão do assunto da despedida de solteiro e olho para uma cena noturna do porto de Hong Kong. No outro lado do postal estão os conhecidos garranchos da minha mãe.

Estou prestes a sair para ir a mais uma festa horrorosa cheia de diplomatas. Juro, querida, não sei como é que você consegue ganhar a vida fazendo isso todos os dias. Seu pai manda beijos.

Tentarei telefonar em breve, sou incapaz de lembrar se você está na nossa frente, ou atrás, no fuso horário. Diga a Sophie que nós a amamos quando a encontrar.
Com amor, mamãe.

Ponho o cartão de volta na pilha e suspiro. Eles parecem estar tão longe da minha própria realidade. — Você leu? — pergunto.

— Sim. Achei que viriam ver você e Sophie em breve.

— Acho que algo aconteceu no trabalho de papai. — E encolho os ombros. Eles não são os pais mais confiáveis na face da Terra.

— Então, como foi o seu dia? — pergunta Dom.

Abro a boca para começar a responder, mas o telefone toca e eu corro para atender. Uma pequena parte de mim ainda espera que seja Rob. Nem em sonhos.

— IZZY! — ressoa uma voz familiar. Desde que Rob terminou o namoro, tia Winnie telefona quase todos os dias, que Deus a abençoe. — Você está em casa! Esperava bater um papo divertido com Dominic, mas acho que você também serve.

— Bom, na verdade eu é que sou sua parente, tia Winnie. Não o Dominic.

— Aquele chefe tirano que você tem finalmente deixou que você viesse para casa, foi? Estou absolutamente convencida de que ele possui tendências marxistas, Izzy. Fique de olho, você pode acabar virando uma comunista sem perceber.

— Não acho que isso seja algo que contagie uma pessoa sem ela perceber, tia Winnie.

— Ohhhh, não conte com isso — ela responde com prudência.— Eles provavelmente colocam algo na água.

— Bom, sempre que posso, evito beber água direto da torneira.

— Boa menina! Criei você e sua irmã muito bem. Melhor será se beber gim. Perguntaria como você está, mas odeio ouvir histórias sobre a saúde de outras pessoas.

— Como vai o vigário? — pergunto. O vigário é o mais novo hobby de tia Winnie. Ela adora envolvê-lo em animadas discussões teológicas. Tenho muita pena dele, simplesmente porque ele não faz idéia de quem é a pessoa com quem está lidando. Lembro-me de avisos parecidos com isto no filme *Tubarão*, e vejam só o que acabou acontecendo.

— Anda envolvido em uma discussão sobre as flores da igreja. A Sra. Harrison fez um arranjo com um monte de berinjelas na semana passada. Acho que ela pensou que estava sendo moderna, mas o resultado final é espetacularmente indecente. Montes de formas fálicas roxas e intumescidas misturadas com algumas papoulas infelizes. Achei que o vigário iria ter um enfarte ali mesmo. Nunca ri tanto desde que um dos meninos do curso de catecismo grampeou a batina dele na corda do sino.

Dou uma risadinha. — Tia Winnie, você é terrível.

— Na verdade, fico contente de ter apanhado você em casa. Não queria deixar um recado com Dom porque ele provavelmente entenderia tudo ao contrário. Adivinhe quem eu encontrei hoje!

— Não sei.

— Vamos lá! Adivinhe!

— Vejamos... George Clooney? — digo esperançosa, rezando para que ele estivesse na casa dela neste exato momento, trancado a cadeado.

— George quem?

— Clooney.

— Loony?

— CLOONEY. Ele é um ator de cinema... esquece. Diga-me, quem você encontrou?

— A Sra. Charlesty! — Realmente, não tem nada a ver com o George Clooney.

— Não!

— Sim!

— Não acredito!

— Sim, eu estava... Você está sendo sarcástica, não está? Mas como eu não disse o motivo disso ser tão importante, eu perdôo você. Eu estava no açougue em Bury St. Edmunds. Você sabe, eles tiveram que fechar o açougue da cidade por alguns dias porque toda a família está de cama, com gripe. Mas não se preocupe, porque eu já tomei a minha vacina contra a gripe.

— Graças a Deus — comento aborrecida, imaginando se algum dia a história vai chegar a algum lugar.

— Por causa disso tive que ir até Bury, e foi lá que encontrei com ela. Contei *tudo* sobre você e seu trabalho. Ela ficou absolutamente fascinada.

— É só isso? Por que ela deveria ficar fascinada comigo? — pergunto.

— É claro que ela estava fascinada! Você tem um trabalho muito interessante, e eu tenho muito orgulho das minhas meninas. Já parou de andar chorando pelos cantos?

— Bom, Dominic não precisa mais ficar sentado no sofá comigo, tirando lenços de papel da caixinha como um mágico entediado, se é isso o que deseja saber.

É claro que tia Winnie acha que isso é um progresso enorme.

— Bom, bom! — ruge ela. — Dom não está tendo problemas no trabalho, está?

É lamentável que eu tenha conhecido Rob Gillingham através de Dom. A empresa de seguros onde Dom trabalha pertence à família Gillingham e Rob está sendo treinado para assumir o cargo de seu pai, no futuro. Rob e eu nos conhecemos em uma festa a rigor que celebrou os cento e cinqüenta anos da empresa. Fui como convidada de Dom, em vez de estar trabalhando nela. Rob não pode ser considerado bonito, em termos tradicionais, mas seu charme compensa. Fiquei completa e absolutamente de quatro por ele.

— Acho que não, ele nunca fala dele.

— Eu espero bem que não! — bufa a tia Winnie. — Vamos lá, queixo erguido, e se pensar em ligar para ele, ligue antes para mim!

Dom acabou de lavar a louça e está fazendo chá.

— Quem era? — pergunta.

— Tia Winnie. — Sento à mesa.

Ele despeja chá em duas canecas recém-lavadas.

— O que ela queria?

— Bater papo. — Olho para meu estômago, lembro do incidente no metrô e o encolho com força, estremecendo. — Preciso mesmo fazer uma dieta.

Dom acompanha meu olhar.

— Sim, precisa — diz com sinceridade.

— Não sei se posso começar hoje, tive um dia horrível.

— Lady Boswell? — Dom pergunta com ar compreensivo.

— Lady Boswell — confirmo. — Ou Bostawell, como diz Stephanie.

— Bem, acho que esta noite podemos declarar estado de calamidade pública. Mas amanhã à noite eu vou pessoalmente jogar fora todos os Cornettos e depois vamos ao supermercado comprar salsão. Ou seja lá o que for que as mulheres comem quando estão fazendo dieta.

Hum, estupendo. Ele vai até a garrafeira em fim de estoque e pega uma garrafa.

— Você entra em uma academia comigo? — suplico.

— Uma academia? — ele pergunta ao mesmo tempo que a rolha da garrafa sai, fazendo um reconfortante POP. — Precisa mesmo? Ah, está bem — diz ele, cedendo ao meu olhar suplicante. — Acho que posso ficar mais em forma. Apesar de não estar correndo nenhuma maratona.

— Meu corpo é um templo. Este será nosso novo mantra!

— Estamos mais para meu corpo é um barracão. Enfiamos um monte de porcarias lá dentro e fazemos uma boa limpeza uma vez por ano. — Ele bate seu copo contra o meu. — Saúde! Aos novos começos e aos velhos finais!

Tomamos um golinho em silêncio e eu digo repentinamente:

— Dom, hoje aconteceu uma coisa no metrô.

— O quê?

— Você tem que prometer que não vai rir...

CAPÍTULO 3

Na manhã seguinte, sentindo-me um pouco mais do que moída, meto os óculos escuros em cima do nariz e começo a fazer o percurso da estação de South Ken até o meu escritório. Pelo menos o tempo não combina com o meu estado de espírito. Estamos supostamente no começo do verão, mas este é o primeiro dia que realmente demonstra isso. O sol está tentando desesperadamente aquecer o ar como se quisesse compensar pelo tempo perdido e a luz forma sombras compridas nas ruas que despertam agitadas. O mundo parece ter ajustado melhor seu foco, o que faz com que eu me sinta mais acabada ainda. Dou olhadelas furtivas no meu reflexo nas vitrines enquanto caminho. Meu cabelo castanho, na altura dos ombros, ficaria melhor com algumas luzes e... meus olhos viajam para o meu estômago e eu o encolho. Sim, provavelmente ele precisa de alguma atenção.

No escritório, aperto a campainha do interfone com urgência, como se estivesse de fato esperando há algum tempo. Stephanie me deixa entrar.

— Você está atrasada — é o cumprimento dela quando chego ao alto das escadas.

— Eu sei. Gerald já chegou?

— Faz meia hora. Cuidado com ele esta manhã.

— Por quê? Está de mau humor?

Ela encolhe os ombros.

— Acho que ele se deu bem demais no coquetel de ontem. A propósito, você está com uma aparência horrível.

Estou passando sorrateiramente pela porta da sala de Gerald, esperando conseguir chegar à minha sala, espalhar algumas coisas na mesa e basicamente fingir que estou lá há horas, quando a porta se escancara e ele aparece na minha frente. Me endireito toda e tento arrumar minha expressão facial, fazendo um olhar inquisitivo, porém inteligente. Não me dou muito bem porque é muito doloroso mover rapidamente qualquer parte do meu corpo. É um exercício facial equivalente a ser chacoalhada pela sala afora.

— Gerald! — digo sem muita convicção, tentando desesperadamente colocar um sorriso nos lábios.

Meu Deus, que dor.

— Isabel. Que bom que você resolveu vir trabalhar.

— Gerald, desculpe o atraso. Tive um problema com o... hã...

— Gato da vizinha? Carteiro? Maçaneta da porta?

— Não. Eu, hã, perdi minha, hum...

— Capacidade de caminhar? Carteirinha do metrô? Cabeça?

— Ah, olhe! Minhas amostras de canapés chegaram! — exclamo toda contente. Aidan, que Deus o abençoe, passa rapidamente por trás de Gerald e enfia uma bandejinha na minha frente.

— Com licença, Gerald. O *chef* disse que a Izzy precisa prová-los agora, enquanto ainda estão quentes.

Nós dois sorrimos, à espera da sua reação. Todos nós morremos de medo do *chef* executivo, de modo que esta é uma desculpa segura. — Bom? — pergunta Gerald. — Não vai provar, Izzy?

— Hã? Sim, claro! Claro! — Pego um apressadamente e o enfio na boca. Está frio como uma pedra e tem um gosto vago de salmão.

— Delííícia! — Cuspo migalhas nos dois e fico pensando se eles perceberiam se eu vomitasse discretamente em cima dos seus sapatos. Gerald abre a boca para dizer algo mais, mas pensa melhor e a fecha novamente. Fecha os olhos e apóia a cabeça nas mãos, tipo "Deus nos ajude". Há um pequeno intervalo de silêncio. E depois é claro que decide que não pode mais perder tempo conosco, faz um gesto impaciente nos despachando e volta para sua sala. Damos um suspiro de alívio.

— Obrigada, Aidan — murmuro.

— Desculpe pelos canapés, mas pelo menos eram somente de ontem. Café?

— Por favor — peço num vagido. Afundo-me na cadeira e, sem mesmo me importar em tirar o blazer, apóio a cabeça em uma capa de cadeira muito conveniente, que alguém maravilhoso colocou por lá. Provavelmente não foi para que eu me apoiasse nela, mas estou agradecida do mesmo modo.

Poucos minutos depois, Aidan está de volta com o néctar dos deuses. Endireito-me com pouca vontade e consigo beber uns golinhos restauradores. Aidan tem sido um porto seguro nestas últimas três semanas. Ele sabe que meu estado atual de bobeira é completamente atípico. Normalmente sou extremamente organizada e eficiente.

— Por que está neste estado? O que diabos andou fazendo? Foi algo excitante?

— Só Dominic e eu — sussurro e faço uma careta.

— O querido Dominic. — Aidan diz carinhosamente. — Como vai ele?

— Doente, espero.

— Izzy, querida, sei que essa história com Rob chateou você, mas quando vamos ter a nossa velha Isabel de volta? A Isabel obsessiva, tudo-tem-de-estar-no-seu-lugar?

— Pensei que você odiava aquela Isabel — resmungo de dentro da minha capa de cadeira.

— Oh, ela não é assim tão ruim. Além disso, minhas contas não batem certo.

— Deixe-as na minha mesa. Quando eu puder enxergar novamente, darei uma olhada nelas. Quem você tem para esta noite?

— A festa das Mil e uma Noites da Sra. Pritch-Bonnington. Infelizmente está com um ar mais para decorador gay ensandecido do que para Lawrence da Arábia. E você?

— Nada até quarta-feira. — Levanto a cabeça da capa de cadeira. — Se alguém ligar, diga que morri. Não está muito longe da verdade.

A única coisa que me perturba na meia hora seguinte é uma mensagem de Dom perguntando como ele pode suicidar-se com um clipe de papel e um post-it. É óbvio que ele também está passando mal. Bom. Sorrio comigo mesma enquanto minha cabeça despenca de volta na capa de cadeira.

Mais tarde, todos nos reunimos na sala de reuniões para a reunião administrativa quinzenal, onde discutimos projetos futuros, distribuímos as festas, caso algum *promoter* não tenha sido requisitado especificamente para alguma delas, e remoemos problemas e idéias em geral. Quase sempre a reunião dura a manhã inteira, a maior parte dela gasta em decidir o que vamos pedir na cafeteria do lado.

Eles começam sem mim, pois estou presa em uma ligação interminável com uma cliente que é famosa pelo seu ódio a ter qualquer tipo de comida verde em seus eventos. Nem mesmo uma azeitona pode aparecer. Quando entro na reunião, Gerald está no meio da tarefa de passar uma grande descompostura a alguém, mas se distrai assim que coloca os olhos em mim.

— SEJA COMO FOR — diz alto —, já que a nave-mãe finalmente mandou Isabel de volta à Terra, vamos continuar e falar dos novos projetos. O nome Monkwell lhe diz alguma coisa, Isabel?

Fico carrancuda. Ele me diz um monte de coisas. Boa parte de minha infância está ligada a esse nome.

— Hã, Isabel?

— Sim?

— O nome Monkwell?

— Sim, claro que conheço o nome Monkwell! Todo mundo conhece, não?

— Quero dizer pessoalmente.

Faço uma pausa. Gerald está me encarando feio. Ele deve ter descoberto que eu costumava ser íntima da família Monkwell. Nunca mencionei isso, e ter contatos é ter tudo neste ramo de negócios. E o nome Monkwell quer dizer GRANDES negócios. — Não vejo nenhum deles há anos — digo com uma vozinha apagada, esquecendo convenientemente meu "quase" encontro com Simon.

— Simon Monkwell? — pergunta Stephanie, maravilhada. — O Simon Monkwell? Você o *conhece*? — Isto é dito em tom acusatório. Ela sempre fica de mau humor nestas reuniões porque Gerald a proibiu de fumar ou comer na sala depois que, um dia, ela disse que estava "morrendo de vontade de comer uma frutinha" e Aidan atravessou a sala de reuniões aos saltos, dizendo: "Aqui estou eu, querida!" Gerald não conseguiu fazer com que voltássemos a trabalhar por cerca de meia hora.

— Hã, mais ou menos.

— Como assim mais ou menos? — insiste Gerald.

— Hã, eu conheci a família quando era criança. Cresci na fazenda de Simon, junto com ele. Por quê? — decido bancar a inocente.

— Alguém chamado Monty Monkwell ligou esta manhã.

— Jura? É o pai de Simon.

— Sim. Aparentemente, ele ouviu falar que você está no ramo de promoções de eventos através da sua tia Winnie. Aquela que acha que sou comunista. — A tia Winnie é bem conhecida de todos na Table Manners. Ela bate longos papos com qualquer infeliz do escritório que tenha a infelicidade de atender suas ligações.

— Através da minha tia Winnie? — Franzo as sobrancelhas. Tia Winnie teria me contado se tivesse entrado em contato com qualquer um dos Monkwell.

— Bem, não exatamente através da sua tia Winnie. Aparentemente, foi através da Sra. Charlesty, que andou conversando com sua tia Winnie. Recebi todos os detalhes. Um baile de caridade está sendo organizado na fazenda...

— Pantiles — acrescento.

— Isso, Pantiles. E ele gostaria de saber se você poderia ajudar. O pagamento que ele oferece não é grande coisa, mas, se você fizer tudo direitinho, e levando em conta que você conhece a família — e ele me dá uma olhadela feia neste ponto da frase —, podemos ser capazes de colocar nossas mãos em um contrato para a realização de eventos empresariais para a empresa de Simon Monkwell. O que seria, e acho que não preciso dizer isso, um enorme contrato. Na semana passada, o *The Times* colocou o nome dele na lista dos empresários mais admirados do país.

— E a revista *Tatler* o colocou na lista dos cinqüenta solteiros mais cobiçados. Ele é lindo de morrer — Stephanie acrescenta. — Aquela fazenda enorme. Pense em todo aquele dinheiro. — Ela fica com o olhar perdido ao longe.

— O que ele faz, exatamente? — pergunta alguém.

— Compra empresas, divide-as, vende-as. Com a permissão delas ou não. Tem reputação de ser simplesmente implacável.

— Não é somente reputação — murmuro comigo mesma. A discussão fica mais animada e todo mundo entra na conversa, ansioso para dar um palpite.

— Não é ele quem insiste em despedir pessoalmente toda a diretoria das empresas que assume?

— Não disseram algo sobre como ele se delicia com o fracasso dos outros?

— Não foi ele quem despediu mil funcionários na última empresa que comprou?

— OK, calma todo mundo, o homem não cheira a rosas, mas isto não muda a cor do dinheiro dele. — Gerald interrompe a conversa antes que a coisa desande: — Se formos julgar todos os nossos clientes com base na moralidade do dinheiro que possuem, vamos acabar só com um par deles. Posso perguntar, Izzy, por que você nunca achou que seria importante mencionar esse conhecimento?

— Simon e eu não nos dávamos bem. — Encolho os ombros e encaro meu bloco de anotações. Simon Monkwell e eu éramos grandes amigos. Mas note que usei o verbo no tempo passado. *Éramos* grandes amigos.

— Quantos anos vocês tinham?

— Onze.

— Como poderiam não se dar bem um com o outro aos onze anos? Você roubou o pacote de balas dele? Vocês brigaram pelos patins? Não acho que ele vá usar isso contra você.

— Quando é o baile? — pergunto, virando as páginas do mês de dezembro da minha sólida e enorme agenda, a fiel companheira de qualquer *promoter*.

— No mês que vem.

— No mês que vem? — Olho horrorizada para ele.

— Aparentemente, a associação de caridade teve que mudar de local na última hora e pediram a colaboração da fazenda. É por isso que Monty Monkwell quer a sua ajuda.

— Mas não há tempo suficiente. Não posso organizar um baile em um mês!

— Um monte de detalhes já deve estar organizado. Já marquei uma reunião para você descobrir tudo na segunda-feira. Vá e veja o que precisa ser feito.

— Vou visitar minha tia Winnie no fim de semana, ela vive bem perto do local e pode me levar até lá — digo. Não tenho carro e as atitudes puritanas de Gerald com relação a despesas criaram raízes em todos nós.

— O Sr. Monkwell disse que a fazenda nunca organizou nada assim antes. É o primeiro evento oficial deles.

— Eles nunca estiveram abertos ao público. A casa e o campo sempre foram estritamente particulares. Não consigo ver Simon Monkwell recebendo as pessoas de braços abertos.

— Bom, Simon Monkwell está no exterior, de modo que você não vai vê-lo.

— Ótimo.

A fazenda Pantiles. Nunca imaginei que um dia voltaria lá. Uma avalanche de memórias me invade quando penso nela. Na beleza do lugar. Os Monkwell são os donos da fazenda, da aldeia e de alguns milhares de hectares de terra. Quando tinha cerca de oito anos de idade, voltamos para a Inglaterra e acabamos vivendo na propriedade, em um chalé a poucos minutos da casa principal. Pantiles, Monty e Elizabeth Monkwell, Simon e seu irmão Will eram o meu mundo, e até os meus onze anos eu adorava completamente aquela família encantadora.

— Se esta é a primeira vez que a fazenda faz algo desse tipo, então podemos estar no começo de uma atividade altamente lucrativa — diz Gerald, interrompendo meus pensamentos. — Provavelmente você vai precisar de uma semana inteira antes do baile, devido aos problemas de tempo. O Sr. Monkwell disse que você pode se hospedar com eles, em vez de ficar indo e vindo de Londres. Ele insiste absolutamente nisso. E vamos economizar muito com as despesas com viagens. Onde, na região de Suffolk, fica a fazenda?

— Em uma pequena aldeia chamada Pantiles. Bem perto de Bury St. Edmunds.

— Ele disse que está ansioso para rever você. Não faço idéia por que não os mencionou antes, Izzy.

— Já disse, Simon e eu não nos damos bem. Na verdade, acho que não exagero se disser que tenho certeza de que ele me odeia.

— Por quê? Você é bastante inofensiva. — Vindo de Gerald, isto é um elogio.

Encolho os ombros.

— Realmente não sei.

— Deve ser uma bobagem de criança. Você se dá bem com o resto da família? Será que posso lhe perguntar isso? Como você se dá com Monty Monkwell?

— Sem problemas! Eu adorava o resto da família.

Mas, acima de tudo, eu adorava os meninos. Tendo somente uma irmã, nenhum irmão e um pai freqüentemente ausente, eu achava a companhia masculina algo incrivelmente agradável e original. No princípio, Simon e eu nos dávamos maravilhosamente bem. Ele me tratava como uma irmã caçula, e eu adorava cada minuto com ele. Andávamos juntos o tempo todo, conversando em uma língua especial, inventada por nós, o que deixava os nossos pais completamente doidos.

— Seja como for, você tem a data livre? — pergunta Gerald.

Viro as páginas da agenda até o fim de semana do baile e franzo as sobrancelhas.

— É o coquetel da Sra. Cherington.

— Você fica com isso, Aidan?

— De jeito nenhum! Aquela velha mandona e briguenta! Preferia... — Contém-se quando vê o rosto de Gerald. — Sim, claro que posso.

— Ótimo! A secretária de Simon Monkwell precisa que você envie por fax o seu CV e um acordo de confidencialidade assinado.

— Um acordo de confidencialidade? Por quê? — Um acordo de confidencialidade é considerado perfeitamente normal se o evento é topo de linha, mas incomum quando se trata de algo como um baile de caridade.

— Provavelmente porque algo pode ser confidencial — diz Gerald, usando sua melhor voz para falar com mentecaptos, revirando os olhos e suspirando. — Isabel, você pode não ter percebido, mas, nestas últimas semanas, Simon Monkwell vem tentando completar uma aquisição hostil de uma grande fábrica. Meu palpite é que a família receie que você possa ouvir algo que não deve. Controle-se, pelo amor de Deus. Você costuma saber exatamente o que está acontecendo.

Fecho os olhos por um segundo sob o impacto das palavras de Gerald, pois percebo que ele está certo. Aidan quebra em grande estilo o silêncio desconfortável: — Vejam! — exclama. — Aqui está minha borracha com cheiro de abacaxi! Não sabia onde ela tinha ido parar!

De volta à minha mesa, tento concentrar-me na disposição dos lugares à mesa da Festa Nórdica do Gelo de Lady Boswell, mas meus pensamentos insistem em voltar para Simon Monkwell. Justo quando pensava ter esquecido toda a dor que ele me causou, que foi trazida à tona pelo nosso encontro recente, a simples menção de seu nome fez com que tudo voltasse com força novamente.

Quando tinha oito anos, Simon Monkwell era o meu melhor amigo e, de certa maneira, nossa amizade reuniu nossas famílias. Não acho que teríamos passado tanto tempo na companhia uns dos outros se Simon e eu não fôssemos tão unidos. Mas, logo depois de Simon ter sido mandado para o colégio interno, as coisas começaram a mudar.

Os primeiros fins de semana que ele passou em casa foram bons. Íamos pescar. Andávamos de bicicleta. Assistíamos à TV. Mas, aos poucos, Simon foi ficando introvertido e mal-humorado. E maldoso. Ele fez todo o tipo de maldades, trancando-me em salas desertas na fazenda, abandonando-me nos bosques à noite. Simon era dois anos mais velho do que eu e, talvez, tenha crescido demais para continuar com a nossa amizade. Mas, fosse o que fosse, o efeito sobre mim foi devastador. Chegando ao ponto em que qualquer visita aos Monkwell me fazia chorar e suplicar a minha mãe que não me fizesse ir. Eu não podia dizer o motivo e as relações entre todos nós tornaram-se tensas. Para mim, a mágica de Pantiles desapareceu no outono daquele ano, e os bosques só traziam maus sentimentos.

No verão do ano seguinte meu pai foi transferido para a Itália. Sophie e eu fomos viver com tia Winnie para podermos continuar os estudos na Inglaterra. As duas famílias fizeram as juras de praxe, prometendo manter contato, e Will e Monty imploraram para que Sophie e eu fôssemos visitá-los freqüentemente, já que nossos pais estariam na Itália. Eu continuava reticente por causa de Simon, mas, sempre que Sophie sugeria uma visita, tia Winnie inventava algo que nos impedia de ir, até que gradualmente fomos esquecendo inteiramente a idéia de visitá-los. Nos anos seguintes, me esqueci completamente de Simon, até que começaram a sair artigos nos jornais sobre ele. Em vez de assumir sua posição como herdeiro de Pantiles, ele decidiu entrar no ramo dos negócios. No começo os jornais focalizavam as suas "estonteantes" habilidades empresariais, o seu talento para os negócios, a sua impressionante afinidade com os números, mas pouco a pouco comecei a ver os sinais do velho Simon. O caso de amor com a imprensa começou a enfraquecer e começaram a surgir reportagens que o mostravam de modo diferente. Os milhares de funcionários demitidos de uma fábrica. As suas exigências irracionais às diretorias. O estado de abandono e o pouco caso com a propriedade da família. Parece que ele não mudou muito com o passar dos anos.

Aidan senta ansioso na minha mesa. Ele quer falar sobre a última novidade.

— Oooh, benzinho. Imagine só você crescendo ao lado de Simon Monkwel. — Ele ergue um ombro e faz uma careta de "imagine só". — Ooohh, fico pensando se ele é tão mau como dizem. Espero bem que sim.

— Hum — digo eu, roendo uma unha.

— Como era ele?

— Muito legal até chegar à puberdade, depois virou uma versão jovem do que é hoje.

— Ruim, hã?

Aceno com a cabeça.

— Sim. Bem ruim.

— Quanto tempo você viveu na fazenda?

— Hum, cerca de três ou quatro anos. Mudamos para lá quando tinha oito anos e saímos quando eu tinha onze ou doze.

— Nossa, um bom pedaço da sua infância. Você deve ter muitas memórias amarradas àquele lugar. Vai ser estranho voltar, não vai?

Olho para ele. — Vai. Sim, vai ser estranho.

CAPÍTULO 4

— Tia Winnie, temos que andar sempre a mais de cento e sessenta quilômetros por hora? — protesto nervosa, enquanto tia Winnie atravessa para o outro lado da pista em um par de curvas apertadas na estrada vicinal. Estamos há dez minutos no carro e, na maior parte do tempo, mantive os olhos fechados, com medo, fazendo caretas assustadas que, por algum motivo, parecem ser fundamentais para chegarmos com segurança ao nosso destino.

Normalmente, venho para cá com o Dom dirigindo. Ele passou no exame de motorista na terceira tentativa e deve ter estabelecido o recorde mundial para a reprovação mais rápida de todos os tempos quando, na sua primeira tentativa, ao sair do local de exames, disse para o examinador: "Pode ver se o tráfego está livre do seu lado?" Mas, apesar disso, ele é bom motorista o suficiente para que eu não tenha de me preocupar em lembrar se estou usando um conjunto de lingerie que combina ou não. Já faz algum tempo desde que viajei com tia Winnie ao volante e a experiência é um choque para meu sistema nervoso. Quando era criança, levei um bom tempo para descobrir que as vacas e as ovelhas não eram formas brancas e pretas borradas, com expressões espantadas.

— Ah, não seja uma chata de galochas — ruge Winnie. Sentado no ainda mais assustador ponto de observação no assento dianteiro, Jameson olha para mim por cima do seu ombro, de uma maneira que sugere algo como "os incomodados que se mudem". Tia Winnie estica o braço para fora da janela para informar a todos os outros motoristas que vamos virar à esquerda nem que chovam canivetes.

— Quando é que você tem que voltar a fazer o teste de direção para renovar sua carteira, tia Winnie? — pergunto, torcendo para que ela já esteja vencida. Assim, bastaria simplesmente fazer uma denúncia aos canais competentes e, quem sabe?, a carteira de motorista seria suspensa para sempre. Agarro o apoio de cabeça do assento do passageiro com as duas mãos enquanto viramos à esquerda, para que os bombeiros me encontrem facilmente nos destroços do carro quando me encontrarem ainda grudada ao apoio.

— QUE INSOLÊNCIA! — ruge ela. — Não sou tão velha assim, ainda faltam anos para a renovação! — Jameson vira-se novamente e recebo outro olhar desdenhoso do assento dianteiro. Mostro a língua para ele. Pelo menos o cinto de segurança dele funciona. Este carro é tão velho que os cintos de segurança traseiros precisam ser amarrados com um nó. Daria na mesma se eu tivesse me amarrado ao assento usando uma meia-calça e um arquinho de cabelo.

Acabei escolhendo embarcar no trem que saía da estação de Liverpool Street, juntamente com todos os outros passageiros estressados de sexta-feira à noite, porque Dom tinha de ir à despedida de solteiro e, de qualquer maneira, eu voltaria de trem depois de me encontrar com Monty Monkwell na segunda-feira. Tia Winnie acabou de me pegar na estação e estamos a caminho do supermercado para comprar algumas coisas essenciais.

Tia Winnie faz umas guinadas bruscas ao redor de um carro estacionado e eu bato com a cabeça na alça sobre a janela onde, percebo, eu deveria estar dependurada. Jameson consegue evitar contusões, já que se inclina automaticamente durante as curvas. Solto, relutantemente, uma mão do apoio de cabeça para passá-la no galo na minha testa.

— Você não queria ir ao supermercado? — pergunto enquanto passamos intrépidas e em alta velocidade na frente dele, na direção de outra rotatória.

— Droga — diz tia Winnie. Neste momento ela faz uma volta de cento e oitenta graus completamente ilegal, sem fazer qualquer tipo de sinalização, manual ou não, e aponta sua mira para o estacionamento do supermercado. Muito boba, solto o cinto de segurança antes de o carro parar completamente. Pago o pato, indo parar entre os dois assentos dianteiros, com o meu nariz demasiado perto de só Deus sabe quantos anos de migalhas, tufos de sujeira e pêlo de cachorro. Jameson dá umas lambidelas de solidariedade na minha orelha.

— Jameson! Sai de cima! — resmungo lá das profundezas.

— Isabel! Pare de ficar brincando com Jameson! Você vai deixá-lo superexcitado — diz tia Winnie, segurando meu braço e me dando umas valentes chacoalhadas. — Boa-noite, Sra. Roffe! — ela grita em resposta a uma senhora que passa apressadamente. Minha tia Winnie não é nenhuma novidade para os moradores de Stowmarket — um Mini verde-ervilha brilhante com um labrador grandão amarrado no pára-lama dianteiro é algo difícil de ignorar —, mas seria de esperar que vê-la puxando uma morena alta do meio dos assentos dianteiros do carro fizesse com que algumas pessoas se espantassem.

— Você acha que Jameson poderia sentar no banco de trás na viagem de volta? — pergunto, ainda entalada.

— Não seja ridícula, Izzy, ele é muito grande — ela bufa.

— E eu sou o quê? Uma anã?

— Claro que não. Vamos lá, Izzy, dê uma ajuda! O problema é o seu TRASEIRO! — ela urra. Mesmo assim, não há nenhuma reação por parte dos bons cidadãos de Stowmarket.

Retorço-me toda irritada, saindo do meio dos assentos.

— NÃO é o meu traseiro — respondo de uma maneira rude, me endireitando e arrumando minhas roupas.

— Você não corre o risco de ter osteoporose daqui a alguns anos? — tia Winnie pergunta enquanto tranca o carro e começa a andar a passos largos pelo estacionamento.

— Ah, como se você tivesse esse problema.

Ela dá uma gargalhada e coloca um braço ao meu redor. Eu relaxo e sorrio de volta. Caminhamos juntas em direção ao supermercado.

Tia Winnie é uma mulher difícil de ser ignorada por vários motivos, um deles é a sua voz trovejante, que é surpreendentemente alta para alguém tão baixinha. E, provavelmente devido ao fato de adorar ar fresco e longas caminhadas, ela possui o hábito horroroso de conversar com você como se você estivesse a meio quilômetro de distância e contra o vento. Todavia, o que lhe falta em altura ela compensa, e compensa muito bem, em personalidade. Eu não chegaria a ponto de descrevê-la como sendo uma pessoa rude, ela é somente... ah, está bem, ela *é* rude.

Desde que me lembro, tia Winnie se veste da cabeça aos pés com diversos tons de tweed, juntamente com austeros sapatos sem salto, que não ajudam em nada a aumentar sua altura, e completa o conjunto com um chapéu todo espevitado, saído da sua coleção eclética. Hoje ela está usando um chapéu *à la* Sherlock Holmes, enfeitado na lateral com um par de alegres penas de faisão, que vivem se enfiando no nariz das pessoas mais altas cada vez que ela mexe a cabeça. Seu cabelo é curto e, como acabamento do visual, usa óculos consertados com um esparadrapo do Mickey e pendurados em uma correntinha ao pescoço.

Desde que me lembro, a tia Winnie tem sido uma segunda mãe para mim. Quando éramos crianças, Sophie e eu contávamos com a sólida segurança e a gentileza da tia Winnie durante o ano letivo, e com as festas e indulgências extravagantes dos meus pais, quando eles estavam conosco nas férias. Mas quem nos criou mesmo foi a tia Winnie. E é para os braços dela que sempre corremos. Ela é a irmã mais velha de minha mãe, mas não existem duas irmãs mais diferentes em nenhuma outra parte do mundo. Enquanto minha mãe caminha deslizando, minha tia Winnie anda pisando duro. Enquanto minha mãe tem um riso cristalino, minha tia Winnie tem uma gargalhada estrondosa. Devido a um caso de amor infeliz na juventude, sobre o qual fiquei sabendo através de minha mãe quando fiquei mais velha, tia Winnie nunca pensou em casar-se (e Nunca se Deve Falar a Respeito Disso). Por isso, minha tia tinha muito espaço em sua vida emocional e física para nós duas. E isso foi a minha sorte e a de Sophie. Ela é o porto seguro para onde sempre ficamos felizes em voltar.

Meus pais foram, e ainda são, pessoas completamente inconstantes. Meu pai estava muito ocupado com seu trabalho, e minha mãe muito ocupada com suas festas e listas de convidados para se preocupar muito comigo ou com Sophie. E eu não ficaria surpresa se tivéssemos alguns outros irmãos perdidos por aí afora simplesmente porque eles se esqueceram de ir buscá-los na escola. Lembro-me de quando telefonei para eles, na Itália, para contar sobre minhas notas excelentes, dois Bs e um C. Minha mãe ficou toda inchada por um bom tempo, dizendo como eu era maravilhosa, e depois perguntou o que era mesmo que significavam os Bs e os Cs. Eu disse que eram abreviações de Brilhantemente Fantástico e Com um Pouco de Esforço Melhora, algo que ela acredita até hoje. Pelo contraste, as pessoas acham a tia Winnie completamente assustadora. Uma vez, durante uma reunião de pais e mestres, um de nossos professores perguntou sobre seu nome.

— Winnie? — disse ele. — Que engraçado. Que nem o personagem da história do Ursinho Puf?

Ela o encarou firmemente.

— Não. Como a mulher do Mandela.

Infelizmente, tia Winnie pilota o carrinho de supermercado do mesmo modo que dirige seu carro. Ela avança em posição de ataque pelos corredores, gritando para que eu jogue diversos produtos para dentro, mas sem reduzir a velocidade. Então eu acabo ficando a um corredor de distância, tentando arremessar latas de comida para dentro de um alvo movendo-se a uns sessenta quilômetros por hora.

O gerente do supermercado dá um grande suspiro de alívio quando vê que saímos sem nos machucarmos e sem ferir alguém. Volto a entrar no carro velho, subo por cima de Jameson — que faz o melhor para me ignorar, olhando estóica e fixamente pela janela — e me acomodo no banco traseiro. É surpreendente como um carro pode acumular anos de lixo. No vão para os pés na parte traseira estão os papéis de balas e listas de compras jogadas fora como de costume, mas também a perna arrancada de um ursinho de pelúcia vítima de um cabo-de-guerra entre mim e Sophie, vários arquinhos de cabelo e acessórios de épocas passadas, e até mesmo um batom prateado, estilo punk. Lembranças da minha adolescência enchem a minha mente.

Outra grande vantagem da educação da tia Winnie, embora não apreciada completamente na época, foi o nível de disciplina que ela usava com Sophie e comigo, particularmente quando éramos adolescentes. Esta era devida, em parte, à presença do seu conjunto de tacos de golfe, que ficavam pousados inofensivamente ao lado da porta de entrada. Uma lenda na família diz que tia Winnie realmente matou alguém com um taco de golfe (embora ela afirme que só o nocauteou com o taco e que tudo foi um acidente). Os olhos de tia Winnie só precisavam mover-se na direção dos tacos para que eu e Sophie voltássemos, milagrosamente, a nos comportar. Aparentemente ela tentou este truque com o vigário quando ele se recusou a colocar a barraquinha das prendas no melhor lugar da quermesse da cidadezinha e, segundo ela, o truque também funcionou muito bem com ele. Só muito depois da minha adolescência foi que percebi o quanto a tia Winnie se sacrificava por nós. Os horários das refeições adaptavam-se aos nossos horários da escola, as viagens e passeios eram planejados ou adiados de acordo com os calendários escolares, o velho Mini era disputado como se fosse também nosso. Quando minha mãe pediu à tia Winnie para que nos ensinasse sobre os fatos da vida, ela passou horas nos ensinando a jogar pôquer e a beber uísque.

Chegamos à casa da tia Winnie a cem por hora, até ela frear o carro, cantando pneus. Jameson sai do assento dianteiro e começa a correr e a ladrar pelo jardim para assustar eventuais melros errantes que possam ter se aproveitado da ausência dele. Tiramos as sacolas do porta-malas e percorremos um caminho estreito pelo jardim até a casa. Uma horta e um pequeno pomar estendem-se da garagem até a porta dos fundos e, como sempre, paramos aqui e ali, felizes e em silêncio, para pegar um morango através da rede de arame, ou para colher uma vagem de ervilhas temporã. O sol poente do verão atravessa as árvores na frente da casa e oferece um calor acolhedor.

Espero enquanto tia Winnie luta com as chaves. Com um empurrão vigoroso na porta (está sempre emperrada), ela entra no corredor.

Como sempre, murmura para si mesma:

— Preciso mesmo arrumar esta porta.

— Hum — respondo sem me comprometer. Tia Winnie e o esquema do faça-você-mesmo não são bons amigos. Durante muito tempo, achei que o nome dado ao martelo era mesmo porcaria.

— Certo — diz tia Winnie, de modo decidido —, jantar. E depois você tem que me contar tudo a respeito dessa história com os Monkwell. — Eu dera um telefonema às pressas para perguntar se ela poderia me dar uma carona até Pantiles na segunda-feira, mas não entrei em detalhes.

— Não é surpreendente que a Sra. Charlesty telefonasse para Monty Monkwell assim? Não sabia que ela ainda estava em contato com ele depois de tantos anos. Ela deveria saber que haveria um baile em Pantiles e que você seria a pessoa ideal!

Ela sorri para mim, obviamente muito contente com esse pequeno arranjo empresarial. Começo a abrir enormes latas de comida de cachorro e Jameson gruda na minha perna esquerda como uma lagartixa na parede. Tia Winnie fica ocupada com o começo do jantar — vamos comer patê com manteiga que está em uma velha manteigueira lascada (com a tia Winnie não existem frescuras, como pasta de azeitona orgânica) em torradas de pão branco fresco comprado no padeiro da cidade. Finalmente estamos sentadas frente a frente na mesa da cozinha.

— Então? — ela pergunta ansiosa.

— O quê?

— Izzy, não seja ridícula! Não me venha com "o quê?". Fale sobre o trabalho em Pantiles!

— Eu contei quase tudo a respeito quando telefonei.

— Você não me disse nada.

— Mas você sabe tanto quanto eu sei. Eles precisam realizar um baile de caridade em cima da hora.

— Como lhe pareceu o Monty? Ele disse alguma coisa sobre Simon? Você vai encontrar com ele?

— Simon está viajando — respondo encurtando a história. Estou cansada e sem muita vontade de responder a um questionário detalhado, principalmente sobre Simon Monkwell. Já se passou muito tempo para começar a contar agora para tia Winnie a verdade sobre nossa amizade. Eu nem mesmo contei sobre nosso encontro em uma festa tempos atrás.

— Oh — diz tia Winnie significativamente. Começo a mastigar e tento ignorar seu olhar interessado. Não sei por que não contei a ninguém sobre as maldades de Simon. É claro que as pessoas à nossa volta perceberam que algo havia acontecido entre nós, mas acharam que era uma zanga qualquer de crianças. Talvez eu tivesse medo de sofrer represálias por parte de Simon, ou simplesmente tivesse medo de ser um bebê chorão. Mas parecia, de certa maneira, que a culpa das maldades que ele fazia era minha por não ser suficientemente forte para me impor ou qualquer coisa do gênero. — E como você se sente a respeito disso tudo? — cutuca tia Winnie.

Não olho nos olhos dela.

— Não gosto particularmente da idéia de ficar presa naquela casa com Simon brincando de amo e senhor.

— Mas vocês eram tão unidos.

— Não depois que ele chegou à puberdade.

Tia Winnie concorda com a cabeça.

— Pelo que leio nos jornais, ele não me parece ser muito agradável. Na verdade, parece ser muito desagradável! Mas a imprensa não é uma fonte muito confiável nessa área.

— Acho que os fatos falam por si mesmos. Além disso, de qualquer maneira, ele não era muito gentil quando criança. — Desta vez eu a encaro de frente.

Tia Winnie franze as sobrancelhas. — Não, lembro-me de ouvir seu pai dizendo que um dos meninos havia se tornado bastante desagradável, mas não me lembro se era Simon ou Will.

— Era Simon — digo enfaticamente —, decididamente Simon. Foi antes de virmos morar com você, e é por isso que você não se lembra bem.

— Você já contou aos seus pais?

— Não, não contei.

— E contou para Sophie?

— Não vejo Sophie há séculos. Ela vem neste fim de semana? — pergunto, ansiosa para mudar de assunto e entrar em terreno um pouco mais confortável. Sophie é mais nova do que eu e trabalha na City, algo com câmbio e mercados futuros. Ela já me explicou duas vezes o que faz e eu realmente não quero perguntar de novo. Ao contrário da irmã mais velha, ela fez sucesso na City. Nossas personalidades possuem traços muito parecidos, mas ela parece ter um pouco mais de cada um deles. Gosto de pensar que sou mais sociável do que ela, mas sei muito bem que as legiões de amigos que ela tem vão discordar de mim. Também gosto de pensar que sou mais criativa do que ela, mas sei que os fabulosos arranjos de flores que enfeitam seu elegante apartamento em Notting Hill são feitos pelas mãos de Sophie Serranti S/A. Mas amamos uma à outra incondicionalmente, e sei, bem lá no fundo, que não trocaria minha vida pela dela, apesar do apartamento espaçoso, do salário astronômico e de um guarda-roupa cheio de roupas de designers.

— Não, ela cancelou. Algo surgiu. — Tia Winnie coloca mais chá nas nossas xícaras.

— Oh. — Levanto as sobrancelhas, surpresa. Pode ser que eu esteja sensível demais, mas minha irmã parece estar me evitando ultimamente. Normalmente ela adora vir e encontrar comigo e Dom, mas já não vejo Sophie há semanas. Deve ser minha imaginação. Não consigo pensar em nada que possa ter feito para chateá-la.

— Como você está se sentindo em relação a Rob?

— Melhor, eu acho.

— Talvez voltar a Pantiles seja uma enorme bênção disfarçada?

— Sim, vai ser bom sair de Londres por uns tempos. E espero que seja... não sei... estabilizador, de certo modo. Quero dizer, voltar para o lugar onde cresci.

— Sim, sim, acho que sim.

Ficamos em silêncio e acho que tia Winnie deve estar refletindo sobre minhas sábias e muito perspicazes palavras. Ela está, sem dúvida, me olhando de modo pensativo.

— Querida, que cor é essa que você está usando? — diz inesperadamente.

— Hã?

— A cor que você está usando. Que nome sofisticado dão a ela agora?

— Hã, rosa.

— Não acho que deva usá-la. Você fica parecendo um marshmallow.

CAPÍTULO 5

— Izzy, querida, venha me buscar. Estou nesta sua estação merreca de trem. O único táxi disponível foi apanhado por uma freira irlandesa maluca que tentou me converter o trajeto inteiro, desde a estação de Liverpool Street. O carregador que, a propósito, parece ser alguém envolvido com drogas pesadas, me diz que não há ônibus até amanhã. Portanto, você tem que vir me buscar. E não se demore, toda a gente daqui parece ser coxa ou vesga. Estou doido para fazer xixi, mas nem penso em usar o banheiro daqui, pois é óbvio que há alguma coisa de errado com a água deste lugar. Esta é, decididamente, a última vez que uso o transporte público. Izzy, você está aí?

— Sim, sim, Dominic, estou aqui.

— Você vem?

— Vou já, já. Só que tia Winnie quer parar antes para comprar algumas coisinhas...

— Isabel, se você não quer começar a mancar como os outros, VENHA JÁ PARA CÁ.

— Tá bom, santa. Segura a franga. Estava brincando. Vejo você em cinco minutos.

Ponho o fone no gancho com um sorriso. A manhã de sábado está quase acabando e, embora soubesse que Dominic iria aparecer hoje, ele não disse quando ou como viria, e eu nem me lembrei de perguntar. Vou até a cozinha e pego uma maçã.

— Tia Winnie — digo entre mordidas —, Dominic está na estação.

— É bom saber, querida.

— Hum. — Mastigo em silêncio por alguns segundos. — Acho que ele precisa que alguém vá buscá-lo.

— Você demorou mais de vinte minutos — Dominic sibila para mim enquanto esmaga o cigarro no chão com o pé. Ele beija tia Winnie e faz festinhas em Jameson. — Tive que usar o banheiro daqui. Veja, acho que fiquei vesgo também. — Ele revira um olho de uma maneira exageradamente dramática.

— Por que você não veio de carro?

— Porque o trânsito estava tão horrível da última vez que vim para cá que achei que o trem seria melhor. Mas minha mãe nunca me avisou sobre os perigos de se viajar ao lado de freiras irlandesas. — E, imitando o sotaque irlandês, começa: — Deus seja louvado, Jesus é um cara legal, absolutamente dez. E você é um completo idiota por não querer Jesus do seu lado, é mesmo. Você leu o livro? — Ele volta ao sotaque normal. — É claro que respondi: "Que livro?", o que teve efeito idêntico ao de acenar para um touro com uma capa vermelha. É isso o que acontece no transporte público. Você está completamente vulnerável às tentativas de conversão por parte de freiras irlandesas. Deveria haver um aviso no trem sobre isso, não acha?

— E o metrô? Você não considera o metrô como transporte público?

— Mas ninguém fala com você no metrô.

Sentamos espremidos no assento traseiro do Mini. Dominic respeita a prioridade que Jameson tem sobre o assento dianteiro.

— Grande raça os irlandeses, não? — tia Winnie comenta. — Uma vez sentei-me na frente de um irlandês durante uma viagem de trem de três horas. Ele abriu uma caixa com um quebra-cabeça com cinco mil peças, começou a montá-lo e, no fim da viagem, jogou tudo de volta dentro da caixa. Eu estava montando a parte do céu. Era bem complicado.

— Li nos jornais sobre um irlandês que morreu na sua mesa no escritório e ficou lá durante cinco dias sem que ninguém percebesse — acrescenta Dom. — Aparentemente ele estava sempre bêbado como um gambá ou com uma tremenda ressaca e costumava sentar-se e deitar a cabeça sobre os braços. Só descobriram que ele estava morto no sábado, quando lembraram que ele nunca ia trabalhar aos sábados. Este é o tipo de empresa para a qual eu gostaria de trabalhar, não para a empresa mafiosa do pai do seu ex-namorado. O vigário já voltou a falar com a senhora? — ele pergunta a tia Winnie.

Ela sorri maliciosamente e começa fofocando sobre um novo conjunto de desventuras na cidade, culminando com ela quase atropelando o vigário. Parece que minha tia Winnie descobriu um novo esporte chamado Azucrinar o Vigário. Há seis meses chegou um novo vigário, todo animadinho, chamado Jason, que cometeu o erro de visitar minha tia Winnie na primeira semana. Bom, ele agora já não está tão animadinho — na verdade, está quase tendo um colapso nervoso. Tia Winnie diz que tem certeza de que Deus não vai levar a mal um pouco de diversão inofensiva, principalmente porque a sua novela favorita terminou.

Dominic declara ser incapaz de agüentar a longa viagem de três minutos sem parar para tomar um drinque, e rodamos em direção ao pub da cidade. Sentamos a uma mesa na frente da lareira, depois que Jameson, que conhece bem o seu lugar e o seu assento favorito, nos guiou direto para o local. Tia Winnie tenta se lembrar de onde foi que parou, na gigantesca parede de garrafas de uísque do pub, da última vez. O dono do pub, muito atencioso, arrumou as garrafas em ordem alfabética especialmente para ela. Tia Winnie gosta muito de uísque, foi daí que veio o nome de Jameson, e assim que ela acaba de experimentar toda a parede, começa tudo de novo.

— Acho que estava na letra "I", Izz. Não se lembra?

— Acho que sim, lembro-me de uma conversa sobre Islay.

— Foi isso mesmo. Então vou beber algo que comece com "J", Dom. E um saco de batatas fritas para Jameson. Sabor queijo e cebola, por favor.

— O desejo dele é uma ordem.

Dom vira para mim.

— Izz?

— Hã... — Sempre fico um pouco travada quando se trata de beber em pubs. Nunca sei o que pedir. E um *spritzer* de vinho branco parece sempre ser muita frescura quando estou na companhia de alcoólicos calejados como a tia Winnie e o Dom. — Tomo o que você for tomar — digo corajosa e imediatamente lamento minhas palavras.

Dominic vai até o balcão. Há uma breve pausa. — Tia Winnie? — pergunto, há algo que me incomoda desde que essa história com os Monkwell começou. — Como foi que alugamos uma casa dentro da propriedade de Pantiles e não na área militar? Foi só por causa da necessidade de estábulos para os cavalos de mamãe? — É surpreendente o que deixamos de questionar na infância. Lembro-me de meus pais comprando canecas com nomes para mim e para Sophie quando tínhamos dez anos, mas como não havia mais nenhuma com o nome Isabel, meus pais compraram uma com o nome Isaac e juraram que este era o meu nome em francês. Se eles conseguiram enganar a minha aguçada perspicácia com isso, pode-se perceber por que até hoje nunca me passou pela cabeça perguntar a razão de termos nos mudado para a propriedade de Pantiles.

Ela encolhe levemente os ombros.

— Seus pais acharam que seria bom que você e Sophie passassem um tempo no campo. E, se me lembro bem, querida, você também queria andar a cavalo.

— Eu? — pergunto incrédula. Com certeza ela está pensando em outra Isabel, ou talvez em Isaac. Esta Isabel/Isaac aqui não chega a menos de um metro de distância de uma dessas criaturas fedorentas e de seus cascos assustadores.

— Sua mãe costumava andar muito a cavalo, e acho que você decidiu que queria cavalgar também. É claro que, na primeira vez que você caiu, decidiu que odiava aquilo.

Inclino-me, interessadíssima.

— Eu estava galopando quando caí? Tentando algum salto?

— Não, querida, o cavalo estava completamente parado no pátio. Você perdeu o equilíbrio.

Ah. Deve ser por isso que eu, convenientemente, apaguei toda a cena da minha memória. E aquele cheiro.

— Mas como é que meus pais conheciam os Monkwell? — continuo, mas Dominic volta e nos interrompe: — A freira me inspirou e eu pedi uma Guinness — diz ele.

— Odeio Guinness.

— Eu sei, por isso pedi um Drambuie com ginger ale para você.

— Lógico.

Sem cerimônias, ele coloca ruidosamente os dois copos na mesa e volta ao balcão para pegar sua Guinness, que está lá suando, ou assentando, ou seja lá o que for que as cervejas fazem.

— Você tem certeza de que eu estava na letra "I", Izz? — tia Winnie pergunta.

— Talvez fosse "T"?

— Que chato; seja como for, este também vai goela abaixo!

Fazemos tinir os copos e eu dou um golinho experimental no meu Drambuie e ginger ale. É uma mistura de sabores interessante. Olho na direção de Dominic, que conversa animadamente com o dono do pub. Ele está rindo de alguma coisa, deixando a cabeça cair para trás, e eu acabo também por sorrir. Dom possui o maior e mais contagiante sorriso que já vi. Ele tem um ar encantador, de uma maneira meio dândi. Não é bem o meu estilo, mas é muito atraente quando o homem em questão é uma pessoa tão aberta e tão simples como Dom. Ele tem cabelos louro-escuros, que a princípio julguei que fossem cuidadosamente desarrumados, mas descobri que são simplesmente desarrumados, é magro e possui um rosto atraente. E também possui excelentes ligações. Sua família é conhecida nos círculos sociais londrinos, e Dom é considerado um partidão. Mas mesmo se eu quisesse me casar com ele, duvido que ele se interessasse. Porque, fiquem sabendo, descobri há pouco tempo que ele é gay.

Dominic tem um monte de admiradoras, mas comecei a perceber um padrão. Ele nunca foi atrás de nenhuma dessas meninas. Sua tia Agnes, provavelmente desesperada para ter sobrinhos-netos, costuma empurrar garotas no seu caminho. Dom, por respeito à tia, dá umas voltas com elas pelo quarteirão e depois, educadamente, diz até logo. Garotas no escritório, no metrô, na cafeteria local, todas já terão, em um momento qualquer, enfiado papéis com seus números de telefone na mão dele e suplicado para que ele telefonasse. Mas, em vez de ficar todo convencido com o assédio e ir para a cama com todas, Dom sai com elas, é uma ótima companhia, ouve todos os seus problemas e depois as devolve respeitosamente para o lugar de onde vieram.

Nunca investiguei a situação a fundo porque, quando o seu melhor amigo é um homem, às vezes é difícil conversar sobre essas coisas. Imagino que ele tenha aprontado um pouco com algumas delas, embora nunca tenha tido certeza, porque ele nunca as levou ao nosso apartamento. Era aí que estava o meu erro. Dom é um homem do tipo que tem sangue cor-de-rosa nas veias. Certeza absoluta. Como é que eu sei? Porque uma das suas ex-namoradas me contou. Poucas semanas atrás, estava trabalhando em um coquetel quando uma garota chamada Cecily se aproximou e apresentou-se novamente. Conversamos alguns minutos, e então ela disse:

— Que pena aquilo sobre o Dominic, não?

Fiquei levemente intrigada, pensando no que raios ele teria aprontado agora, quando percebi que ela estava avaliando a minha reação. O truque mais velho da praça. Então concordei, de modo casual, que era um pouco chato e olhei de maneira significativa para ela. Foi aí que a represa estourou — como ele tinha contado que era gay, mas que ainda estava confuso com tudo isso, e se ela poderia manter segredo. Ela, obviamente, não podia.

Eu estava total e completamente chocada. Não pelo fato de Dominic ser gay. Eu não estava nem aí para isso. O choque vinha do fato dele não ter me contado. Gosto de acreditar que sou a melhor amiga dele e, no fim das contas, ele não me disse nada. E foi aí que as coisas começaram a fazer sentido. A ausência de uma namorada, sua predileção por Kylie Minogue, seus antiquados tênis de lona, a forma como ele adora dissecar tudo verbalmente e, acima de tudo na lista, sua DELICADEZA. Sim, todos os sinais brilhavam na minha frente e eu não vi nenhum. Isso aconteceu há exatamente um mês. Lembro a data com precisão porque no dia seguinte Rob me deu o fora e as coisas mudaram de perspectiva. Havia problemas bem mais importantes para cuidar do que o fato de Dom ser gay. Agora que a poeira baixou novamente, nunca encontro a hora certa para conversar com ele a respeito — não posso dizer no meio do jantar: "Passe o sal e, a propósito, quando você pensa em sair do armário?" Além disso, esses assuntos são pessoais e eu acho que ele vai me contar quando estiver pronto.

Enquanto Dom volta para nossa mesa, procurando por cigarros em seu bolso, seu celular começa a tocar o tema do Batman e ele o retira do bolso traseiro. Ele tem um desses celulares metidos a besta no qual se pode programar o toque para indicar quem está chamando. Eu, por exemplo, sou identificada pelo tema do desenho animado Hong Kong Fu. E é por isso que lamento profundamente ter contado a ele a história de como meu colar ficou preso em um arquivo no escritório e levaram mais de dez minutos para me soltar.

— E aí! — ele atende com familiaridade. Eu posso ser absolutamente insensível em alguns assuntos, mas se tem uma coisa que consigo identificar rapidamente é um clima. E parece haver um clima muito íntimo entre Dom e quem quer que seja que está do outro lado da linha. Além do que é óbvio que Dominic conhece bem a pessoa, para lhe dar um toque particular. Jameson e eu empinamos os ouvidos. Gostaria de acreditar que é porque ele está tão interessado na vida amorosa de Dominic quanto eu, mas a verdade é que Scooby, o gato do pub, acabou de entrar na sala. Ouço atentamente enquanto disfarço brincando com o porta-copos, mas sem resultados. Desafio o inventor do código Morse, ou até mesmo o detetive Poirot, a descobrir alguma coisa com a seqüência de "Hum... sim, acho que sim... hum... é...". Depois de um tempo, Dom pede para a pessoa do outro lado da linha aguardar um instante e sai para continuar a conversa em particular.

— Você ouviu aquilo, tia Winnie? — pergunto com um sussurro dramático.

— Hã, o quê?

— Aquilo. — Cuspo a palavra enfaticamente.

— O quê?

— A conversa de Dom com o Batman.

— Não havia muito para se ouvir, havia?

— Acho que ele está namorando alguém.

— Com que poderes especiais você chegou a esta conclusão com base naquela conversa? — pergunta tia Winnie, verdadeiramente intrigada.

— Agora que estou pensando a respeito, ele tem andado cheio de segredinhos ultimamente. Vive terminando os telefonemas quando entro na sala e me diz que foi engano.

— E por que ele não contaria que está namorando alguém? Achei que vocês contavam tudo um para o outro.

PAF! Bato dramaticamente meu punho cerrado contra a palma da outra mão.

— Agora ESTA é a pergunta, tia Winnie. Por que ele não me contaria?

— Hã, eu não sei. Acabei de perguntar isso.

Abro a boca para começar a confessar todas as minhas suspeitas sobre ele, mas a fecho novamente quando penso que Dominic não gostaria que eu contasse para tia Winnie antes dele ter sequer dito algo para mim. Felizmente somos interrompidos.

— Quem era? — pergunto inocentemente enquanto Dom senta à mesa.

— Oh, era, hã, Pete.

Balanço a cabeça, tipo oh!-era-o-Pete.

— O que vamos almoçar, tia Win? — pergunta Dom.

Dirigimo-nos para casa depois que terminamos os drinques e tia Winnie fica ocupada colocando lingüiças na grelha enquanto Dom e eu escolhemos uma garrafa na grande coleção de vinhos caseiros da tia Win. Gengibre, framboesa, maçã, a lista é infinita. Acabamos nos decidindo por ruibarbo.

— Duas lingüiças ou três, Dom? — pergunta tia Winnie.

— Só duas para mim, obrigado. Já que sou...

— Vegetariano — terminamos a frase por ele. Estamos acostumadas com a idéia que Dom tem do que é ser vegetariano, uma idéia muito seletiva e extremamente ocasional. Ele parece acreditar que comer porções pequenas de carne o transforma em vegetariano. Mas tudo não passa de uma desculpa para chamar a atenção quando ele recebe sua refeição antes do que as outras pessoas nos aviões. Durante muito tempo, sempre que alguém fazia uma pergunta, como "Desculpe, pode me dizer que horas são?", ele respondia: "Não, desculpe, sou vegetariano."

Dando suspiros de felicidade, Dom e eu vamos para o assento junto à janela levando nossos copos de vinho. Verifico cuidadosamente por baixo das almofadas, procurando pedaços de osso mastigado que Jameson adora esconder ali. Foram necessárias três lavagens a seco para remover uma mancha de gordura da minha adorável calça lilás. Depois de limpar todos os resíduos, apóio as costas contra a parede e coloco as pernas no colo de Dom enquanto ele acende um cigarro, usa o maço, agora vazio, como cinzeiro e toma um golinho do meu vinho de ruibarbo.

— Caramba, tia Winnie — digo quando consigo voltar a respirar. Este vinho, me lembro, foi o motivo pelo qual não me importei muito na hora com a mancha de gordura.

— Meu Deus — diz Dominic, piscando surpreso. — Você engarrafou o fogo dos infernos. É como uma pancada na cabeça.

— Sim, estou muito satisfeita com ele — diz tia Winnie, toda orgulhosa. Todos concordamos que se tia Winnie quiser voltar a trabalhar, sua nova carreira deve ser a de fabricante de vinhos. — Como vai o trabalho, Dom? — pergunta tia Winnie.

Ele franze o nariz e faz uma careta.

— Estou pensando em largar tudo.

Isto é uma novidade para mim. Sento.

— Desde quando?

— Ah, venho namorando essa idéia já há algum tempo. — Ele não me olha nos olhos e descubro imediatamente que alguma influência externa tem algo a ver com isso. E eu poderia dizer que é o "Batman". — Eu realmente acho que é hora de levar meu romance um pouco mais a sério. Se eu largar o trabalho no escritório, poderei ser escritor em período integral.

— E o dinheiro? — pergunto.

— Bom, na verdade, pensei que poderia trabalhar mais nos seus eventos, Izzy. Poderia trabalhar de noite e escrever durante o dia. Você pode conseguir para mim uns trabalhinhos servindo à mesa em jantares elegantes aqui e ali, não pode? — Dom sempre me ajuda em eventos para ganhar um dinheirinho extra. Ele é muito charmoso e todo mundo o adora.

— Na verdade você não poderia tentar me encaixar no evento Monkwell? Adoraria conhecer Pantiles!

— Claro que sim — digo, mas minha mente está em outro lugar. Estou pensando que meu último elo com Rob desaparecerá.

Passo, supostamente, a maior parte da manhã de segunda-feira trabalhando no laptop, mas na verdade fiquei mudando de roupa a cada meia hora.

— Que tal esta, tia Winnie? — pergunto do alto das escadas.

Ela olha para mim enquanto pratica o seu balanço para tacada de golfe no corredor. Sabiamente, Jameson desapareceu.

— Izz, querida, as roupas estão começando a ficar incrivelmente parecidas umas com as outras.

— É porque você já viu este conjunto. Foi o primeiro que vesti esta manhã.

Ela parece ficar um pouco irritada com essa informação.

— Não use nada florido e tudo ficará bem. Me diga o visual que você pretende e então vamos analisar. — Ela pára de treinar o seu *swing* e apóia-se no taco de golfe.

— Quero parecer eficiente.

— O segundo conjunto, então. — Ela parece ficar aliviada com esta decisão rápida. No passado, levávamos um bom par de horas antes que Sophie saísse de casa para ir a qualquer lugar importante. Ela volta a pegar no taco de golfe.

— E mesmo assim estou feminina? Não quero parecer muito machona.

Tia Winnie faz de conta que leva a informação em consideração, mas sei que ela está blefando, porque é óbvio que perdeu o interesse no assunto há meia hora. E eu também já estou ficando meio cheia também.

— O terceiro conjunto, então.

Concordo com a cabeça e desapareço para mudar de roupa. Estou inexplicavelmente nervosa em rever os Monkwell e quero desesperadamente causar uma boa impressão.

Tia Winnie engata uma segunda e força o Mini a alcançar novas marcas de velocidade. Fecho os olhos e tento pensar em coisas positivas para dizer durante meu encontro com Monty Monkwell. Tenho a pavorosa tendência a dizer a primeira coisa que me vem à mente quando estou nervosa. Na primeira entrevista de emprego que fiz na vida perdi completamente minha pose habitual e a resposta que dei quando perguntaram o que eu gostava de fazer nas horas de lazer foi: "Gosto de comer torradas." Nada profissional.

— Tia Winnie? Você tem visto alguém da família Monkwell ultimamente?

— Só fotos de Simon nos jornais. Não vejo nenhum deles desde que vocês saíram de Pantiles. Sabia que Elizabeth, a mãe deles, morreu?

— Sim, mamãe me contou. Já faz muitos anos, não?

Ela concorda com a cabeça, e eu olho pela janela, perdida em pensamentos. Há mais de quinze anos que nenhuma de nós voltou a Pantiles. Apesar do local estar a apenas trinta minutos de carro da casa de tia Winnie, ela bem que poderia estar do outro lado do mundo.

Finalmente começamos a percorrer a descida que leva ao vale dos Monkwell, literalmente falando, já que eles possuem todas as terras até onde a vista alcança. Pequenos arvoredos e amontoados de casinhas estão salpicados na paisagem suntuosa à esquerda, ocasionalmente separados por baixos muros de pedra sem reboco, alguns desmoronando. Olho para a direita e levo um susto. Como em uma cena do filme *Jurassic Park*, o campo está salpicado de animais.

— Veados, tia Winnie! — grito.

Tia Winnie me olha pelo espelho retrovisor. É o único uso que ela faz dele.

— Sim, querida?

— Não! — Eu me inclino por entre os assentos da frente e aponto para a direita. — Estou dizendo que eles criam veados agora! — É sempre um erro distrair tia Winnie quando ela dirige. Subimos em um barranco, andamos um pouco em um ângulo de trinta graus e depois voltamos abruptamente para a estrada.

— Eles devem estar tentando tirar algum lucro da propriedade — digo, ignorando o pequeno desvio que fizemos no caminho.

— Bom, Simon é o eterno homem de negócios! Mas os veados podem ser muito perigosos na temporada de acasalamento. Não gostaria de me encontrar com um deles em terreno aberto.

Dou uma olhadela para tia Winnie. Ela diz a mesma coisa para todos os animais. Cavalos, porcos, vacas. Acho que é porque ela e Dominic adoram me ver sair correndo como uma louca quando fazemos caminhadas e encontramos qualquer tipo de vida selvagem. Eu nunca sei quando ela está falando sério ou não.

Chegamos ao pitoresco vilarejo de Pantiles. Os Monkwell também são os donos de todas as casas do lugar. Olho ao redor, interessada.

Afinal de contas, foi aqui que vivi alguns anos da minha infância. Surpreendentemente, o vilarejo de Pantiles conseguiu permanecer inalterado. Minha cabeça vira para todos os lados enquanto reconheço locais e relembro. O pequeno empório que também era a agência de correio, onde Sophie e eu costumávamos pechinchar com o proprietário sobre o máximo de balas que podíamos comprar com nossas moedinhas. O jardinzinho do vilarejo com sua antiga cerejeira. Há mais de cinqüenta anos, o vigário da época fez um enxerto, colocando uma muda de cerejeira rosa na cerejeira branca, e, todos os anos, a árvore produz flores com o centro rosa, cercado por uma auréola branca. Há um assento irregular de madeira embaixo da árvore, conhecido como banco do casamento, porque olhando de um certo ângulo a árvore se parece com uma noiva, e acredita-se que todos os casais que se sentam nesse banco se casam. O fato de que seria preciso comer um quilo dos cogumelos alucinógenos, que crescem em abundância nos bosques locais, para poder ver essa semelhança, parece ter passado completamente despercebido dos habitantes locais.

Perto da agência do correio está a pequena igreja saxônica, e na frente da igreja estão os gigantescos portões de ferro que costumavam ser fechados todas as noites por um dos zeladores. Esses portões são a única abertura no muro que circunda a propriedade, casa e terras. Debruço-me para a frente quando passamos por eles. Depois somos atirados de um lado para outro, com o carro pulando e roncando na subida da pequena colina, ziguezagueando por entre os vários buracos da estrada flanqueada por grandes álamos. Na primavera, narcisos ondulam nos dois lados da estrada, até onde a vista alcança, mas não há flores nesta época do ano. Finalmente chegamos ao topo da colina e a casa aparece. Exatamente neste local, fazendo uma curva à direita, a estrada leva à nossa antiga casa, escondida nos bosques, mas esta estrada passa despercebida aos motoristas, uma vez que é muito difícil tirar os olhos da residência dos Monkwell. Fazemos um minuto de pausa enquanto tia Winnie luta para encontrar a marcha correta. Olho com carinho para a grande e antiga casa enquanto tia Winnie grunhe empurrando a alavanca do câmbio em todas as direções. Meu momento *Memórias de Brideshead* é abalado com tia Winnie gritando "Vamos, seu carro sacana!", bem dentro de meu ouvido direito, e despencamos em boa velocidade colina abaixo.

A casa foi projetada por um discípulo de Lutyens* e agora eu consigo ver, claramente, os traços da marca registrada do mestre. A casa posiciona-se em uma localização perfeita no fundo de um vale suave, protegida dos elementos mais rigorosos e, ainda assim, recebendo a luz do sol. Os jardins estendem-se suavemente em frente à fachada pontilhada por dúzias de janelas quadriculadas que refletem os gramados perfeitamente tratados.

Tia Winnie chega em alta velocidade, através de uma passagem em arco, e entra no pátio com piso de pedra nos fundos da casa. A porta da frente só é usada em ocasiões formais e eu acho que esta não é uma delas. Do outro lado do pátio está um estábulo, aparentemente deserto.

— Parece que eles já não têm mais cavalos, tia Winnie — digo, apontando para a cerca.

— Simon vendeu todos eles depois que Elizabeth morreu — ela bufa consigo mesma. — Vou esperar você aqui. Boa sorte. — Tia Winnie se inclina e abre a porta do passageiro, solta o cinto de segurança de Jameson e o põe para fora. Eu empurro o assento e saio relutantemente atrás dele.

---

* Sir Edwin Landseer Lutyens — arquiteto inglês que planejou a cidade de Nova Déli.

CAPÍTULO 6

Enquanto espero na porta dos fundos, meus olhos focalizam o meu estômago e eu o puxo para dentro. Cinco dias de dieta deixaram-me um quilo e meio maravilhosamente mais magra e eu já vejo a diferença. Não sou nenhuma Elle Macpherson, mas não acho que agora alguém vá me encaminhar para a sala de parto. Viro-me para dar uma olhada na tia Winnie, cuja idéia de discrição é ouvir uma ópera com os gritos saindo em alto volume do carro. Faço alguns sinais com a mão para ela baixar o volume, mas ela me ignora solenemente.

A porta se abre ruidosamente e eu me viro para trás. Uma mulher alta, com lábios muito finos, me encara, esperando que eu me apresente.

— Olá! Vim ver Monty Monkwell. — Abro um sorriso. Ela não.

— Você é?

— Isabel Serranti. Ele está à minha espera.

Ela tenta sorrir, mas o máximo que consegue é esticar os lábios sobre os dentes.

— Siga-me, Srta. Serranti.

Ela entra na cozinha e, enquanto a sigo, observo que é extremamente magra e ossuda. Já estamos destinadas a não nos darmos bem. Seu cabelo escuro está preso em um coque severo e eu calculo que ela tem uns trinta e poucos anos.

Dou uma boa olhada ao redor da imensa cozinha e observo, surpresa, que nenhum item de decoração mudou. Quando era criança ela parecia fresca e moderna, com suas paredes e cortinas em tom verde-limão claro e armários rústicos em estilo de fazenda. Agora parece desbotada e gasta, mas talvez seja somente o meu olhar que está mais velho e pedante. A mesma mesa enorme de carvalho escovado fica no meio do amplo ambiente, cercada por cadeiras de formas e tamanhos diferentes. Há um cheiro muito familiar no ar, que me envia diretamente de volta à minha infância de um modo mais intenso do que qualquer fotografia seria capaz. Uma combinação, diria eu, de cães, um sabão em pó específico e o cheiro de pães e bolos assados. Nosso progresso é interrompido por uma matilha de cães ladrando, que pulam alegremente sobre mim. Faço festinhas em todos eles, tentando desesperadamente alcançar um pequeno e branco que é constantemente posto de lado pelos demais.

— PARA A CESTA! — rosna a mulher. Todos pulamos, e eles vão se esconder no cantinho deles. Fico muito tentada a acompanhá-los.

— Por aqui — diz ela e sai andando em alta velocidade pelo labirinto de corredores. Preciso correr para acompanhá-la.

— A senhora trabalha com os Monkwell há muito tempo? — pergunto educadamente quando consigo emparelhar com ela.

— Há tempo suficiente.

Aceno com a cabeça e procuro desesperadamente obter mais comentários inocentes.

— E a senhora é? — pergunto educadamente.

— A Sra. Delaney. — É óbvio que não vamos ter um relacionamento informal aqui. — Sou a governanta. Trabalho aqui há oito anos. — Ela empina o queixo e me olha de maneira agressiva. Há um quê de desafio nessas palavras.

— Bem, Sra. Delaney, é um prazer conhecê-la. Devo dizer que vamos nos ver com freqüência, até o dia do baile de caridade. E junto um sorriso radiante à frase para indicar o quão maravilhoso isso será.

A Sra. Delaney bufa, demonstrando exatamente como ela se sente a respeito. — Baile de caridade — ela diz, no mesmo tom que alguém usaria para dizer "bela merda". — Não tínhamos nenhuma destas bobagens quando a dona da casa estava viva. — Isto me lembra demais o diálogo da Sra. Danvers falando com a segunda Sra. De Winter no filme *Rebecca**.

— Eu sei. Elizabeth sempre quis que a propriedade fosse estritamente privada — digo suavemente, tentando mostrar que também conheço a história do lugar.

* Filme de Alfred Hitchcock, 1940.

Ela me olha rispidamente, mas decide não dizer mais nada a respeito.

Minha tia Winnie, que tem medalha de ouro na arte de ser rude com as pessoas, pelo menos faz isso com algum charme. Acho que a Sra. Delaney não tem charme algum. Andamos em silêncio, passando por inúmeras portas fechadas, até chegarmos ao coração da casa: um hall absolutamente enorme que liga várias alas. Sufoco uma pequena exclamação e reduzo o passo, sem querer. Nas memórias de minha infância, este hall era a coisa maior e mais grandiosa que eu já havia visto. Ele possui um enorme teto em arcos, como em uma catedral, separados por várias vigas de carvalho. Uma gigantesca escadaria começa no meio do ambiente e divide-se em duas depois do primeiro lance. A lareira em mármore cinza tem, no mínimo, um metro e oitenta de altura e três metros de largura. Mas, nas minhas recordações, a entrada era agradável e acolhedora, forrada com voluptuosas cortinas de veludo, almofadas em cores vivas e vasos com folhagens luxuriantes. Agora é um lugar frio e austero. A lareira está visivelmente abandonada e há muito tempo não é acesa. As plantas desapareceram, o veludo desbotou e o lugar cheira a mofo. Tenho um arrepio involuntário e paro na frente da lareira. Olho para cima.

Algo está me incomodando aqui. E não sei bem o que é.

— Srta. Serranti? — a Sra. Delaney me chama. Olho para ela, parada na frente de uma das portas, com a mão na maçaneta.

— Desculpe — digo apressadamente e caminho em sua direção enquanto ela bate com firmeza na porta.

— Entre! — diz uma voz lá dentro.

— A Srta. Serranti está aqui para vê-lo, Monty — diz a Sra. Delaney. Sinto-me um pouco surpresa com o uso familiar do primeiro nome dele, embora Monty nunca tenha compartilhado da frieza de Elizabeth Monkwell. Ela dá um passo para o lado e me deixa entrar na biblioteca.

Uma versão muito mais velha do Monty de minhas memórias joga o jornal para o lado e levanta de uma das poltronas. Ele parece ter encolhido um bocado desde a última vez que o vi, mas suponho que eu também era mais baixa na época.

— Izzy, querida! — Ele estica os braços em minha direção. — Que maravilha! Passei a manhã toda ansioso por este encontro! — Ele me dá um beijo afetuoso na bochecha. — Você cresceu e virou uma moça linda!

Fico levemente vermelha e espero que isso faça com que eu pareça uma menina delicada, em vez de uma mulher na menopausa.

Monty é um homem incrivelmente charmoso. Lembro-me de olhar para ele completamente maravilhada na infância. Ele sempre tinha uma palavra afetuosa para nós e algumas balas enfiadas nos bolsos. Como a tia Winnie, ele é um grande apaixonado por tweed. Seu cabelo está mais curto agora — ele costumava usá-lo *à la* Hugh Grant —, mas ainda é abundante. Está vestindo calças de veludo cotelê, uma camisa xadrez sem gravata, um colete e um blazer de tweed com reforços nos cotovelos. O sol entra pela ampla janela no fundo da sala, iluminando uma pequena nuvem de poeira que dança no alto de uma escrivaninha antiga.

— Fiquei muito triste quando soube da morte de Elizabeth — digo suavemente.

— Foi muito doloroso. — Ele acena devagar com a cabeça e parece triste. — Já se passaram alguns anos. O tempo cura tudo.

Ele me pega pelo cotovelo e caminhamos para o meio da sala.

— Poderíamos beber um café, Sra. Delaney? — ele pergunta olhando por cima do ombro. — Você toma café, Izzy? Ou prefere chá?

— Não, não, café está ótimo — digo e sorrio para a Sra. Delaney, que desaparece fechando a porta. Sempre que tenho que realizar eventos que envolvem pessoas que não são da minha empresa, direta ou indiretamente, faço um esforço enorme para mantê-las do meu lado. Isso evita problemas durante o projeto. Mas não sei bem como vou dar um jeito na Sra. Delaney.

Monty faz-me sentar em uma poltrona fofa na frente de uma lareira apagada, mas com lenha, e senta-se na poltrona à minha frente. A biblioteca é uma sala relativamente pequena, mas bonita, com painéis de carvalho e estantes que vão até o teto. Passo alguns minutos fazendo festinhas no velho labrador sentado aos pés da poltrona de Monty. O cão pede desculpas por não se levantar com um sonoro *tum-tum* da cauda a abanar.

— Você não se lembra do velho Jasper. Deixo os outros cães na cozinha para que ele possa ter um pouco de paz e sossego. Hoje em dia ele não gosta muito de agitação. Meu Deus! Acho que ele nem havia nascido quando você saiu daqui! Faz mesmo tanto tempo assim, Izzy?

— Faz um bocado de tempo. — Sorrio.

— E o bom e velho lugar traz boas lembranças?

— Muitas! — digo de modo animado, pensando que ele ficaria horrorizado se soubesse que algumas envolvem o brutamontes do filho dele.

— Então conte-me tudo o que você tem feito desde que saiu daqui! Como vão seus pais? Como vai Sophie? — Os olhos dele cintilam na minha direção.

Começo um relato meio desajeitado de como vai todo mundo, até que a Sra. Delaney nos interrompe com o café. Ela traz uma bandeja com uma grande cafeteira, xícaras de porcelana que não combinam entre si, uma jarra grande de leite e um prato com biscoitos de aveia. Ela não faz contato visual com nenhum de nós, larga descuidadamente a bandeja na mesinha e sai.

— Obrigado, Sra. Delaney — diz Monty para as costas dela.

— Obrigada! — repito.

Ele move-se para a extremidade da poltrona, dá uma olhada na bandeja e esfrega as mãos.

— Biscoitos! Ela está de bom humor! — diz ele. Caramba! De bom humor. Que Deus nos ajude. — Mas não temos açúcar — diz, carrancudo.

— Ah, eu não bebo café com açúcar — respondo.

— Ótimo! — Ele parece aliviado. Acho que eu não teria muitas chances se tomasse o café com açúcar. Está na cara que nenhum de nós teria coragem de pedir.

Falamos mais um pouco sobre minha família, até que eu, hesitantemente, pergunto sobre Will.

— Will? Ele agora trabalha aqui na propriedade.

— Trabalha? — digo, surpresa. Sempre achei que ele iria fazer algo terrivelmente excitante. No nosso grupo era sempre ele quem estava em busca de aventuras.

— Sim, ele é o novo administrador da fazenda! Voltou de viagem há um ano!

— Eu imaginava que Will seria um astronauta, um mergulhador de profundidade ou algo assim!

— Ele costumava ser um pouco selvagem, mas agora acalmou-se. Além disso, precisávamos desesperadamente de um administrador. Simon, como você deve saber, anda muito ocupado com suas várias empresas para preocupar-se com Pantiles.

— Sim, eu, hã, li um pouco a respeito dele. — Olho para minha xícara de café, sem graça.

— Ele não é tão ruim quanto dizem, Izzy — Monty diz com ternura. — A imprensa pode entender tudo errado.

Mas eu, que tive minha cota com ele, tenho vontade de gritar. E me atrevo a pensar que mais de um assassino recebe o apoio incondicional dos seus pais indignados.

— Ele tem se saído muito bem — resmungo em resposta. — E por onde Will esteve viajando? — acrescento, ansiosa em me livrar do assunto Simon.

— Por todo o mundo! Deixe-me ver, recebemos postais da África e da América do Sul. Ele foi até aquela cidade perdida. É extraordinário como eles empilharam pedras lá, com pouco oxigênio. Depois foi para a Indonésia, Tailândia e Austrália. Ele vai adorar conversar com você e contar tudo sobre os lugares onde você viveu!

— Sim, será muito bom se eu conseguir me lembrar tanto assim! Sophie e eu vivemos na Inglaterra desde os oito anos. — Sorrio de volta para ele. — E você, Monty? Como vai? A fazenda ainda o mantém ocupado?

— Não! Não administro a fazenda há anos! Quando Elizabeth morreu, eu simplesmente não pude mais cuidar dela. Simon tem sido o responsável desde então. Afinal de contas, esta é sua herança!

Olho, novamente sem graça, para minha xícara. Julgando o silêncio desconfortável que se segue, fica muito claro para mim, e também para Monty, que Simon Monkwell não liga a mínima para a sua herança. Por fim, Monty diz:

— Acho que precisamos começar a falar sobre este baile de caridade!

— Sim! — digo um pouco entusiasmada demais. Procuro meu bloco de anotações.

— Fiquei muito feliz quando sua empresa disse que você estava disponível — continua Monty. — É claro que depois que a Sra. Charlesty me disse que você era uma *promoter*, eu sabia que não poderia contratar outra pessoa! Lamento que só possamos oferecer um pagamento pequeno. Como tudo aconteceu tão em cima da hora, precisei ligar para Simon e pedir a permissão dele, e ele me disse que a verba seria ampla. — Ampla não é a palavra correta. — E como é para a caridade, não quis tirar muito dinheiro deles.

Eles deveriam ficar felizes com a sorte que têm por Simon não estar aqui, penso com meus botões.

— Oh, não se preocupe com isso! — digo em voz alta. — Gerald, meu diretor-gerente, ficou perfeitamente satisfeito com a quantia. Mas o que fez com que você mudasse de idéia sobre realizar eventos aqui? Sempre pensei que Pantiles fosse estritamente particular.

— Simon vem falando há algum tempo em tornar Pantiles mais comercial, e embora não estejamos procurando ativamente por clientes, achei que seria bobagem não aproveitar uma oportunidade que bateu à nossa porta. Além disso, vai dar a um burro velho como eu alguma coisa que fazer! Acho que vai ser divertido!

Olho para ele, duvidando. É óbvio que ele nunca ficou dependurado em uma escada às três da manhã quando uma festa cujo tema é ave-do-paraíso não está dando certo e Aidan está tendo um ataque histérico aos gritos.

— Quais as informações que o pessoal da associação de caridade já lhe deu até agora?

— Bom, são cerca de quinhentos convidados.

— Então, o que acha de uma tenda no gramado? — Por favor, me diga que eles já reservaram uma. Por favor, me diga que eles já reservaram uma.

— Eles vão usar a empresa que haviam reservado para o local anterior. — Ufa.

— E o que é que devemos oferecer, especificamente?

— Hã, tudo.

— Tudo?

— Sim. Eles me deram uma lista. — Ele vasculha o bolso interno do blazer por alguns segundos. — Aqui está! Precisam dos serviços de *catering*... já forneceram um valor por cabeça para cálculo... decoração, mesas e cadeiras, talheres, louças e copos, e entretenimento.

Anoto tudo.

— Então não é muita coisa — digo com um suspiro, enquanto verifico as exigências na minha lista padrão de perguntas.

— *É* muita coisa? — Monty parece ansioso.

— Não, não! — digo isso de uma maneira que, espero, pareça reconfortante. — Acabamos de diminuir nosso trabalho!

— Você é capaz de fazer isso, então? — ele pergunta, ansioso.

Gerald sempre me dá carta branca no tocante a aceitar ou recusar um trabalho. Normalmente eu pensaria duas vezes antes de aceitar um como este, mas não hesito por um segundo e digo:

— Claro que sim! — Sou recompensada pela visão de Monty parecendo demasiadamente aliviado.

— Sua verba não vai ser suficiente, vai?

— Não se preocupe! Só temos que fazer o *catering* para quinhentas pessoas. Não estávamos à espera desse bônus! Posso me encontrar com os representantes da associação de caridade para discutir os detalhes? Logo? — Consigo disfarçar um tom levemente em pânico na minha voz. Os clientes não costumam gostar disso.

— Tomei a liberdade de agendar um encontro nesta quinta-feira. A empresa da tenda vem aqui na sexta-feira. Eles ainda não viram o local. Você precisa ficar hospedada aqui, Izzy. Eu faço questão.

Vou me mudar imediatamente, penso.

— Obrigada, Monty. Isso vai ajudar. É uma caminhada e tanto para voltar a Londres.

— Ah, a propósito, eles disseram que querem um tema circense.

— Como?

— Você sabe, com a tenda grande e tudo! Um circo!

Tenho a sensação de que teremos um quer eu ajude ou não.

— Maravilhoso! — digo e sorrio alegremente. O que vão inventar depois disso? — Sim, sem dúvida.

Não posso fazer muito mais sem falar com as pessoas da associação de caridade. Sendo assim, levantamos e fomos em direção à cozinha.

— Você estacionou nos fundos? — pergunta Monty.

— Sim, tia Winnie me trouxe.

— Winnie? Por que não disse nada, Izzy? Ela deveria ter entrado na casa!

— Desculpe, sempre me esqueço de que você já a encontrou uma ou duas vezes!

Disparamos desembestados pelo corredor. Monty caminha a largos passos pela cozinha e escancara a porta dos fundos. Ainda sai ópera em alto volume do Mini verde-ervilha e Monty bate com força na janela do motorista. Tia Winnie pula assustada, mas um sorriso enorme aparece no seu rosto e ela sai o mais rápido que pode do Mini.

— Monty, seu burro velho! — ela ruge.

— Winnie, querida, como vai você? — ele ruge de volta.

Meu Deus, parece que estou no meio de uma convenção de deficientes auditivos. Eles não se conhecem muito bem, mas tia Winnie sempre deixa uma forte impressão nas pessoas.

Fico por ali enquanto eles conversam bem alto, num tom bem-humorado, fazendo perguntas sobre a saúde um do outro, até que Monty diz:

— Sugeri que Izzy viesse ficar conosco por alguns dias no final da semana para resolver esta besteira da caridade. Você vem jantar conosco?

— Adoraria! Desde que não seja porco. Odeio porco.

— Nada de porco, então! Vou dizer à Sra. Delaney. Que tal quinta-feira?

— Maravilhoso!

— Izzy, por que não vem na noite de quarta-feira? Assim estará bem disposta para se encontrar com o pessoal da associação de caridade na manhã de quinta-feira.

— Obrigada, Monty. Isso será ótimo.

No dia seguinte chego cedo ao escritório. Tenho um monte de coisas para fazer antes de voltar à fazenda no fim da semana. Uma vez que o evento em Pantiles envolve muito trabalho, vou passar todos os meus outros eventos para Aidan, exceto a Festa Nórdica do Gelo de

Lady Boswell, que ninguém quer assumir, mesmo sob ameaça de morte. Acho que Aidan não vai ficar muito feliz, alguns clientes infernais estão na lista.

Stephanie está fumando e digitando desanimada com um só dedo enquanto tenta ler o *Daily Mail*.

— Bom-dia! — digo animada. — Algum recado?

— Onde você esteve?

— Hã, em Suffolk.

— Ah.

— Algum recado? — repito.

— Estão na sua mesa.

— Na minha mesa? — pergunto. Da última vez foram encontrados perto da cafeteira.

Ela revira os olhos e resmunga algo sobre Hitler que eu resolvo ignorar.

Vou até o escritório principal. Aidan está conversando animadamente com alguém no canto e agitando o que parece ser um par de calções tiroleses. Ligo meu computador e me sento. Aidan me viu chegar e vem correndo, ainda com as roupas na mão.

— Izzy! O que os suíços comem?

Pisco por um minuto enquanto tento ativar meu cérebro.

— Hã, chocolate Toblerone.

— Que mais? Que mais? — ele insiste.

— Hã, hã. — Pisco distraída. — Não sei, fondue? Chucrute? Ou isso é alemão? Por quê?

— Estamos lançando um novo queijo suíço e estou tentando juntar idéias para a festa do lançamento. Os convites para os convidados VIP serão entregues em mãos por um cantor tirolês. Vamos fazer uma audição mais tarde. — Ele dá uma risadinha e senta-se à minha frente. — Como foram as coisas na fazenda? Ela mudou muito?

— Na verdade, acho que foi por água abaixo. Ela parece... abandonada. Pessoalmente, penso que Simon poderia passar um pouco mais de tempo cuidando de sua casa e menos tempo tentando assumir as empresas de outras pessoas. Mas esta é minha opinião pessoal, é claro. Completamente imparcial.

— Acho que você é uma sortuda por pegar este projeto. Eu *morreria* para ficar com ele.

— Aidan, é um baile para quinhentas pessoas e eles decidiram que querem um tema circense.

— Ah — diz ele, e não parece mais muito entusiasmado. — Um tema circense? Assim, em cima da hora? Quem foi o doido que pensou nisso?

— Não sei, mas Dominic e eu vamos ter muito trabalho.

— Dominic vai ajudar você?

— Sim, quero que ele seja meu assistente, caso Gerald concorde. — Olho para Aidan, desconfiada. — Por quê?

— Ah, por nada. A propósito, como vai ele?

— Bem. Devo dizer a ele que você perguntou por ele?

Aidan dá um sorrisinho escondido.

— Diga que mandei lembranças.

Abro a boca para investigar melhor, mas o telefone toca e eu atendo.

— Querida! Estou tão *feliz* em encontrar você aí! — É minha mãe ligando de Hong Kong. Ela ainda não se adaptou bem às maravilhas da tecnologia moderna que permitem que você fale ao telefone sem que seja necessário gritar como se estivesse conversando com uma tia muito velha e muito surda. Ela pronuncia cuidadosamente as palavras mais importantes e fala muito alto e muito devagar: — Sua *recepcionista*, qual o nome dela, *Clementine*? — Como diabos ela conseguiu entender Clementine, em vez de Stephanie? Ela não faz nenhuma pausa para ouvir minha resposta e continua em frente: — Ela *me disse* que você esteve *fora* a manhã toda. Mas o *importante* é, e seu pai está fazendo gestos *frenéticos* com a mão para mim, você sabe quem *venceu* a corrida das 14h30 no hipódromo de *Kempton*?

— Hã, não.

Ela coloca a mão sobre o bocal e grita, presumo, para meu pai:

— Querido, ela não sabe, por favor, não insista... está bem, vou perguntar. — Ela volta a falar comigo: — Ele quer saber se você sabe quem *ganhou* o *campeonato de futebol.*

— Mãe, não sei nem que times estão competindo, muito menos quem venceu. Não existem jornais ingleses aí?

— Sim. Mas eles sempre chegam *atrasados*, e nós nos *esquecemos* de ler, e quando lembramos já *embrulhamos* as cascas de batatas com eles. — Ela tapa novamente o bocal e fala outra vez com meu pai. Esta conversa a três já começa a me irritar. Sempre conversamos assim ao telefone. O único jeito de ter uma conversa decente com a minha mãe é quando meu pai não está em casa. — Não, querido, ela não sabe... Escute, você quer falar com ela?... bom, então fique quieto. — Ela volta a falar comigo: — E então, querida, como *vai* você?

Hesito por um momento. Poderia contar sobre o retorno a Pantiles, mas esta conversa a três levaria pelo menos uma hora para acabar e eu não sei se sobreviveria a ela. Poderia contar também sobre o rompimento com Rob, mas, como nem contei que estava saindo com ele, a idéia parece inútil. Nosso distanciamento ultrapassa os poucos milhares de quilômetros entre nós.

— Absolutamente bem — minto, respondendo à pergunta. — Como vai você?

Falando comigo:

— Um *caos*. Darth Vole *vem jantar*.

Falando com meu pai:

— Eu sei que o raio do nome dele não é esse.

— Quem? — pergunto.

Falando comigo:

— Um *dignitário* chinês *local*.

Falando com meu pai:

— É claro que vou aprender a falar o nome verdadeiro dele até a noite.

— Comida inglesa ou chinesa? — pergunto, tentando desesperadamente fazer o meu lado da conversa ir para algum lugar.

Falando comigo:

— Chinesa, *infelizmente*. Eu ainda não aprendi a comer com *pauzinhos*. Só consegui pegar três grãos de *arroz* na noite passada e só consegui isso *atirando-os* para dentro da minha boca.

Falando com meu pai:

— Não, não é Sophie, é Isabel.

— Mamãe, me ligue na semana que vem.

— Sim, eu sei, quando seu *pai* estiver fora.

— Diga que mando beijos.

— Tchau, querida.

Assim que ponho o telefone no gancho, Gerald põe a cabeça para fora da porta e grita, usando o sistema de alto-falantes:

— ISABEL! Venha cá!

Pego meu bloco de anotações e um lápis e vou para o escritório de Gerald. Ele fechou novamente a porta. Assim, dou uma batidinha nela e entro. Ele está escrevendo freneticamente no quadro de avisos.

— Você está bem? — pergunto cuidadosamente. — Parece um pouco, hã, tenso. — Ele está com um ar completamente alucinado.

— Não! Somente muito alerta! Duas festas que acabaram tarde e alguns cafés expressos a mais. Como foi ontem? — pergunta.

— Ótimo. — Faço uma descrição breve dos pontos mais importantes do encontro.

— Você consegue mesmo dar conta de todo esse trabalho?

— Estou transferindo a maioria dos meus eventos para Aidan.

— Ó Deus, Izzy, precisa mesmo? Isso vai fazer com que ele fique mais histriônico do que já é. E a Festa Nórdica do Gelo de Lady Boswell?

— Ninguém quis ficar com ela. Você, por acaso, não...

— Não. Eu não — ele fala bruscamente. — Você precisa dar um jeito de encaixá-la em algum lugar. Parece que você vai ter que passar alguns dias lá em Pantiles. Não sei se a verba será suficiente.

— Bom, eles já arrumaram algumas coisas. — Quero voltar a Pantiles, não importa o quanto de trabalho está envolvido. — Posso fazer a estimativa de custos agora, se você quiser. Para ter certeza de que o projeto é viável.

— Você pode ser uma perfeccionista obcecada, mas pelo menos suas contas batem.

— Obrigada, eu acho. Mas penso que vou precisar de um assistente, Gerald.

— Não dá para ficar sem um?

— É um baile grande e eles disseram que querem um tema circense. E agora temos que fazer o serviço de *catering* para quinhentas pessoas, que é algo que não esperávamos. Portanto, acho que podemos arcar com um assistente, não?

— Você vai me amolar até eu concordar, não vai? Vai ficar me azucrinando o tempo todo.

— Vou.

— Muito bem. Você pode ter um assistente — ele responde, emburrado. — Mas lembre-se de que sua cabeça vai para a guilhotina se *qualquer coisa* der errado.

Sorrio e faço uma anotação mental para ligar para Dom e dizer que ele precisa tirar uns dias de férias.

Depois das audições para cantores tiroleses, todo mundo insiste em cantarolar todas as conversas em estilo tirolês e o escritório fica parecendo uma festa de crianças de três anos de idade que tomaram suco de laranja demais. No fim do expediente, saio de lá relutantemente e volto para casa.

Em um raro momento de inspiração, consigo localizar minhas chaves enquanto estou no metrô. Dom está na sala, falando ao celular, quando entro em casa. Assim que ele me vê, murmura algo apressadamente para a pessoa ao telefone e desliga.

— Olá! — ele diz animado. — Como foi o trabalho?

— Ótimo! Quem estava ao telefone? — pergunto sem demonstrar muito interesse, meus olhos cravados nele. E por que ele estava falando ao celular e não ao telefone fixo?

— Oooh, ninguém. Só, hã, minha mãe. — Ele parece evasivo. A mãe de Dom é uma mulher atarefada, que "faz um monte de trabalhos para associações de caridade e outras boas causas". Dou uma olhada disfarçada no meu relógio. Não há como ela já ter voltado de uma das suas reuniões de comitês vespertinas, mas aceno com a cabeça.

— Você ainda tem dias de férias vencidas em número suficiente para ser meu assistente?

— Com certeza! Estou muito animado com esse projeto! — diz ele. — Pense só, Izz! Vou ver onde você e Sophie cresceram! — Não percebo o porquê disso ser tão interessante, mas deixo pra lá. — Acho que vou dar meu aviso prévio ao mesmo tempo em que peço minhas férias, ainda não decidi — diz Dom. — Não tenho mais nenhum interesse em trabalhar naquela empresa agora. — Quando Rob e eu terminamos, Dom quis pedir demissão como protesto. Foi uma idéia gentil, mas, na minha posição de senhoria, eu seria a primeira a sofrer com a decisão. Quase disse a ele que nunca houve um momento em que ele gostou de trabalhar na empresa de Rob, mas acho que dizer isso seria uma grosseria.

Fico momentaneamente deprimida com essa menção velada a Rob. Voltar a Pantiles, seja qual for o significado do local para mim, deve ter tido um efeito benéfico.

— Só espero que Simon não volte logo. — Mordo o lábio, nervosa.

— Sabe, Izz, provavelmente ele esqueceu todas essas coisas horrorosas da infância de vocês.

— Ele me ignorou naquela festa!

— E se ele não reconheceu você?

— Ele me reconheceu sim senhor — digo emburrada.

— Não se preocupe. Aparentemente ele está envolvido em uma aquisição importante. Tenho lido tudo a respeito no jornal. Ele vai demorar um bocado. — Dom se espreguiça e boceja, com os braços no ar. — Alguma sugestão para acompanhar nossa salada, Izz?

Penso um bocado. Estou sem inspiração.

— Que tal macarrão? Você pode comer o seu sem queijo? — Dom sugere.

Faço ruídos de apreciação adequados. Faltam apenas alguns quilos. Dom se levanta para ir à cozinha.

— Calças novas? — pergunto.

Ele olha para baixo.

— Estas? Comprei há algumas semanas. Venha para a cozinha e me conte tudo sobre Pantiles! — Dom vai para a cozinha.

Telefonemas estranhos? Roupas novas? Ele vai ter que me contar, mais cedo ou mais tarde.

CAPÍTULO 7

Na noite de quarta-feira, levo meu caótico conjunto de pertences pessoais para a estação de Liverpool Street e apanho o primeiro trem para Bury St. Edmunds. Descobri que estou irremediavelmente mal equipada para qualquer tipo de evento rural. Todas as vezes que tia Winnie e eu saímos para dar uma caminhada, simplesmente vestimos qualquer coisa disponível no guarda-roupa. Não são roupas bonitas, mas dão conta do recado, sem falar no efeito assustador que causam em vacas, porcos e outros tipos de vida selvagem que encontramos no caminho. Espero que Pantiles tenha um sistema parecido em funcionamento, porque não tenho galochas nem qualquer tipo de roupa esportiva.

E descubro que não tenho malas suficientes. Deveria ter pensado antes e pedido algo emprestado a Sophie. Dom e eu tivemos que juntar todas as bolsas de viagem que conseguimos encontrar e, ainda assim, não consigo enfiar muita coisa neles. Não tenho a mínima intenção de ser vista perto deste monte de bolsas.

Saio da estação de Bury St. Edmunds e encontro Monty, que está me esperando do lado de fora, dentro de um Land Rover bastante usado em comparação com os impecáveis exemplares urbanos encontrados nas ruas de Londres.

Jogo as bolsas na parte traseira e entro no carro desajeitadamente. Não é fácil entrar no carro usando a apertada saia reta que decidi usar de manhã, só porque é a primeira vez, em três semanas, que entrei dentro dela.

— Oi, Monty! Obrigada por vir me buscar!

— É um prazer, querida! Fez boa viagem?

— Sim, obrigada.

— Desculpe não ter conseguido vir com um carro mais limpo. Em termos de transportes, as coisas em Pantiles funcionam no esquema "quem chegar primeiro leva". — Isto é um bom presságio para a situação com as galochas. — Flo pegou o meu Jaguar.

— Flo? — pergunto educadamente.

Ele me olha.

— Na verdade, pensando bem, acho que você nunca a conheceu.

— Não, acho que não. Pelo menos não me lembro dela.

— Você não se esqueceria de Flo se a tivesse conhecido! Ela é minha irmã! Veio morar conosco quando Elizabeth morreu. Viveu no exterior a maior parte de sua vida. Acho que não nos visitou na época em que você viveu em Pantiles.

— Não, acho que não. — Depois de uma pequena pausa, pergunto cuidadosamente: — Simon já voltou?

— Hum? Oh, não. Ainda não.

Dou um pequeno suspiro covarde de alívio e começo a fazer a longa lista de perguntas para a organização do baile que preparei para Monty, com respeito ao fornecimento de energia elétrica, quadro de funcionários e outras trivialidades. Durante o resto da viagem para Pantiles, Monty explica os seus pontos de vista muito particulares sobre banheiros químicos.

— Prometi que iríamos apanhar Will. Ele está com os veados — diz ele ao virarmos na estrada.

— Legal! — digo quando estaria muito melhor dizendo "Que merda!", quando nos lançamos para fora da estrada e disparamos colina abaixo. Assustada, me dependuro naquela alcinha útil que fica bem em cima da janela da porta do carro, para a qual nunca dera muito valor antes, e seguro nela com todas as minhas forças enquanto pulamos e saltamos quase na vertical, as quatro rodas do carro raramente ficando em contato com o solo ao mesmo tempo. Comparada com ele, tia Winnie é uma motorista domingueira. Monty parece saber exatamente onde estão todos os maiores buracos do terreno e onde deve bater neles para passar o maior tempo possível com o carro no ar. Uma habilidade admirável em algumas partes do mundo, tenho certeza. Só que gostaria muito de estar usando meu sutiã esportivo. Sinto que estou ofegando de modo pouco atraente, mas não sei se é por causa do exercício aeróbico ou se pela sensação de pânico do tipo eu-vou-morrer.

Finalmente acabamos parando, e já não era sem tempo. Saio cambaleando pela porta do passageiro, fico desequilibrada por um instante e depois apóio as palmas das mãos nas coxas. Espero por um instante para ver se vou ficar enjoada ou não, enquanto consigo convencer meu estômago a sair de dentro das minhas botas. Não é de fato um estado em que uma garota se sinta bem, tampouco um no qual deseja ser vista, penso, enquanto observo um homem bastante atraente vindo em minha direção.

— Meu Deus! — exclama a figura. — É mesmo você, Isabel?

— Will? — Quando faço a pergunta, ele já está segurando meus ombros, e não consigo deixar de notar que são duas mãos grandes e bronzeadas, e me beija carinhosamente nas duas faces.

Ele parece muito com as fotos de Simon que vi. Lindo, com traços bem marcados, cílios espessos e longos, cabelos castanhos compridos e despenteados. A única diferença é que a personalidade de Will só melhora sua aparência, fazendo dele um candidato em potencial muito mais atraente do que seu irmão.

— É maravilhoso ver você novamente! Como vai Sophie? E seus pais?

— Vão bem, todos vão bem — respondo com um largo sorriso, sentindo imediatamente que o mundo é um lugar mais amigável.

— Não pude acreditar quando papai me disse que você estava de volta! E como uma *promoter*! Acho que nossos piqueniques lhe ensinaram uma coisinha ou duas sobre sanduíches, não? — Ele me dá uma cutucadinha com o cotovelo e eu dou uma gargalhada.

Monty afastou-se para falar com um dos trabalhadores. Will enlaça seu braço no meu e me leva até a cerca que inspecionava quando chegamos.

— Não há dúvidas de que você cresceu bem!

— Obrigada. Você também — respondo enquanto agradeço fervorosamente a Dom por ter me forçado a perder o peso extra. Ainda assim meus saltos altos insistem em afundar na terra o tempo todo. Se eu estivesse mais pesada, eles teriam que amarrar uma corda ao redor da minha cintura e me arrastar do lugar com a tração do Land Rover.

— Estou tão feliz em tê-la aqui! O que você acha? Parece com o que você se lembra? — Ele faz um gesto largo com o braço, indicando o panorama à nossa frente. Que quase me faz perder a respiração. Pastos luxuriantes e ondulantes, em um tom de verde inacreditável, pontilhados com carvalhos antigos, sobem e descem as colinas à minha frente. No ar, sinto o cheiro inconfundível de grama fresca e de verão.

— É exatamente igual ao que me lembro.

— Maravilhoso.

Monty junta-se a nós na cerca.

— Você consegue ver os veados? — pergunta. Ele aponta para um arvoredo ao longe. Vejo vagamente algumas formas.

— Mal consigo vê-los. Há quanto tempo vocês os têm?

— Acabaram de chegar. É o novo empreendimento de Simon.

— E para que eles, hã, você sabe, são usados? — pergunto inocentemente, pensando em algo parecido com o equivalente campestre de andar de jegue nas dunas.

— Para carne de veado, claro!

— Carne de veado? — Olho para ele, horrorizada. — Eles são abatidos? — Vêm à minha mente imagens de pequenos Bambis marchando para o matadouro. Como a maioria das outras pessoas, estou perfeitamente feliz em comer carne que está em bandejas de isopor, embrulhadas em filme transparente e que não parecem em nada com o animal que as fornece.

— E de que outro modo eles nos trariam dinheiro?

— Qual a raça deles?

— Manca.

Ó meu Deus! Não bastava assassinar inocentes criaturas saudáveis, o que já é ruim o suficiente, Simon resolveu matar animais deficientes que nem podem correr e se esconder. Provavelmente eles custam menos ou coisa parecida, penso comigo mesma, carrancuda.

— Manca? — sussurro. — Será que também não têm cauda ou somente possuem um olho? Ou só têm três pernas?

Os homens me olham como se eu também fosse deficiente, mas mental.

— Eu disse palanca, Isabel. Não manca — Will diz suavemente.

Sinto uma onda de rubor cintilante subindo a partir dos meus pés. Os dois caem na gargalhada. Ora, não é tão engraçado, penso comigo mesma enquanto observo os dois apoiados um no outro, com lágrimas nos olhos de tanto rir. Dou uma risadinha amarela só mesmo para mostrar que sou boa-praça. Santo Deus, eles precisam rir tanto assim?

— Ah, minha querida Izzy, você é uma jóia rara! Você pensou que havia pequenas rampas espalhadas pelo campo para as cadeiras de rodas deles? — pergunta Will quando faz uma pausa para respirar.

— Nããão — digo de um modo pouco convincente, como se o pensamento nunca tivesse passado pela minha cabeça.

— E os cercados deles estão ali. Eu disse C-E-R-C-A-D-O-S, Isabel. Onde eles dormem. Não quero que você pense que eles são torturados ou qualquer coisa do gênero.

— Rá, rá.

— Vamos, vamos voltar para casa. Estou faminto! — Will esfrega as mãos. — Espero que a Sra. Delaney tenha preparado algo absolutamente maravilhoso para a sua primeira noite aqui, Izzy. — Eu não contaria com isso.

Já na casa, Will leva minhas malas para cima enquanto Monty me oferece um enorme copo de vinho e eu faço festinhas em todos os cães. A Sra. Delaney está ocupada raspando cenouras na pia, e eu, muito servil, pergunto se posso ajudar e recebo como recompensa uma tigela enorme de vagens para descascar. Monty encosta-se ao fogão, sem parar de falar, e Will volta depois de ter trocado suas roupas sujas por um jeans desbotado e uma camisa passada. Ele está acompanhado por uma senhora que eu imagino ser Flo. Assim que entra no ambiente, ela abre bem os braços, o que, para ser honesta, é um pouco assustador. Ela caminha na minha direção, os braços ainda esticados, coloca as mãos nos meus ombros e me beija levemente nas duas faces.

— Isabel, minha querida! Ouvi falar muito a seu respeito e de sua família! Que bom conhecer você! — Ela tem uma voz rouca maravilhosa e um cheiro incrivelmente romântico, onde consigo identificar jasmim e ilangue-ilangue. Ela tem uma quantidade excessiva de cabelos grisalhos macios, presos em um coque enorme, mas com cachos soltos ao redor do rosto. Suas roupas, pequenas quantidades de um material flutuante divino, não fariam feio em uma passarela de um desfile de moda parisiense. Em seu pescoço está dependurada uma turquesa enorme e seus punhos e dedos estão repletos de braceletes e anéis. Ela é simplesmente a criatura mais exótica que já conheci e, na minha profissão, tenho a tendência a encontrar pessoas bastante glamorosas. — Lamento tanto não estar aqui quando você chegou, mas estava caminhando pela fazenda e perdi completamente a noção do tempo. Parei para ver dois besouros acasalando. Absolutamente fascinante. Você já viu besouros acasalando?

— Hã, não, não posso dizer que vi.

— É maravilhoso. Eles fazem uma espécie de dança. Da próxima vez que vir um casal venho buscar você.

— Hã, ótimo!

— Você tem que me chamar de tia Flo, como os meninos. Afinal de contas, é praticamente da família! — A frase traz um largo sorriso de prazer ao meu rosto.

Depois de ter acabado com as vagens, o que é bico para mim depois da minha experiência anterior nas cozinhas, peço licença para usar o toalete, mas levo minha bolsa comigo porque só queria mesmo retocar a maquiagem. Tia Flo fez com que eu me sentisse verdadeiramente desleixada.

— Preciso ir ao toalete! — anuncio. — Ainda é...? — Não, Izzy, eles mudaram o toalete de lugar só por diversão. Sempre quiseram mudá-lo para a biblioteca.

Quando volto, a Sra. Delaney está servindo o *coq au vin* nos pratos enquanto Will põe a mesa jogando alguns jogos americanos em cima dela, pegando folhas de toalha de papel para usar como guardanapos e despejando um monte de talheres em cima da mesa. Monty olha para mim.

— Você não se importa com a informalidade, não é, Izzy? Sei que Elizabeth teria ficado completamente horrorizada!

— Não, está tudo bem! — protesto. — Detestaria que vocês tivessem trabalho só por minha causa! Já é muita gentileza me deixarem ficar aqui. — Eu gosto muito da aconchegante informalidade familiar, não apenas porque é completamente oposto aos ambientes em que circulo diariamente.

Sentamos e, depois de passarmos os legumes e pegarmos os talheres, a conversa acaba indo naturalmente para o baile de caridade.

— Eu preciso dizer que acho tudo muito excitante! — diz tia Flo.

— Mas o que vem depois disso, tia Flo? — observa Will. — Simon vem falando há algum tempo em tornar Pantiles mais comercial, mas agora que começamos, onde iremos parar? Ele está falando sobre colocar rampas de esqui aquático no lago! Até arranjou uma minilancha para isso! O que vai vir a seguir? Um parque de diversões?

— Simon não faria isso!

— Não esteja tão certa disso!

— Quando é mesmo que ele vem para casa? — pergunto entre garfadas. O *coq au vin* está absolutamente delicioso, principalmente depois do montão de salada que andei comendo esta semana. Dou um sorriso de apreciação para a Sra. Delaney.

— Falamos hoje cedo. Ele está em Chicago — diz Monty. — Vem para casa na semana que vem. Mas não sabe exatamente quando. — A informação tem um curioso efeito desanimador no meu estado de espírito. É como se eu quisesse ter a família só para mim por mais tempo, e agora ele vai voltar para casa e estragar tudo. — Essa apropriação forçada, ou melhor, essa aquisição hostil está tomando muito do tempo dele.

— Ela foi anunciada na semana passada, não foi? — digo com um ar inconfundível, tipo oh-claro-que-também-leio-os-jornais. Na verdade, pedi a Stephanie que fizesse um resumo antes de sair do escritório para que minha ignorância não aparecesse em letras garrafais. — Uma fábrica.

— É por isso que ele está nos Estados Unidos. Está tentando convencer alguns dos acionistas da empresa a venderem as ações — explica Monty. — É uma aquisição hostil.

— E o que isso significa, exatamente?

— Bom, não sou nenhum perito. Mas, pelo que Simon me contou, é quando uma empresa assume o controle de outra contra sua vontade.

— Pode-se fazer isso? Assumir o controle de uma empresa contra a vontade da diretoria? — Isso parece ser algo bem típico de Simon. Também ser um brutamontes empresarial.

— Se você possui a maioria das ações da empresa, pode fazer o que quiser. Não sou um homem de negócios como Simon, mas soube que a empresa dele tem comprado ações dessa outra empresa na Bolsa de Valores. Assim que chegam a uma certa percentagem de ações, precisam informar a intenção de iniciar uma aquisição hostil, daí as recentes matérias na imprensa. Agora ele está contactando as pessoas que já possuem ações da empresa e está se oferecendo para comprá-las por um preço maior do que elas conseguiriam no mercado.

— E essas pessoas vão vender as suas ações para Simon?

— Ah, não! Elas não precisam vender, mas a empresa que ele está tentando comprar está com problemas financeiros. Eles lançaram o sexto comunicado de lucros abaixo do esperado, o que justifica o preço das ações estar caindo. A longo prazo a empresa deve falir e, quando isso acontecer, os acionistas não receberão nada pelas suas ações. Ou seja, provavelmente o melhor que podem fazer é venderem agora para Simon. — Monty encolhe os ombros.

— Mas por que Simon deseja essa empresa se ela está em dificuldades?

— Porque ele sabe como fazê-la dar lucro novamente. Acho que ele oferece aos acionistas uma quantia baseada nos lucros futuros da empresa. É claro que ele precisa fazer enormes alterações. Para começar, despedir todos os diretores e a gerência. Mas assim que a empresa começar novamente a dar lucro, o preço das ações subirá e Simon começará a vender gradualmente as suas ações por um preço maior do que gastou para comprá-las. Não é um empreendimento pequeno. A empresa de Simon tem enormes quantias de financiamento bancário e uma grande equipe de consultores a quem pagam somas de, provavelmente, milhões de libras.

— *Milhões?* — repito, incrédula. Será que aquelas pessoas cheias de truques da União Européia mudaram nossa moeda para liras de um dia para outro?

— Ele está prestes a ganhar montes de dinheiro com esse negócio. É o maior de todos. Mas é muito arriscado. — Monty bebe um gole de vinho.

— Tive que pedir ao Daniel que feche os portões todas as noites — diz Will. — A mídia começou a xeretar ao redor da casa. Eles chegaram a mencionar a Sra. Delaney na última matéria que saiu a respeito!

— Foi a última vez que falei com a imprensa — diz, carrancuda, a Sra. Delaney. Eu me encolho, involuntariamente. Sinto muita pena deles. — Eu só disse que não sabia quando Simon voltaria para casa.

— Izzy, quando ele chegar na semana que vem, não faça perguntas! — diz tia Flo, obviamente entediada. — Conte mais sobre o baile! Nós podemos ir? Ouvi dizer que o tema é o circo!

Demos muitas risadas durante o correr da noite. Até mesmo a Sra. Delaney levantava, de vez em quando, os cantos da boca. O vinho corre solto e uma tábua de queijos aparece. Will e Monty estão em excelente forma.

Naquela noite, uma vez que não existe iluminação de rua para perturbar meu sono, deixo as cortinas das janelas deliberadamente abertas, subo na minha enorme cama e puxo as cobertas para baixo de meu queixo. Observo os gigantescos carvalhos balançando suavemente ao longe e ouço o alegre som das corujas piando. Sinto-me feliz novamente, depois de um mês absolutamente horrível. Aninho-me na cama e fecho os olhos, feliz em saber que não vou acordar no meio da poeira e poluição da cidade, mas sim em meio ao verde deste paraíso inglês. E Simon não vai voltar já para casa para estragar tudo.

CAPÍTULO 8

No dia seguinte, acordo às seis da manhã, ouvindo a voz de Monty, que, andando para cima e para baixo, obviamente querendo que todos também andem para cima e para baixo como ele. Tinha me esquecido desta mania dele. Você deve estar imaginando como um homem consegue acordar uma casa inteira, principalmente uma casa tão grande como esta. Bom, é muito simples. Aqui vai um guia rápido para os que gostam de Deixar Todo Mundo Infeliz: em primeiro lugar, bata todas as portas, independentemente de estar passando por elas ou não. Depois, ligue todos os aparelhos de rádio e TV da casa e cante junto com eles em voz alta. Até cante rap se for preciso, mas nem sempre afinado ou no ritmo. E se quiser mesmo encher todo mundo, leve seu rádio portátil para fora de casa e comece a ensinar novos truques aos cães no gramado, bem debaixo da janela de todos.

Depois de vinte minutos, decido que não agüento mais, saio da cama cambaleando e com os olhos ainda embaçados. Quase sempre durmo com uma camiseta — por mais que deseje ser uma mulher que usa lindas camisolas vaporosas, acabo sempre acordando com elas enroladas ao redor de vários membros do meu corpo e prestes a cortar a minha circulação sanguínea. Pego a primeira coisa que vejo na minha frente para cobrir minhas partes inferiores, neste caso a saia reta cinza que usava ontem, e saio escada abaixo em busca de uma reconfortante xícara de chá.

— Bom-dia, Isabel! — saúda Will, impecável, que, obviamente, já está de pé há horas. Consigo interromper meu bocejo a meio e abro um pouco mais os olhos. Não esperava encontrar mais ninguém acordado.

— Bom-dia — resmungo, envergonhada com o meu aparente gosto eclético em roupas de dormir. Minha camiseta tem estampado o slogan "*Promoters* passam a noite toda fazendo aquilo", encomendado por Gerald para a nossa festa de Natal, o que não é bem a impressão que eu gostaria de causar em Will.

— Acabei de fazer café, quer um pouco? — Ele caminha em direção à cozinha, e eu saio tropeçando atrás dele. Sou imediatamente atacada por dúzias de cães que quase me derrubam, mas consigo me segurar na mesa da cozinha, puxar uma cadeira e despencar sentada nela.

— Por que levantou tão cedo? — pergunto.

— Estamos com poucos funcionários. Simon está sempre reclamando sobre os salários, de modo que estou fazendo hora extra. Quer dar uma volta esta noite?

— Adoraria! — exclamo toda contente. Ele vira de costas enquanto enche a cafeteira, e eu aproveito a oportunidade para pentear o cabelo com os dedos e limpar o excesso de rímel que sei que está acumulado debaixo da pálpebra.

Ele põe a cafeteira na mesa junto com duas canecas. Faço uma cara feia quando percebo que não estamos usando porta-copos. A Sra. Delaney vai matar os dois ou só ele?

— Papai acordou você? — ele pergunta enquanto pega o leite na geladeira.

— Nããão, eu já estava acordada.

— Ele acordou você, não foi?

— Sim. — Continuo a ouvir Monty cantarolando desafinado lá fora. Ponho café na caneca. — Monty disse que você esteve fora, viajando.

— Sim, logo depois que saí de Cirencester.

— Cirencester?

— A faculdade de agronomia. Sempre quis ser fazendeiro. Sou bom com as mãos, sabe? — Ele dá um sorrisinho malicioso e levanta as sobrancelhas sugestivamente.

Puxa vida, são seis e meia da manhã e eu nem olhei no espelho ou escovei os dentes. É assim que as pessoas fazem no campo? Olho para minha caneca de café e brinco com a asa, em vez de entrar no jogo.

— Você foi para a universidade, Izzy? — pergunta Will.

— Hã, sim. Fui para Nottingham, mas não saí viajando depois disso. Acho que já havia preenchido minha cota de viagens.

— Você e Sophie andaram um bocado para lá e para cá, não foi? Escute, tenho que alimentar os veados. Por que não veste algo mais adequado e vem comigo para continuarmos conversando? Apesar de gostar muito da sua camiseta, você vai precisar de uma coisa mais quente. Voltaremos por volta das oito.

Hesito por um momento e concordo.

Volto dez minutos depois, usando calças de tecido grosso em estilo militar e com muitos bolsos, tênis de lona e um suéter. Will tira um par de galochas do guarda-roupa, pega um molho de chaves na mesinha e saímos de encontro ao ar fresco da manhã. Vamos colocando um ao outro a par de tudo o que aconteceu em nossas vidas desde que perdemos contato, enquanto molhamos feno e medimos cereais. Nunca me dei muito bem com Will quando era criança, mas ele sempre foi brincalhão e charmoso. Era sempre ele quem aparecia com idéias absolutamente perigosas e quem ia adiante com elas. E eu nunca imaginei que ele pudesse ser tão boa companhia.

Fiel à sua promessa, Will me deixa nos fundos da casa às oito e cinco e diz que nos veremos no jantar. Entro na cozinha pela porta dos fundos, fedendo como um gambá. Uma voz aguda me saúda:

— Olá! Você está cheirando um pouco mal. — Não é a saudação mais tradicional de todas, mas deve ser correta, devido às circunstâncias.

Um menininho ruivo, vestido com um uniforme de escoteiro lobinho, está sentado à mesa, bebendo calmamente um copo de leite e comendo cereais. Não estamos falando de um cabelo ruivo-acastanhado, mas sim de um tom laranja fluorescente.

— Olá! — respondo. — Quem é você?

— Sou Harry.

Eu esperava mais detalhes além desse, mas me contento com pouco.

— Sou Isabel.

— A *promoter* — ele arremata. É óbvio que ele foi bem informado. — Você se cortou. — Olho para minha mão, enrolada por um lenço branco de Will (um verdadeiro cavalheiro, nada de pedaços de toalhas de papel de cozinha com ele). Eu a cortei enquanto tentava exibir minhas habilidades atléticas ao pular uma cerca. Foi um corte pequeno, mas não parava de sangrar.

— Foi. Cortei no arame farpado.

— Quer que eu limpe o corte para você? Todas as minhas medalhas são por primeiros socorros.

— Hã, não mesmo, é...

— Um curativo?

— Não, está, hã...

— Sutura?

— Meu Deus, não!

— E se eu fizer uma tala?

— Não, na verdade está...

— Chupá-lo?

— Chupá-lo? — repito.

— Importantíssimo para mordidas de cobra.

— Você lida com muitas mordidas de cobra na tropa de escoteiros de Pantiles? — pergunto, pensando que esta é a hora certa para descobrir algo sobre uma eventual população de cobras na propriedade.

— Desde que Geoffrey Stoats sentou-se em uma víbora em uma visita ao Castelo de Warwick, mordidas de cobra estão na minha lista.

— Coitado do Geoffrey.

— Coitado mesmo, a bunda dele inchou um bocado. Ficou quase do tamanho de... de... — Harry olha freneticamente pela cozinha, até que seus olhos encontram um objeto adequado. — ... bom, quase do tamanho da sua. — Ele olha para mim muito sério, olhos esbugalhados, seguro de ter ilustrado bem sua informação.

— Não diga. Fico surpresa com o fato dele não ter morrido, então — comento aborrecida.

— Eu também — diz Harry, bebendo o leite, sem perceber nenhuma das suas gafes. Meu Deus, com este jeito para a conversa até me admiro que os biscoitos de chocolate não estejam fazendo fila para serem consumidos por este sedutor de língua doce. A Sra. Delaney entra na cozinha.

— Espero que Harry não a esteja incomodando — ela diz petulante, lábios apertados. E começa a pegar escovas e baldes debaixo da pia.

— Não, não. De jeito nenhum. Ele é...?

— Meu filho. Sim. — Tudo fica claro agora. É óbvio que Harry herdou as maravilhosas maneiras da mãe dele. Espero que o pai tenha contribuído geneticamente com mais alguma coisa além do cabelo ruivo. Mas, pensando bem, não vi nenhum indício de um pai por perto desde que cheguei. Mas não tenho nenhuma chance para perguntar mais coisas, porque a Sra. Delaney deixa bem claro que não está ali para jogar conversa fora. Ela enche um balde com água quente enquanto Harry termina de beber seu leite.

— Férias da escola, não é, Harry? — pergunto.

Ele acena que sim, todo feliz.

— Na semana que vem começa o mês de arrecadação de fundos para os escoteiros. Quero passar na frente de Godfrey Farlington. Ele ganhou mais de cinqüenta libras no ano passado. Você tem algum trabalhinho para mim?

— Claro que sim, tenho certeza de que posso achar algo.

— Você não deve atrapalhar a Srta. Serranti, Harry — interrompe a mãe, que nesse meio-tempo começou a esfregar o chão da cozinha.

— Não é nenhum problema mesmo. Ele não vai me atrapalhar e, por favor, me chame de Isabel.

— OK, Isabel — ela concorda, séria.

— Vocês dois vivem na casa? — pergunto como quem não quer nada.

— Mamãe e eu moramos na ala leste. Mas quase nunca estamos lá, sempre comemos aqui com Monty, Flo e Will. E...

— Já chega, Harry. — Droga, justo quando estava ficando interessante. Então o pai dele não anda por aqui. Infelizmente não tenho mais perguntas que possa fazer sem invadir a privacidade dela.

— Vou mudar de roupa — digo para o ar e começo a andar em direção às escadarias traseiras. A Sra. Delaney me dá uma encarada feia enquanto eu tento não pisar nos pedaços do chão já lavados. Ando nas pontas dos pés e dou saltinhos que não ajudam em nada, mas pelo menos mostram que estou tentando. — Ups, desculpe... ooh... hã... desculpe — gaguejo, até que me lembro de pedir, no meio do caminho, se poderia usar as escadas do outro lado da cozinha.

— Bom, você já está no meio do caminho, não é? — ela diz sarcasticamente quando eu paro e olho para ela, incerta.

Tenho de admitir que ela tem razão, mas não gosto da maneira como murmura amargamente:

— E usando galochas.

— Sim. Tem toda a razão. Desculpe. — Dou uma corrida até a escadaria nos fundos, sento no primeiro degrau e luto para retirar as galochas que parecem estar grudadas nos meus pés. Fico tentada a perguntar a Harry se ele tem alguma medalha de remoção de galochas, mas elas saem de repente e eu escapo, agradecida. Na segurança do meu quarto, tomo um banho rápido e visto algo um pouco mais profissional: uma saia preta e um top vermelho. Ponho um pouco de maquiagem, que é mais complicado do que parece com um dedo machucado, junto alguns documentos e saio novamente em disparada para a cozinha.

No térreo, tia Flo e Monty juntaram-se a Harry e à Sra. Delaney na mesa do café-da-manhã. Monty segura o jornal matutino à sua frente. Aparentemente, foi direto para a página de obituário, porque exclama repentinamente:

— Meu Deus, Flo! Josephine Bradshaw morreu!

— Jo Bradshaw? Morta? Tem certeza?

— Espero que sim. Eles a enterraram.

— Bom-dia! — tia Flo me cumprimenta. Monty abaixa o jornal.

— Izzy! Bom-dia para você! Dormiu bem, querida? Não sentiu frio? Precisa de um cachorro extra?

Respondo que fiquei bem quentinha.

— Bom, se precisar o Jasper é uma maravilhosa bolsa de água quente.

— Vou me lembrar disso.

— E o que você vai fazer hoje, Izzy? Trabalhar no planejamento do baile?

Uma bufada de desdém sai do lado da pia. Todos olhamos. A Sra. Delaney está virada de costas para nós, lavando pratos inocentemente.

Olho para trás.

— Bem, Monty e eu temos uma reunião com os representantes da associação de caridade — respondo.

— Isso é tão, tão excitante! — Flo diz, extasiada. Mais uma bufada de desdém sai da Sra. Delaney. Isso é mesmo chato.

— Izzy, torrada ou cereal? — oferece Monty. Dou outra olhada para a pia. Mais algum ruído nasal a acrescentar? Pego o cereal.

Às nove horas em ponto chegam as duas representantes da associação de caridade. Monty e eu estamos esperando por elas na sala de visitas, uma sala linda e elegante, decorada em tons de amarelo-claro pálido e um tom delicado de azul esfumaçado. Como em quase todas as outras salas, uma lareira enorme domina uma das paredes. A sala é tão grande que há vários conjuntos de sofás e mesas. Em uma das extremidades da sala, portas-balcão enormes abrem-se para os gramados. Nunca tivemos permissão para entrar aqui quando éramos crianças, porque o ambiente está repleto de porcelanas frágeis e mesinhas delicadas que parecem equilibrar-se precariamente em uma perna só. Alguém teve a delicadeza de colocar um vaso cheio de rosas do jardim na mesinha de centro na frente da lareira.

Nós dois nos levantamos quando as representantes da associação de caridade entraram, acompanhadas pela Sra. Delaney. Observo, ansiosa, enquanto ela sai da sala, para ver se ela se lembra de fazer um comentário inadequado, dar uma fungadela ou mesmo tascar um peteleco na cabeça das convidadas. Felizmente ela sai sem nenhum incidente. As apresentações são feitas — as senhoras chamam-se Rose e Mary — e todos sentamos. Não tive muito tempo para me preparar para esta reunião, mas consegui esboçar alguns cardápios. Também não tive a oportunidade de inventar idéias para o tema circense, mas isso será mais fácil quando souber o que nossos clientes realmente querem.

— Manda bala, Izzy — diz Monty. — Você sabe o que perguntar.

— Eu sei que tudo está em cima da hora, Isabel — diz Rose, numa golfada, antes que eu consiga abrir a boca —, mas esperamos que a maioria de nossas idéias ainda possa ser realizada.

— Eu também espero que sim — digo suavemente. Rose e Mary representam uma grande associação de caridade com a qual nunca trabalhei antes, e sei que se cuidar delas direitinho poderei ter chances de agarrar a conta permanentemente.

— Infelizmente o *promoter* que tínhamos estava vinculado ao local anterior do evento — continua Rose. — Ficamos imensamente felizes com o fato de Monty conhecer você, senão não saberíamos o que fazer. Esta fazenda foi um salva-vidas.

— Mas o que aconteceu com o outro local, se é que posso perguntar? Por que cancelaram?

— Houve um pequeno incêndio nas cozinhas. Felizmente ninguém ficou ferido, mas eles precisaram substituir os equipamentos danificados e acharam que não estaria tudo pronto para o dia do baile. Levando em consideração a quantidade de pessoas envolvidas, pensaram que seria mais sensato se procurássemos outro lugar.

— Monty me disse que são quinhentos convidados. É um total confirmado?

— Vendemos pouco mais de quinhentos ingressos, a maioria para empresas — diz Mary. — O total vai chegar, provavelmente, a quinhentos e cinqüenta no dia do evento.

— Alguma idéia sobre a comida a ser servida? Eu organizei alguns cardápios para vocês darem uma olhada. — Procuro meu bloco de anotações. Passamos uns vinte minutos analisando os cardápios, incluindo um animado debate iniciado por Monty sobre os vegetarianos e os alérgicos a nozes.

— Vamos falar do tema circense? — acabo por perguntar. — Porque isso pode afetar algumas das outras decisões.

— Bom, a empresa de toldos que contratamos vai providenciar uma grande tenda de circo! — diz Rose animadamente. — E nós já temos alguns malabaristas e outros artistas contratados. Vou passar os nomes e números de telefones deles para você.

— Obrigada. Vocês querem alguma disposição especial para a tenda? Quem sabe com um picadeiro no meio para os artistas e as mesas espalhadas ao redor?

— Isso seria maravilhoso! — suspira Mary. Muito bem, Izzy. Já não bastava o trabalhão que você já tem nas mãos, ainda vai ter que se virar com picadeiro e companhia. Falta pouco para você se oferecer para ficar no lugar da foca amestrada.

— E podemos ter um apresentador vestido como um mestre-de-cerimônias, com cartola e casaca vermelha? — Isso, vai arranjando encrenca, Izzy.

— E botas de verniz preto brilhante? — diz Rose com um guinchinho excitado. Monty olha para ela, preocupado.

Eu continuo numa onda de inspiração infeliz.

— E que tal algumas lanterninhas? Elas poderiam andar pelas mesas, dando saquinhos de pipoca e picolés para as pessoas depois do jantar. Quem sabe uma máquina de algodão-doce?

— Há anos não como algodão-doce!

— Vou precisar da lista de artistas já contratados o mais depressa possível. Podemos acrescentar um pouco à idéia: um mágico que vai de mesa em mesa ou quem sabe um caricaturista? Vocês sabem qual a faixa etária dos convidados?

— Vou perguntar para a pessoa encarregada da venda dos bilhetes. — Rose faz uma anotação no seu bloco.

— Isso. Agora vamos ver os aperitivos?

— Queremos algo divertido!

— Com certeza! Há milhares de coisas que podemos fazer! Que tal garrafas de champanhe em miniatura com canudinhos? Ou um bar de coquetéis? Vou fazer um resumo de idéias.

— Obrigada! Tudo parece simplesmente esplêndido!

Continuamos falando de decorações de mesa, disposição dos convidados nas mesas, louças e talheres, preparação de bebidas, chapelaria, banheiros químicos e uma centena de outros detalhes que são fundamentais para um evento deste tamanho. Vou com toda certeza ter uma carga de trabalhos, e por momentos penso se Dom e eu vamos dar conta do recado. Depois de agendarmos uma nova reunião para a semana que vem, Monty acompanha as duas animadas senhoras até a saída. Apesar de minhas preocupações com os recursos, não consigo resistir à tentação de fazer com que cada evento seja o melhor possível. Acabo de escrever minhas anotações e vou até as portas-balcão. Em três semanas, este gramado vai estar enfeitado com uma tenda de circo suficientemente grande para abrigar quinhentas pessoas. O último evento deste tamanho que eu fiz levou um ano de planejamento, e ainda recebo um cartão de parabéns da mãe do cliente no meu aniversário. Mordo o lábio, preocupada.

— Parece que vai ser um trabalhão danado, Izzy! Você dá conta? — Monty interrompe meus pensamentos preocupados.

— Bom, Dominic vai me ajudar. Ele é meu assistente — explico.

Monty nota meu ar desanimado e dá umas palmadinhas no meu joelho.

— Não se preocupe, Izzy, todos nós vamos ajudar! Sei que estamos pedindo muito de você. Eu contrataria mais ajudantes para você, mas o problema é que estamos precisando do dinheiro que a associação de caridade vai nos dar para usar na fazenda.

— Precisa? — pergunto um pouco alarmada.

— Simon dá pouco dinheiro para a manutenção da casa, e a Sra. Delaney precisa de novos equipamentos de cozinha, a geladeira está praticamente caindo aos pedaços! E espero que Simon nos deixe usar o dinheiro para este tipo de coisas. — Ele parece tremendamente sem graça. — Eu nunca contaria uma coisa dessas para um desconhecido, mas você sempre foi íntima da família, Izzy. É por isso que fiquei tão aliviado quando *você* veio nos ajudar... — Ele não termina a frase e fica olhando distraidamente para os seus sapatos gastos, mas bem engraxados. Sinto raiva de Simon por permitir que um pai tão doce fique tão aflito.

— Não se preocupe — digo com firmeza, e fico mais resoluta sobre o projeto. — Vamos dar conta. Aconteça o que acontecer.

CAPÍTULO 9

Passo o resto do dia trabalhando na biblioteca, tentando dar um pouco de consistência ao esqueleto do baile. Lá pelas seis da tarde, lembro, toda feliz, que Will quer me levar para dar um passeio pela fazenda e que tia Winnie vem jantar conosco. Desligo o laptop e vou correndo mudar de roupa. No saguão de entrada, paro para olhar a parede acima da lareira por um minuto. Alguma coisa está realmente me incomodando e não sei bem o que é.

Sinto uma sensação estranha por trabalhar em uma casa que teve uma importância tão grande na minha infância. Vivo encontrando armários onde me escondia e salas onde brincávamos. O mais estranho de tudo é que a maioria dos ambientes está exatamente igual ao que era há mais de quinze anos. Posso estar com a mente ocupada com a disposição dos convidados nas mesas e com os artistas e descubro, de repente, um buraco na parede feito por Simon jogando críquete aos dez anos de idade. Ou descubro uma placa de vidro substituída em uma das portas e me lembro de como tínhamos certeza de que se corrêssemos com velocidade suficiente na direção da porta seríamos transportados para um mundo de contos de fadas. Tudo parece um pouco diferente, mas ao mesmo tempo está tudo igual. É muito confuso.

Já no andar de cima, ando calmamente pelo corredor e fico chapinhando na banheira por um tempo, enquanto faço uma lista mental de coisas a fazer. Depois visto um par de calças de linho, um conjunto de malha com decote em V e cardigã bordado, retoco rapidamente a maquiagem, me encho de perfume e desço.

Espio cautelosamente pela porta da cozinha para ver se a Sra. Delaney está por ali, mas um dos cães me segue, late e corre para dentro da cozinha anunciando nossa chegada. Felizmente a Sra. D.

não está. Deve estar no quarto dela, enfiando alfinetes num bonequinho de pano com a minha cara. Há um cheiro delicioso no ar, que eu espero que seja o nosso jantar e não o dos cães — tenho a impressão de que eles comem melhor do que nós.

Harry e Will estão sentados à mesa jogando o que parece ser uma partida violenta de Pega-Varetas. Harry me informa que estão jogando Pega-Varetas Rápido, ou seja, em vez de pensar e puxar com cuidado, você tem cinco segundos para puxar uma vareta. Atirar descuidadamente para o chão as varetas apanhadas também parece fazer parte do jogo. Os cães estão escondidos como podem — encostando-se contra os armários, atrás da fileira de galochas, empilhados debaixo da mesa.

— AAAh, aí está você, Izzy — diz Will. — Só vou acabar de dar uma surra no Harry e vamos sair. A propósito, acho que você vai precisar de galochas.

— Não há pressa — respondo. Vou para o quartinho de serviço e pego o par de galochas que usei quando fomos alimentar os veados. Coloco-as enquanto Will, visivelmente, deixa Harry ganhar. Ele se levanta da mesa, enfia a mão no bolso do jeans e dá uma moeda para Harry, que fica muito feliz.

— Aqui está, conforme combinado, uma libra para o mês de arrecadação de fundos. Você é bom para fazer negócios.

Harry abre um grande sorriso para nós dois.

— Pronta para sair, Izz?

Damos boa-noite a Harry e vamos em direção à porta dos fundos.

— Seu pai convidou minha tia Winnie para o jantar, portanto temos que estar de volta lá pelas oito — lembro.

— Sem problemas — diz Will despreocupadamente.

— Você não aprendeu a dirigir com o mesmo instrutor que Monty, aprendeu? — Rolamos calmamente aos saltos por uma estrada de terra.

Will olha para mim e sorri.

— Não! Ele é um pavor na direção, não é? Olhe, ali está a velha serraria. Pantiles costumava manipular sua própria madeira.

— E o que fazem agora?

— A Comissão Florestal faz o trabalho por nós e vendemos o produto final. Cerca de metade da área da propriedade é formada por bosques.

— E a outra metade?

— Arrendamos a maior parte para fazendeiros locais. E o que sobra nós mesmos cultivamos.

— Você gosta de administrar Pantiles?

— Gostaria se fosse realmente minha.

— O que quer dizer com isso?

— Simon é o dono de tudo.

— *Tudo*? Isso não parece muito justo.

— Sim, tudo. O primogênito herda tudo. — Há um nítido tom de amargura na voz dele e eu não o culpo por isso. Ele me olha e encolhe os ombros. Chegamos ao final da estrada de terra, passamos por um portão de madeira e entramos em uma estrada asfaltada. Will aponta para outra direção e diz: — Temos cerca de dez casas ali. Infelizmente alguns dos inquilinos mudam amanhã, e é por isso que não vou chegar mais perto, para evitar que joguem tomates podres ou outra coisa na gente. Simon os despejou na semana passada.

— Por quê?

— Disse que o aluguel que pagavam não era suficientemente alto. Estas famílias viveram felizes aqui por sete anos, até agora.

— Puxa, essa decisão parece dura.

— Também acho, mas você conhece Simon.

— Conheço?

— Ele fez você passar uns maus bocados quando éramos crianças, não foi? — Ele me olha.

Encolho os ombros e finjo que não me lembro muito bem.

— Talvez.

Viramos à direita na estrada asfaltada, depois à esquerda, e paramos em frente a outro portão de madeira. Saio toda entusiasmada do carro para abrir o portão, ansiosa para mostrar como uma garota urbana pode se virar no campo, mas estou tão ocupada tentando impressionar Will que não olho para o chão e aterrisso bem no meio de um monte de cocô de vaca.

— Argh, que nojo! Tem cocô de vaca nas minhas galochas! — choramingo.

Will inclina-se na minha direção e sorri.

— Desculpe, Izzy! As vacas vêm até aqui para pastar! Me esqueci de avisar! Mas não se preocupe, todo mundo cheira a bosta no campo!

O cheiro de bosta de vaca luta pela supremacia contra o meu sofisticado perfume urbano e, depois de um breve combate, vence com facilidade. Repreendo a mim mesma. Por que o campo tem de cheirar tão mal?

Luto por uns minutos com o portão — você precisa ser formada em astrofísica para entender o complicado fator plutoniano das fechaduras. Will acaba vindo me ajudar e abre o portão com um simples piparote dos dedos. Continuamos o passeio.

— O que aconteceu com todos os cavalos? Minha mãe costumava guardar os dela aqui — pergunto, pensando nos estábulos vazios.

— Sim, eu me lembro. Tivemos que nos livrar deles. A manutenção deles é muito cara. Simon é avarento e controla a carteira agora.

— Mas não é suficientemente avarento para negar-se o enorme BMW estacionado no pátio, que ninguém parece dirigir apesar da regra de que quem chegar primeiro leva. É surpreendente como as pessoas mais ricas sempre acabam sendo as mais mesquinhas.

— Que pena.

— Sinto falta deles. Esta é a parte das terras que arrendamos, até aquele campo lá embaixo. — Ele aponta em direção ao horizonte.

— Simon começou a trabalhar aqui logo depois da escola?

— Não, ele foi para a universidade.

— Qual?

— Cambridge. Mas largou os estudos no segundo ano.

— Por quê?

— Foi quando mamãe morreu. Papai simplesmente entregou toda a propriedade a Simon, pois não conseguiria mais cuidar dela sem a ajuda de mamãe. Ele queria que Simon tirasse o diploma, mas Simon decidiu não esperar por ele. Simplesmente fez as malas e voltou para casa. Acho que ele estava ansioso para começar a trabalhar aqui, mas logo depois entrou para o mundo dos negócios. Agora Pantiles o aborrece.

Olho o lindo panorama campestre ao meu redor, o pequeno vilarejo no alto da colina, os tons suaves de verde da floresta banhada pelo pôr-do-sol e penso como é que alguém normal pode se chatear com isto.

— Depois que voltei de minhas viagens, Simon decidiu que afinal precisava de um administrador para a fazenda, e aceitei o trabalho. Mas, ainda assim, um dia gostaria de ter a minha própria fazenda.

— Você não pode ter uma parte da fazenda?

— Talvez como arrendatário. — Ele suspira. — Eles nunca dividiriam Pantiles. Não é justo, mas é sensato. A fazenda precisa permanecer inteira para manter seu valor.

— Você está sendo muito pragmático.

— Os filhos número dois precisam ser pragmáticos.

Chegamos ao vilarejo. Will estaciona e sai do carro. Eu saio atrás dele. Passeamos pelo jardinzinho e Will acena para algumas pessoas, enquanto eu tento, sutilmente, limpar minhas galochas do cocô de vaca.

— Os habitantes do vilarejo são muito unidos? — pergunto.

— Não muito. Eles se esforçam, mas a fazenda, que era o que lhes dava trabalho, não faz mais isso. As pessoas precisaram mudar para encontrar mais trabalho, e as coisas estão ficando mais difíceis para Pantiles.

Sentamos no banco debaixo da cerejeira em flor.

— Precisamos sair novamente, Izz — Will diz, pensativo.

— Sim, foi um passeio adorável — digo com sinceridade. — Muito relaxante.

— Eu costumo andar pela fazenda quase todas as noites. Visito os moradores, esse tipo de coisa.

— Simon não deveria fazer isso?

— Eu sou o administrador e isso é mesmo parte do meu trabalho. Mamãe costumava fazer isso quando estava viva, mas acho que ela considerava isso mais como uma obrigação do que eu. — Veja, Izzy! — exclama Will, e antes que eu consiga dizer algo, ele diz: — Estamos sentados sob a árvore dos casamentos! Agora você tem que casar comigo!

Quando voltamos, fico aliviada em ver que tia Winnie ainda não chegou. Acho que seria maldade de minha parte deixá-la à mercê da família Monkwell quando ela realmente não conhece ninguém muito bem, e não quero que tire conclusões precipitadas sobre meu passeio com Will. Se bem que acho que isso será inevitável, assim que ela colocar os olhos neste homem lindo.

Monty e Flo estão bebendo gim-tônica animadamente, descascando legumes e matraqueando que nem dois papagaios. Acho que Harry já foi para a cama. Eles nos olham quando entramos.

— Fizeram bom passeio? — pergunta tia Flo.

— Adorável! — respondo.

— Sirva-se de um drinque, Izzy querida! Há vinho na geladeira ou gim no armário.

Tiro as galochas e vou correndo lavar as mãos. Depois coloco vinho em dois copos grandes, para mim e para Will, e tiro dois porta-copos da gaveta, recebendo um olhar de quase aprovação da Sra. Delaney. Uma batida forte na porta anuncia a chegada de tia Winnie, que entra na cozinha em seguida e enche o ambiente com sua poderosa presença. Até a Sra. Delaney parece impressionada, e eu quase saio de onde estou para ficar ao lado da minha parente mais querida, com um sorriso de sim-ela-é-mesmo-impressionante. Em vez disso, beijo tia Winnie no rosto e faço apresentações rápidas. Ela dá um grande abraço em Monty e entrega uma garrafa de vinho (não um dos caseiros, observo aliviada) e algumas frutas silvestres colhidas na horta. Ela aperta a mão de todos os demais. Tia Flo e tia Winnie lado a lado são uma visão hilariante. Tia Winnie está usando uma blusa de algodão, uma saia de tweed com meias-calças grossas verde-claro e pesados sapatos sem salto. Tia Flo veste um vestido de chiffon estampado, cheio de babados, não usa meias-calças e usa sandálias com pedrarias. Enquanto uma cumprimenta a outra, Monty se inclina na minha direção e murmura:

— Acha que devemos dizer a Flo que ela ainda está usando seu roupão?

Dou uma gargalhada com a descrição que Monty fez do extremamente sofisticado cardigã de lã comprido que Flo está usando sobre o vestido.

— Acho que é um cardigã, Monty — sussurro de volta.

— Um cardigã? Tem certeza? Que extraordinário. — Ele vai pegar um copo de vinho para tia Winnie, murmurando sozinho "um cardigã", ainda surpreso.

Apesar das diferenças dramáticas entre o estilo de vestir das duas, tia Winnie e tia Flo se dão imediata e maravilhosamente bem. A noite passa com as duas em conversa animada (descobriram que ambas são admiradoras de besouros), ajudada por uma torta de peixe fabulosa, feita pela Sra. Delaney, e frutas em calda para a sobremesa. Desde que Monty contou sobre a escassez de fundos para a manutenção da casa, comecei a observar algumas coisas. A geladeira está mesmo começando a desmontar, sem falar na chaleira. E fiquei absolutamente horrorizada ao perceber que não há uma lava-louça. Estava tão cansada na noite passada que deixei todo mundo ainda à mesa quando fui para a cama. Nem me passou pela cabeça que alguém teria que lavar a louça, o que não deve ter ajudado a melhorar meu relacionamento com a Sra. Delaney. Também percebi que os vegetais e as frutas em calda são provenientes da horta e do pomar.

Mais tarde, voltando do toalete, encontro tia Winnie no corredor.

— Você sabe onde é o banheiro? — pergunto.

— Hã, sim. — Ela espera que eu me aproxime mais e sussurra: — Izzy, você contou a seus pais sobre seu retorno a Pantiles?

— Ainda não — respondo, surpresa com a seriedade em sua voz. — Por quê?

— Acho que deveria contar, só isso.

— Por quê, tia Winnie?

— Conte para eles, Isabel — ela responde de um modo ríspido, pouco comum, e sai andando, me deixando para trás.

CAPÍTULO 10

No dia seguinte, depois da reunião com a empresa de toldos, que incluiu corridas frenéticas por todos os lados com fitas métricas, Monty me leva até a estação de trens. Ele me beija no rosto e diz que vem me buscar na próxima terça-feira à noite, para que eu possa me encontrar com Rose e Mary na quarta-feira. Vou ter que ser sua hóspede por alguns dias, para tentar fazer todas as entrevistas com artistas e músicos, por isso já organizamos para que Dom também se hospede na casa.

Uma vez a bordo do trem para Londres, abro meu laptop, espalho minhas anotações na mesinha e ligo para o escritório.

— Table Manners? — Stephanie responde impaciente, sem dúvida irritada por ter que parar de ler um artigo sobre a nova coleção de calçados de Gisele Bunda, ou seja lá qual é o seu nome.

— Stephanie, sou eu.

— Ah. — É claro que ela voltou a ler a revista.

— Hã... como vão as coisas? — pergunto enquanto meus ombros se encolhem, apreensivos. Gosto que Stephanie me diga primeiro como as coisas vão indo, para evitar surpresas desagradáveis. É impressionante o quanto de encrencas você pode arrumar mesmo sem estar no escritório.

— Tudo bem. — Ufa. Suspiro de alívio e sento melhor na poltrona. — Mas ele está uma fera com você.

Volto a me encolher sobre a mesa.

— Por quê?

— Disse que nunca viu uma idéia tão ruim.

— Qual?

— Não conseguiram apanhar uma das suas pombas no banquete polinésio e ela cagou no copo do anfitrião.

— Meu Deus, foi? — Controlo meu impulso de dar uma gargalhada, porque sei que ela vai contar ao Gerald. — Eles ficaram muito zangados?

— Um pouco, mas não tão zangados quanto Gerald.

— Me deixe falar com ele.

— Vou transferir a ligação.

Espero, e depois de um tempo Gerald atende o telefone. A primeira coisa que ele diz é:

— Ahhhh, vejo que a fada das cagadas voltou.

Sorrio. Ele não está tão zangado quanto Stephanie disse.

— Ora, Gerald, você não pode me culpar pelos movimentos intestinais de uma pomba.

— Uma boa *promoter* é a responsável pelos movimentos intestinais de todos na festa.

— Essa é uma responsabilidade e tanto.

— Você está a caminho?

— Sim, o trem acaba de sair.

— Ótimo. Espero um relatório completo.

Há uma atmosfera familiar na sede da Table Manners. O caos ameaça irromper por todos os cantos. Até mesmo Stephanie está mais ocupada do que de costume. Ela tem duas revistas abertas na frente dela enquanto toma um milk-shake de café com um canudinho. Ela grunhe para mim e tira o canudinho da boca, com má vontade.

— Estão todos ficando malucos — diz e volta a ler a *Hello!*.

— Recados? — pergunto esperançosa.

Ela inclina a cabeça na direção aproximada de onde fica a minha mesa, o que não me anima muito, e acrescenta:

— Lady Boswell ligou. Disse que você estava fora, trabalhando na fazenda de Simon Monkwell. Por causa disso tive que ouvir a velha megera falar por meia hora sobre ter encontrado Simon Monkwell um dia, quão tremendamente divino ele é e o quanto ela gostaria que ele comparecesse à Festa Nórdica do Gelo.

— Puxa, não consigo pensar em um destino melhor para ele — resmungo.

Entro no escritório principal, onde todo mundo parece mesmo ter enlouquecido. Aidan está de pé em cima de uma mesa no canto da sala, olhando pensativo para um pedaço de corda nas mãos, e parece estar pensando se vai se enforcar com ela ou não. Por algum motivo o Zé Colméia de pelúcia está sentado na frente da mesa dele. Passo pelo labirinto de mesas e pessoas e vou em sua direção, ignorando meus colegas que, ou estão entrevistando pessoas com fantasias de animais ou estão enfiando-se embaixo de mesas segurando arranjos florais e gritando: — Isso vai ficar em pé!

— Oi! — saúdo Aidan.

— Como vai, Catatau? — ele diz com sua melhor voz de Zé Colméia.

— Pensando em dar cabo da vida?

— Caramba, eu bem gostaria que sim! Gerald está mal-humorado. Você soube o que aconteceu com a sua pomba? É verdade que ele bebeu mesmo o coquetel cagado?

— Acho que não. — Fico em dúvida.

— Droga, é o que tenho contado para todo mundo. — Ele desce da mesa e fica no mesmo nível que eu. — E aí, alguma coisa na semana, além do evento em Pantiles?

Balanço a cabeça.

— Só alguns ajustes na Festa Nórdica do Gelo, graças a Deus. Já estou com as mãos cheias com este baile.

— Vamos lá, me conte tudo! Como é a propriedade? Como vão os preparativos para o baile? Como está se virando com o feio e malvado Simon Monkwell?

— Ele ainda não voltou.

— Mas você vai encontrá-lo? — ele pergunta.

— Sim, em breve.

Aidan senta na minha frente e parece pensativo.

— E que tal o resto da família, como são eles?

Um sorriso enorme invade meu rosto.

— Ah, eles são geniais! Conto melhor depois.

Coloco o laptop e a pasta na mesa e volto a trabalhar no planejamento.

Gerald está mesmo de mau humor e rosna quase a tarde inteira. Um *promoter* novato tenta conseguir a aprovação dele para o cardápio de um piquenique para crianças. Ele expulsa o rapaz da sala aos berros:

— Que raio de história é essa de canapés vegetarianos! Volte quando escolher algo que as crianças queiram mesmo comer!

E, logo depois, grita para que eu vá até sua sala. Quando consigo acompanhá-lo e fechar a porta atrás de mim, ele já está afundado atrás da sua mesa.

— Meu Deus, este negócio é implacável, não é?

— O quê?

— Esta bobagem de se divertir. Nunca dá um descanso. Como vão os preparativos para o projeto Monkwell? Alguma coisa a relatar?

— Não, tudo está bem.

— Está conseguindo não chatear os Monkwell?

— Acho que sim.

— Quando Dominic vai ajudar você?

— Na semana que vem.

— Também o avise para não os chatear. Não se esqueça de que em boca fechada não entra mosca. E se a sua boca...

— ... Está aberta, então você não está aprendendo nada — termino a frase por ele.

— Repetir isso para Dominic, milhares de vezes, nunca é demais. Nunca esqueci de quando ele disse a uma convidada gorda que ela não deveria ficar muito tempo parada no iate dela, pois poderia ser confundida com uma baleia e ser arpoada.

— Mas ela estava sendo uma chata, e ele disse isso baixinho.

— Então ela tinha ouvidos de tuberculosa, porque, lembro-me bem, ela o ouviu. A propósito, como vai ele?

Eu suspeito que Gerald gosta muito de Dominic.

— Está bem.

— Agüentando, não é?

Olho para ele desconfiada.

— Ele está muito bem. Por quê?

— Por nada. Vamos torcer para que este baile traga mais negócios, Izz. Parece que você esteve longe por uma eternidade. As contas de Aidan estão deteriorando rapidamente.

— Jura? — pergunto de modo inocente. — Provavelmente ele está só tendo um dia ruim.

— É mais uma semana ruim. Como vão os preparativos para o baile?

Penso em todo o trabalho envolvido — o tema circense, o serviço de *catering* para quinhentas pessoas e os milhões de outros detalhes que preciso confirmar.

— Tudo bem — digo com segurança.

— Já viu Simon Monkwell?

— Não, ainda não. Talvez na próxima semana.

— Vai perguntar sobre a possibilidade de um contrato corporativo?

— Se tiver uma oportunidade — digo pensando: definitivamente não. Não há Cristo que me faça procurar trabalho com Simon Monkwell.

— Sua tia, hã... qual o nome dela? Aquela que acha que eu sou comunista?

— Winnie.

— Isso! Sua tia Winnie pode ter nos ajudado muito mais do que pensava! Não se esqueça de ser boazinha para Simon Monkwell na semana que vem.

— Serei. — E faço uma figa com a mão escondida atrás das costas.

Começo a gostar da minha tarde, mesmo lidando com detalhes do meu projeto dos infernos, a Festa Nórdica do Gelo, porque estou na posição incomum de poder sair às sete horas na noite de sexta-feira, aconteça o que acontecer. As noites de quinta e sexta são geralmente as mais agitadas da semana, porque a maioria das *socialites* vai para suas casas de campo nos finais de semana. As pessoas acham que nosso trabalho deve ser uma grande diversão, e a maioria das vezes é, mas não têm a mínima idéia de como são as coisas quando a arrumação das mesas não dá certo e você sabe que não pode ir para casa até tudo estar no lugar.

Passo a maior parte da tarde ao telefone, falando com o fornecedor de gelo, minimizando os problemas sobre a criação do bar de gelo, marco outro ensaio com meus vikings de mentirinha e uma reunião com Lady Boswell, para quando estiver novamente no escritório. Lady Boswell começa a tagarelar novamente sobre Simon

Monkwell, mas consigo encerrar a conversa antes que ela possa pedir que eu o convide.

Assim que entro em casa, Dominic sai com um ar extremamente elegante. Ele diz que vai ao cinema com um colega de trabalho, mas deduzo que essa pessoa é mais do que um colega, porque ele me convidaria a ir junto.

Decido alugar um vídeo e vou para o quarto, para vestir minha calça de agasalho favorita, antes de ir para a locadora. Estou procurando as chaves quando o interfone toca. Dominic deve ter esquecido algo.

— Alô? — respondo.

— Alô? — Não é Dominic, mas a voz é familiar e eu a reconheço levemente.

— Alô? — digo novamente.

— Isabel. Sou eu, Rob. Por favor, me deixe entrar.

CAPÍTULO 11

Meu dedo hesita antes de apertar a campainha, mas eu pressiono o botão e a porta da frente se abre. Ouço passos subindo a escada e ele aparece na minha frente.

Não sei o que dizer e, portanto, fico quieta. Meu primeiro pensamento é imaginar se sobrou um pouco da maquiagem no meu rosto. Meu segundo pensamento é que Rob deve ter deixado algo no apartamento e veio buscar. É aí que vejo a garrafa de champanhe. Sinto um frio na barriga. Devo fingir que não vi?

Ele apóia o corpo de modo insolente no batente da porta e sorri para mim.

— Posso entrar?

— Claro — respondo automaticamente e dou um passo para o lado.

Vou atrás dele até a sala de estar e corro para retirar as canecas empilhadas na mesinha. Levo-as para a cozinha e, quando volto para a sala, Rob está abrindo a garrafa de champanhe. Fico um pouco irritada com a presunção dele.

— Está abrindo isso agora? Qual o motivo? — pergunto.

— Você tem taças?

— Não, não tenho.

Ele dá uma gargalhada.

— Deixa disso, Izzy! Tome uma taça de champanhe comigo pelos velhos tempos. — Estou parada entre a cozinha e a sala, mas ele sorri com aquele sorriso atrevido e preguiçoso dele, e eu tenho de admitir que amoleço um pouco.

— Tá bom. — Volto para a cozinha e desencavo duas taças de vinho.

Sentamos em silêncio enquanto ele serve o champanhe com maestria. Ele toca minha taça com a dele, olha nos meus olhos por um segundo e se acomoda no sofá. A sensação de tê-lo novamente comigo me deixa perigosamente eufórica.

— Então! — diz ele. — O que anda fazendo, Isabelzinha?

— Um pouco de tudo. Rob, afinal de contas, o que é isso tudo? Aparecer sem avisar com uma garrafa de champanhe?

Ele encolhe os ombros e não me olha nos olhos.

— Achei que você se recusaria a me ver se telefonasse antes.

— Você tem toda a razão. Iria mesmo.

— Bom, aí está. — Ele sorri novamente de modo devastador.

Eu ignoro o sorriso e insisto:

— Mas por que você está aqui?

— Bem, Izzy, estive pensando um bocado sobre como as coisas eram boas quando estávamos juntos e... quer mais champanhe? — Seguro minha taça enquanto ele enche as duas. — Estive pensando que talvez tenha sido um pouco precipitado.

— Um pouco precipitado?

— Senti saudades.

Fecho um pouco os olhos, como se quisesse me proteger da escancarada ironia de toda a situação. Semanas atrás, teria dado meu braço direito para ouvir isso.

— Vamos lá, Izzy — Rob continua com voz macia. — Cometi um erro. Sinto muito. Mas não cometa um também só por causa do seu orgulho.

Eu hesito. O comentário me pegou de jeito. Estou jogando fora algo precioso só por pura e simples teimosia? Afinal de contas, o que ele fez de errado? Ele não me traiu. Nós não tivemos uma briga horrorosa onde dissemos um monte de coisas horríveis. Ele apenas teve medo do compromisso, mas percebeu que cometeu um erro.

Bebo outro gole de champanhe e ele inclina-se na minha direção, pegando na minha mão. A sensação das pontas dos dedos dele acariciando a minha palma não é completamente desagradável.

— Posso levar você para jantar amanhã?

— Não, tenho um compromisso.

— Na semana que vem?

— Não, estarei fora a trabalho. Em Suffolk.

— Caramba, que diabos você vai fazer lá naquele fim de mundo?

— Estou trabalhando na propriedade Pantiles. De Simon Monkwell — acrescento, tentando impressionar. Consigo o efeito desejado.

— Simon Monkwell? Uau! — Rob diz incrédulo e chega mais perto.

— O que está fazendo?

— Organizo um baile para eles.

— É um projeto muito impressionante, Izzy.

— Sim, é, bem, eu sou conhecida da família.

— É? — Sua mão começa a subir de mansinho pelo meu braço. — Você vê, Izzy, eu sabia que tinha cometido um erro. É óbvio que você conhece *todas* as pessoas certas. — Ele sorri para mim de uma maneira que eu costumava achar absolutamente charmosa, mas agora já não tenho tanta certeza. — Deve ser um trabalho difícil, ouvi dizer que ele não é muito legal — continua Rob, recostando-se novamente no sofá e bebendo um golinho de champanhe. — Como está se dando com ele?

— Ainda não o vi. Ele está em Chicago. Mas, não, ele não é muito legal.

— Como sabe se ainda não o encontrou? — Rob pergunta em tom debochado, com um sorrisinho nos lábios. Ele começa a acariciar novamente a minha mão.

— Ele despeja inquilinos sem motivo aparente e deixa a propriedade com pouca verba para manutenção.

— Ele está dormindo com uma das advogadas dele, não está?

Olho intensamente para ele.

— Onde você ouviu isso?

Ele encolhe os ombros.

— Por aí.

— E não estou nem estaria interessada em saber com quem ele dorme — respondo empertigada.

— Quer dizer que — Rob continua meloso — você tem que passar a noite na propriedade? Vou poder ver você durante a semana?

— Sim, vou dormir lá — digo ríspida, a mente ainda remoendo a situação. Rob e eu estamos voltando? Eu quero isso? A mão dele sai da minha palma e volta a subir pelo meu braço. É um gesto bastante hipnótico.

— Você não pode voltar durante a semana de jeito nenhum?

— Talvez possa. — Sua mão percorreu meus ombros e agora brinca com uma mecha do meu cabelo.

— Coitadinha de você. Deve ser horrível ter que jantar com todos aqueles caipiras. Diabos, sobre o que vocês conversam?

— Ah, besouros. Cultivo. Esse tipo de coisa.

Ele dá uma gargalhada leve, pensando que estou brincando, e se inclina para me beijar.

— Que horrível. Não consigo imaginar nada pior do que isso — murmura. Neste exato momento meu celular toca e sou despertada do estado de transe em que me encontro. Franzo a testa e pego o celular na mesinha. O visor mostra um número de Pantiles.

— Alô?

— Izzy? É Will.

— Oi, Will, como vai? — digo com um certo alívio.

— Ótimo. Estou telefonando para saber a que horas seu trem chega na terça-feira. Eu vou buscá-la.

Reviro a minha bolsa em busca da agenda e digo o horário. Ele diz estar ansioso para me encontrar novamente e desliga.

Olho para o celular por um momento.

— Olhe, Rob, na verdade eu quero pensar a respeito dessa volta, OK? — digo com voz firme.

Ele parece surpreso, mas se recupera rapidamente. — Claro, Izzy! Claro. A situação deve parecer precipitada para você.

— Sim, parece.

Levanto e vou em direção à porta. Ele me olha por um segundo e me acompanha.

— Posso telefonar?

— Não, eu telefono para você. Não quero precipitar nada. — E, com um beijo na bochecha, eu o ponho firmemente para fora do apartamento.

Dom tem um ataque de raiva quando fica sabendo da visita de Rob, e eu bebo, apreensiva, o resto do champanhe. Estou contente por ter feito Dom virar uma taça primeiro.

— Ele parecia bastante arrependido — digo incerta.

— Rob? Arrependido? Izzy, nunca, antes de hoje, estas palavras estiveram juntas numa frase sobre Rob sem "nem um pouquinho" entre elas.

— Mas ele estava! Qual seria o motivo de aparecer?

Dom bufa sarcasticamente.

— Provavelmente queria dar uma trepada.

— Bom, ele não ia conseguir nada disso aqui — respondo empertigada.

— Aconteceu alguma coisa?

— Não, nada! — digo abespinhada.

— Izzy — diz Dominic, sério. Ele consegue ler o que vai na minha cabeça como se fosse um livro aberto.

— Bom... poderia ter acontecido se Will não tivesse telefonado.

— Will? — ele guincha de excitação. — De Pantiles?

— Sim. Will.

— O lindo fazendeiro Will?

— Sim — digo meio irritada, arrependida de ter contado sobre ele tão cedo.

— Por que ele estava telefonando? Achei que você estava tratando de tudo com Monty.

— Ele queria saber a que horas chego à estação na terça-feira.

— Ah, então é ele quem vai buscar você agora. E esse foi o motivo de nada ter acontecido entre você e Rob?

— Indiretamente, acho que sim.

— Não é isso o que Freud diria. Já vi tudo. Rob se aproxima para beijar você, o telefone toca e é Will. De repente não há mais nenhum clima. Sei, sei.

Caramba, ele estava assistindo a tudo escondido atrás do vaso de plantas?

— Nada disso, Dom. Podia ter sido qualquer um ao telefone.

— Você acha que o Will gosta de você?

— Realmente, não sei.

— Deus, que excitante! E eu vou conhecê-lo na semana que vem!

Olho para ele, horrorizada. Tinha esquecido que Dom vai comigo a Pantiles na semana que vem, para me ajudar com todo o projeto. Isto não é um bom presságio. Dom gosta de imaginar que é um Cupido, com arco e flecha. Várias pessoas por aí se deram mal por causa disso.

Eu o encaro com o meu olhar mais fulminante.

— Dom, você tem que esquecer o que falei sobre o Will.

— Ahhhh, deixa disso, Izzy! Eu posso ajudar.

— O único modo de ajudar é esquecer tudo.

— Como é que posso esquecer tudo quando minha melhor amiga está apaixonada por um lindo fazendeiro que possui terras até onde a vista alcança?

— *Não* estou apaixonada por ele e, para sua informação, ele não é o dono das terras. Simon é o dono.

Ele franze a testa.

— Tem certeza de que se interessou pelo irmão certo? — E leva uma almofada no meio da cara.

Quando chego a Bury St. Edmunds na terça-feira à noite, o mesmo Land Rover cheio de lama está à minha espera do lado de fora da estação.

— Will! — digo, toda feliz, enquanto escancaro a porta e subo no carro.

Como prêmio, ganho um beijo no rosto e um sorriso enorme.

— Como vão as coisas?

— Ótimas! Como vai você?

— Ótimo! Tudo pronto? — Ele liga o carro e partimos.

Batemos um papo sobre o tempo e passamos para o tema familiar.

— Como vai tia Flo? — pergunto.

— Ela e papai estão bem. — Ele me olha. — Simon volta amanhã.

— Volta? — digo, fingindo indiferença.

— Não se preocupe! — diz Will, que provavelmente percebeu uma sombra passar pelo meu rosto. — Provavelmente nós não vamos vê-lo muito!

Fico reconfortada pelo "nós" e sorrio.

Monty está a todo o vapor no café-da-manhã no dia seguinte.

— Isabel querida — ele resfolega —, ainda bem que encontrei você. Will disse que você vai até Bury St. Edmunds. — Na noite passada, pedi a Will se poderia pegar o Land Rover emprestado para ir à reunião com a empresa de toldos. Eles querem que eu aprove o design final da Grande Tenda.

— Hã, sim. Você precisa de algo?

— Posso ir com você?

— Claro!

— E Flo?

— Com certeza!

— Quando você vai?

— Meio que agora.

— Pegue meu carro, é o Jaguar velho. Dê a volta até a frente da casa que vou buscar Flo. — Devolvo as chaves para Will e pego minha bolsa. — O carro tem seguro? — pergunto a Monty.

— Acho que nenhum de nós tem seguro, querida.

— Sim, todos os carros têm seguro contra terceiros — diz Will, sorrindo por causa do meu ar de preocupação.

— A propósito, Sra. Delaney — digo —, meu ajudante, Dominic, chega esta manhã. Ele vai entrevistar todos os artistas a partir das onze horas. Se ele chegar antes da minha volta, poderia, por gentileza, acompanhá-lo ao seu quarto? Ele vai passar a noite aqui.

— Claro — ela responde seca, sem que seus olhos encontrem os meus. Acho que, bem lá no fundo, ela está encantada em saber que estarei fora a maior parte da manhã. Parece que a idéia dela de um dia feliz é um no qual pelo menos vinte quilômetros estejam entre nós.

Dirijo cuidadosamente o velho carro de Monty até a frente da casa e pouco depois surgem Monty e Flo, acompanhados por três cães. Eu me inclino, abro a porta do passageiro e Flo entra.

— Monty, você quer dirigir? — grito através da porta aberta.

— Eu não, querida. Você dirige, eu fico com os cães. — Ele espera até que os cachorros tenham se acomodado no banco traseiro e se espreme no meio deles.

— Bom-dia, tia Flo. Como vai você? — cumprimento.

— Bem, obrigada, querida, exceto meu joelho que incomoda um pouco.

— O que há de errado com ele?

— O que você disse?

— DISSE O QUE HÁ DE ERRADO COM SEU JOELHO?

— Artrite, querida.

Monty faz um sonoro ruído de desdém.

— Artrite? Ela nem sabe o significado da palavra.

— Eu ouvi *isso*, Montgomery — diz tia Flo no assento dianteiro.

— Você deveria procurar o médico por causa dessa sua audição seletiva, não de seu joelho.

— O médico disse que meu joelho deve doer muito. Mais doloroso que o seu pé, eu diria.

— Seu pé? — olho para Monty, preocupada. E me arrependo quase imediatamente de ter perguntado.

— Um velho ferimento de guerra, querida. Mal posso andar por causa dele.

— Ferimento de guerra, *humpf*! Você caiu na escada da adega. Você estava *bêbado*! — diz Flo do assento dianteiro.

— Desminta isso, minha senhora!

— Bom! — digo, sentindo que precisamos parar com este pequeno intercâmbio verbal antes que se desafiem para um duelo em cadeiras de rodas ou coisa parecida. — Os cães vieram conosco por algum motivo em especial, Monty?

Ele inclina-se entre os assentos dianteiros.

— Eles precisam ir ao veterinário. — Vejo que um deles é a pequena *westie* branca que vive sendo empurrada pelos outros.

— Qual o nome dela? — pergunto, apontando para a *westie*.

— Meg. Não está conosco há muito tempo. Um dos empregados a encontrou perambulando perdida. Quero que o veterinário a examine para saber se está tudo bem com ela.

— Coitadinha.

Monty e Flo parecem nunca ter problemas para conversar e, enquanto batem papo o tempo todo, eu vagueio entre as conversas, fazendo listas mentais sobre o que preciso fazer. Chegamos a Bury St. Edmunds e combinamos de nos encontrar ao lado do carro em uma hora. Passo os sessenta minutos seguintes olhando insegura para o desenho da tenda de circo e rezando fervorosamente para que tudo aquilo não desabe sobre a minha cabeça e as de quinhentos convidados. Volto e encontro Monty e Flo esperando por mim ao lado do carro.

— Como vai Meg? — pergunto enquanto entro no carro. Monty já está no banco traseiro, portanto presumo que ainda quer que eu seja a motorista.

— Completamente bem.

— O que é que você tem aí, tia Flo? — pergunto, apontando para a grande sacola de plástico enquanto puxo o cinto de segurança.

— Gafanhotos.

Pisco.

— Deus, desculpe, achei que você disse gafanhotos! — Solto o freio de mão, dou ré na vaga do estacionamento e saio dirigindo em direção à casa.

— Eu disse isso. São gafanhotos.

— Oh. E, hum, o que vai fazer com eles?

— São para a minha tarântula de estimação.

Quase atropelo um punhado de pedestres.

— Sua o quê?

Ela me olha como se eu precisasse tratar de um problema auditivo. E depressa.

— Minha tarântula de estimação. Poppet. — Enquanto espero o semáforo abrir, olho rapidamente ao meu redor para ver se tia Flo não a trouxe consigo para dar uma volta.

— Poppet? Você nunca falou dela antes.

— A maioria das pessoas tem um pouco de medo dela. — Jura? Por que será? — Achei que você poderia recusar tomar chá comigo se eu contasse sobre ela.

Pode ter certeza disso.

— Por quê? Ela está solta no seu quarto?

— Como, meu bem?

— EU DISSE: ELA ESTÁ SOLTA NO SEU QUARTO?

— Não, Poppet tem seu próprio aquário. Ela só sai de vez em quando. — Quando ela pede com jeitinho? Para comer criancinhas?

— Jura? — digo com voz fraca. Faço um esforço tremendo para conseguir dizer algo gentil sobre uma tarântula de estimação chamada Poppet. "Ela deve ser uma boa companhia" não parece combinar direito. Monty se mete na conversa antes que eu possa dizer algo:

— É melhor mantê-la presa quando Simon estiver por perto.

— Garanto que ela vai ficar presa.

— Se ela escapar, o mundo desabará sobre nós. Simon não sabe que Poppet existe — confidencia Monty. Olho para ele pelo espelho retrovisor. Sorte do Simon.

— Não vou contar nada — prometo. — Talvez seja mais sensato manter Poppet presa, tia Flo, até todo mundo ir embora. — Principalmente *moi.*

Chegamos a casa por volta das onze e nós três, mais os cães, entramos na cozinha carregados de compras. Estou quase a dizer: "Não derrube os gafanhotos!" para tia Flo, como uma piada, quando uma das guias dos cães enrola-se nas suas pernas e ela perde o equilíbrio. Agarro a sacola com os gafanhotos, dou um pequeno suspiro de alívio quando vejo que ela se segura na mesa da cozinha e vou em sua direção para ver se está tudo bem. Então sou eu quem tropeça em um dos cães e despeja todo o conteúdo da sacola no chão. Olho incrédula por alguns segundos enquanto cem gafanhotos pulam para todos os lados, com a alegria de prisioneiros em fuga, sem serem capazes de acreditar na sorte que tiveram. Os minutos que se seguem são de puro caos: os cães escapam correndo em disparada, para todas as direções. A Sra. Delaney começa a gritar e sobe em uma cadeira enquanto Harry observa tudo absolutamente extasiado. O resto de nós fica de quatro no chão e tenta pegar os fujões.

— Maravilhoso! — grita Harry. — Ganho um trocado para cada um que eu pegar?

— Comece a apanhá-los, Harry — ruge sua mãe, empoleirada no alto da cadeira.

Normalmente, se alguém apontasse um gafanhoto para mim eu diria algo como "que bonitinho!", ou "isso não é um canapé?", ou outra bobagem do gênero. Eu nunca me jogaria ao solo e tentaria pegar uma dessas pequenas criaturas. Todavia, aqui estou eu, tendo que apanhar cem destas pestes, todas elas movendo-se em grande velocidade em direção à liberdade.

Pego uma panela com tampa no escorredor de pratos e começo a usá-la como uma prisão central. Pulamos por todos os lados, gritando uns para os outros, ofegando como loucos por causa do exercício, tentando pegar os malditos insetos. Até que uma voz paralisa a todos:

— QUE DIABOS ESTÁ ACONTECENDO? EU CONSIGO OUVIR ESSA GRITARIA DO MEU ESCRITÓRIO. — Todos paramos imediatamente e nos endireitamos. Acho que Simon já está em casa.

CAPÍTULO 12

Um Simon irritado passa os dedos pelo cabelo, cortado curto dos lados e longo no alto, à la Hugh Grant. Ele é alto, moreno e é parecido com o Will, mas tem um ar arrogante e pouco atraente. Está vestindo calças desbotadas de veludo cotelê verde-oliva e um suéter leve com as mangas arregaçadas. Noto que seus cabelos estão molhados. Deve ter acabado de sair do chuveiro, penso, ele acaba de chegar do outro lado do Atlântico.

Escondo minha mão, com cinco gafanhotos se contorcendo, dentro do bolso do casaco e a aperto. Engulo em seco tentando não pensar em cocô de gafanhotos e os custos de lavagem a seco.

É impressionante como gafanhotos podem desaparecer rapidamente. Impressionante. Um deles deve ter gritado: "Depressa! Corram, rapazes! Corram e salvem a pele!", e os outros seguiram o seu conselho. Na panela devem estar uns trinta, o que significa que uns setenta e poucos estão foragidos. E eu só vejo uns três.

Fico feliz em ver que Simon parece ficar perturbado ao me encontrar no meio do grupo. Ele vem na minha direção.

— Isabel? É mesmo você? — diz surpreso. — Papai me disse que você ia voltar. É maravilhoso ver você novamente! — Isto é irônico, considerando o nosso último encontro. Ele não pronuncia bem todas as letras, o que faz com que soe particularmente pedante. Está na cara que ele não sabe se me dá a mão ou não, mas como me pegou com a boca na botija e minha mão direita está segurando cinco gafanhotos, eu me antecipo e lhe dou um beijo na face. Ele parece sem graça com o cumprimento.

— Teve um bom vôo? — pergunto depressa.

— Não dormi nada. Mas foi um vôo bom, obrigado.

E só depois ele se inclina e beija seus parentes também.

Assim que os cumprimentos terminam, inclino a cabeça para um dos lados, ergo as sobrancelhas e assumo um ar inquisitivo, como se estivesse dizendo "mais alguma coisa?".

— Então, o que está acontecendo? — repete Simon.

Uma vez que Simon não sabe da existência de Poppet, eu gaguejo: — Nós estávamos... hã... estávamos... hum... — Estou tentando descaradamente ganhar tempo e todo mundo sabe disso. Simon faz com que eu me sinta incrivelmente nervosa. Talvez eu deva continuar nesse ritmo até que todos tenham esquecido a pergunta original? Acompanhamos os olhos de Simon enquanto ele vê um gafanhoto particularmente preguiçoso, pulando atrás dos seus ex-companheiros de presídio sem muito entusiasmo.

— Fazendo uma corrida de gafanhotos! — intervém Monty.

— ISSO MESMO! — Eu praticamente grito em admiração. Tenho que cumprimentar este homem, foi um golpe de mestre.

— Fazendo uma corrida de gafanhotos — diz Simon, sem acreditar muito.

— É isso mesmo — diz Monty. — Estamos fazendo uma corrida de gafanhotos. Todos nós. Exceto a Sra. Delaney, claro. — A Sra. Delaney está de pé na cadeira e com um ar tão apavorado que não pode ser incluída sem levantar suspeitas.

— Bom, será que podem fazer uma corrida de insetos um pouco mais silenciosa? — ele pergunta secamente. — Tenho de voltar ao trabalho. Vejo todos vocês no jantar. Vai ser bom ficar a par das novidades, Isabel. — Ele diz tudo isso sem sequer a sombra de uma emoção na voz e sai da cozinha sem dizer mais nada.

Viro devagar para olhar os outros. Os gafanhotos que sobraram já fugiram há muito tempo.

— Pisei em um deles — diz tia Flo, parecendo perturbada.

— Flo, você ia oferecer cada um deles como jantar para uma aranha e está chateada porque pisou em um? — Monty pergunta, incrédulo.

— Sim, claro — ela responde balançando a cabeça, pesarosa.

Mordo o lábio. Em algum lugar, um gafanhoto chilreia consigo mesmo. Olho em volta e todos começamos a dar risadinhas.

Dominic chega um pouco depois. Nenhum dos membros da família está por perto e eu consigo levá-lo correndo para a sala de visitas sem interrupções. Faço um resumo da lista de artistas que precisa entrevistar e ele parece completamente horrorizado com o monte de trabalho que tem pela frente. Não estou com tempo nem vontade de amenizar a situação, de modo que dou umas palmadinhas no joelho dele e volto para a biblioteca e para o planejamento.

Mas esqueci como Dominic leva a sério o quesito comida. Ele realmente acha que algo absolutamente terrível irá acontecer com ele se ficar sem comer por mais de duas horas. Ele dorme com um pacote de biscoitos do lado da cama "só para garantir". (O quê? Caso apareça um ladrão com hipoglicemia?) Portanto, não me surpreendo que, durante o dia, ele tenha conseguido encontrar a cozinha e ficado amigo da pessoa mais importante da casa: a Sra. Delaney. É impossível lutar contra o charme dele. Quando chego à cozinha, na esperança de conseguir tomar um aperitivo antes de enfrentar minha primeira refeição com Simon, encontro Dom sentado à mesa com um pacote de biscoitos e uma taça de vinho. Não há dúvidas sobre o afeto que vejo nos olhos da Sra. Delaney. Ele nem sequer está usando um porta-copos.

— Boa-noite, Izzy! — ele diz alegremente, um sorriso cintilante no rosto. — Estava dizendo para a Sra. Delaney como acho o campo um lugar excelente! Sabia que o correio chega até aqui e tudo? Maravilhoso! Biscoito? — ele oferece o pacote.

Abano a cabeça e faço cara feia. Dominic esteve poucas vezes fora de Londres. Ele nasceu a poucos metros de distância da loja da Harrods e acha que as vacas só servem para aparecer nos comerciais de manteiga. Uma vez, alguém disse a ele que não havia caixas eletrônicos fora da capital e acho que ele acreditou.

— Como vão as coisas com os artistas? — pergunto. — Alguém que preste?

— Fantásticas! Gostei muito do homem das pernas de pau! Mas ele quase furou um olho no candelabro. Eu o contratei, mais uns malabaristas, um dos mágicos e um cara que faz um número de equilibrista com uma bicicleta. Além dos outros que já haviam sido contratados. E não se preocupe, Izzy, anotei tudo para você preencher suas santas tabelas.

Relaxo um pouco. Passei o dia todo resolvendo a comida e a bebida, chapelarias, banheiros e outros mil detalhes. Só a encomenda dos arranjos de flores para as mesas levou uma hora ao telefone. Ainda tenho que tratar dos detalhes práticos com a Sra. Delaney, tarefa que não estou nada ansiosa para realizar.

Will e Monty aparecem pela porta dos fundos, com um ar fresco e energético, e declaram estar famintos o suficiente para comerem a mesa.

Faço as apresentações adequadas e os homens dão um show com seus apertos de mãos e palmadas nas costas (uma cena que sempre me faz sorrir, porque espero que eles comecem a cantar e dançar "I'm a lumberjack and I'm okay"* com as mãos apoiadas nos quadris). Pego uma garrafa de cerveja para Monty e uma para Will na geladeira enquanto Dominic olha envergonhado para a efeminada taça de vinho em sua mão.

— Então vocês se conhecem bem? — pergunta Will.

— Dom e eu dividimos um apartamento. — Posso sentir os olhos de Dominic grudados em nós e tento ignorá-lo. Felizmente Monty puxa papo com ele, perguntando sobre os artistas entrevistados.

— Como foi seu dia, Izzy? — pergunta Will.

— Bom. E o seu?

— Também foi bom. Mas suponho que você não teve muitas conversas sobre as colheitas, certo?

— Não muitas não. Foram boas?

— As conversas ou as colheitas?

— Ambas.

— As colheitas estiveram na média e eu preferiria muito mais ter uma conversa com você.

— Ah, eu não tenho muito que dizer sobre colheitas, lamento — digo, corando um pouco. — Ou sobre quaisquer outros assuntos sobre a agricultura, para dizer a verdade.

— Graças a Deus! É raro encontrar alguém que *não* tenha uma opinião sobre a fazenda e como ela deveria ser administrada! Posso pegar mais uma bebida? — Ele indica meu copo vazio e levanta.

* Famosa canção humorística do grupo britânico Monty Phyton.

— Obrigada — respondo e entrego meu copo. Dominic me cutuca com o cotovelo e ergue as sobrancelhas sugestivamente. Dou uma fulminada nele com os olhos.

— Boa-noite a todos — diz uma voz baixa e autoritária atrás de nós. Giramos e vemos Simon parado na porta. Will vai cumprimentá-lo imediatamente.

— Oi, Simon! Fez boa viagem? — pergunta.

— Sim, obrigado. Como vai você?

— Bem. Quer cerveja? — Seus modos são frios e distantes e tenho a impressão de que nem tudo são rosas entre os dois irmãos. Will vai até a geladeira pegar as bebidas, e Monty faz as apresentações entre Dominic e Simon.

— Como estão as coisas na fazenda? — Simon pergunta a Will enquanto ele entrega a garrafa de cerveja. Will me olha.

— Nada a informar — é a resposta breve de Will, que me entrega o copo cheio. Simon senta à mesa.

— E então, Isabel, como vão os preparativos para o baile? Devo dizer que fiquei surpreso quando papai me disse que você era a organizadora.

— O baile vai bem. Estamos indo muito bem — respondo com firmeza.

— Quando vai ser? — ele pergunta.

— No sábado, daqui a quinze dias.

— E quando começa a verdadeira bagunça da montagem?

— Poucos dias antes, quando a tenda principal for montada.

É muito esquisito conversar tão formalmente com um homem que eu conheci tão bem. Sei sobre a cicatriz que ele tem na barriga da perna, causada pela remoção de uma verruga. Sei que ele absolutamente detesta cogumelos, a menos que estejam em fatias finas. Sei que ele quer sempre ser o peão vermelho quando joga Banco Imobiliário. Eu o vi chorar até dormir quando seu primeiro cachorro morreu. E aqui estamos nós, conversando como se só tivéssemos nos conhecido esta manhã.

Pensando nisso, digo repentinamente:

— Você esteve no lançamento do tênis Zephyr há alguns meses. — Não quero deixar o acontecimento passar despercebido. Afinal de contas, não somos mais crianças.

Ele hesita por um momento.

— Sim, estive. Foi sua empresa que organizou o evento?

— Na verdade, fui eu.

— Foi? — Ele me olha, intrigado. — Você estava lá?

— Sim, vi você.

— Você deveria ter falado comigo.

— Eu ia, mas você pareceu não ter me reconhecido.

— Bom, não se ofenda, mas, na última vez em que a vi, você tinha onze anos.

— Ah. — Sinto-me muito boba e toda a minha indignação desaparece. Sou uma idiota. Poderia jurar que ele havia me reconhecido, mas agora está explicado o porquê de ele não ter dito nada.

Tia Flo chega e é uma distração bem-vinda, flutuando sobre nós como uma flor rara no meio de uns arbustos agrestes. Dominic está visivelmente encantado em encontrar alguém tão exótico, e eles trocam cumprimentos barulhentos.

Ela vem em nossa direção e pousa suavemente a mão no ombro de Simon.

— Já parou de viver naquele ritmo de trabalho horroroso, Simon querido?

Ele sorri para ela e toma um gole da garrafa de cerveja.

— Estou pronto para conversar sobre o que você quiser, tia Flo.

Ela se senta na cadeira ao lado.

— Você sabe que nunca vai arranjar uma namorada a sério enquanto trabalhar tanto.

— Não sabia que queria uma.

— Parece-me que ouvimos uns boatos sobre você e uma jovem advogada. — Os olhos dela cintilam alegremente na direção dele.

— Foi? — Os olhos dele sorriem de volta, mas seus lábios estão apertados.

— Você está namorando alguém, Izzy? Não perguntamos isso! — diz tia Flo.

Assusto-me com a repentina mudança do foco para a minha pessoa.

— Hã, acabo de sair de um relacionamento, tia Flo. — Droga, isto soa terrivelmente sério, como se fosse um noivado ou algo parecido. — Mas não era nada muito sério — acrescento depressa —, foi mesmo um namorico! — A palavra "namorico" fica pairando alegremente no ar. Com um tom meio que de vagabunda. — Ele trabalhava muito — tento explicar. — Era Rob Gillingham. O filho de David Gillingham, da empresa de seguros? — Agora parece que estou me exibindo. Pelo amor de Deus, alguém me dê um tiro.

— Eu os conheço! — diz Monty. Deus o abençoe. — Uma empresa importante da cidade!

— É deles! — digo aliviada e tomo um gole enorme de vinho.

— E a viagem foi bem-sucedida, Simon? — pergunta Monty, mudando de assunto, já que percebeu meu desconforto.

— Acho que sim. Alguns dos principais executivos da empresa voarão para cá na semana que vem para acertar os detalhes.

Ele continua explicando um pouco mais sobre a viagem de negócios, mas tem plena consciência de que há estranhos na casa e olha para mim de vez em quando. Tomo tanto cuidado na presença dele que estou quase prendendo a respiração, e luto contra o desejo de cruzar os braços na minha frente como forma de autoproteção.

Will ajuda a me distrair da ansiedade crescente.

— O que temos para jantar, Sra. D.? O que é que cheira tão maravilhosamente? — ele pergunta enquanto descasca o rótulo da garrafa de cerveja.

A Sra. Delaney não perde tempo em retirar uma travessa do fundo do forno. Todos fungamos, cheirando o ar como em um comercial. Ela coloca a travessa na mesa.

— O Sr. Dominic diz que é vegetariano, portanto eu fiz um cozido de feijão.

Há um silêncio incômodo. Vegetariano é um palavrão nesta casa. Aperto os olhos e encaro Dom fixamente. Até ele tem um ar horrorizado. Nunca alguém tinha levado tão a sério o que ele diz sobre o seu vegetarianismo.

— Cozido de feijão? — Will pergunta com desdém.

— Tem certeza de que você é vegetariano? Será que não quis dizer vegetariano irlandês? — Olho para Dominic fixamente. — Ou talvez você não seja mesmo vegetariano?

— Hã, bem. Eu achei que era. Mas, sabe como é, nunca se pode ter certeza. — Agora a Sra. Delaney *também* o está encarando. Ele olha para mim e para ela, dividido entre duas mulheres iradas. E, sensatamente, escolhe o lado da que pode deixá-lo mais infeliz.

— Mas cozido de feijão é o meu prato favorito!

— Parece que alguém vomitou no meu prato — diz Monty quando recebe sua porção. Ele é o único na cozinha que pode dizer uma coisa dessas, mas a Sra. Delaney o fulmina com o olhar. Tento não cair na gargalhada.

— O que Harry vai comer? — pergunta Will, salivando. — Ele também vai comer isto?

— Iscas de peixe.

— Oooh. Iscas de peixe.

— Will, a Sra. Delaney teve um trabalhão para fazer com que um de nossos visitantes se sentisse em casa — diz Simon. Por causa desse comentário condescendente, Will fulmina Simon com os olhos.

— Então, Isabel. Você deu uma olhada na fazenda? Parece com o que você se lembra? — Simon sorri para mim.

— É exatamente igual ao que me lembro — é a minha resposta seca.

— Precisamos ir visitar o lago enquanto você estiver aqui. Costumávamos ir pescar lá um bocado.

— Mesmo? — pergunto educadamente. Não dá para entrar em uma conversa gentil sobre lembranças do passado com Simon como se nunca nada tivesse acontecido. Ele vai ter que achar uma maneira mais direta para apaziguar sua consciência, se é que quer fazer isso. Como pedir desculpas.

Simon nota minha frieza e muda para outro assunto.

Apesar do cardápio vegetariano forçado, o jantar é animado. Monty abre algumas garrafas de vinho e a conversa flui junto com ele. Estou sentada entre Monty e Will, que é, sem dúvida, um dos melhores lugares da casa.

Simon pergunta de repente:

— A propósito, queria perguntar... algum dos gafanhotos da corrida escapou? — Ele encara alternadamente a mim e Monty. Will e Dominic estão intrigados.

Pensando que Monty pode ceder com a pressão, eu tomo a dianteira:

— Nós os soltamos no jardim, não foi, Monty? — Monty acena depressa com a cabeça. — Por quê? — pergunto, lamentando ter perguntado assim que a frase saiu da minha boca.

— Acho que continuo ouvindo-os.

De repente todos nós começamos a ter problemas auditivos.

— Ouvi-los?

— Você disse gafanhotos?

— Eu não ouço nenhum, e você?

— Como?

— Sobre o que vocês estão falando?

Olhamos todos para ele.

— É uma espécie de cantoria. Como o som que os gafanhotos fazem. — Ele olha o nosso pequeno grupo.

Há uma breve pausa enquanto subconscientemente nós nos reagrupamos.

— Zumbido! — exclamo e sou aplaudida. — ZUM-BI-DO — repito, um pouco mais alto. Afinal de contas, ele tem um problema de audição.

— Zumbido? — ele pergunta.

Todo mundo vê a dica e aproveita para meter a sua colherzinha:

— Provavelmente por causa do estresse.

— Sininhos nos ouvidos.

— Você anda trabalhando demais.

— Celulares podem causar problemas terríveis.

De repente, a sobremesa é motivo de absoluto fascínio para todos. Como se nunca tivéssemos comido um sorvete como aquele.

— O sorvete está delicioso, Sra. Delaney! — exclamo.

— Absolutamente maravilhoso! — diz tia Flo, comendo com gosto.

— Aonde a senhora o *comprou*, Sra. D.? — pergunta Monty.

A Sra. Delaney parece confusa.

— Comprei no supermercado. É feito pela Wall's. — A voz dela tem um tom de incredulidade.

— É porque ele é tão... tão... *tão* cremoso.

Neste momento Simon pede licença, dizendo que precisa trabalhar mais um pouco. Eu relaxo visivelmente.

— Mudando de assunto... como vai a querida Sophie, Izzy? — pergunta Monty. — *Ela* tem namorado?

— Sophie? Nãããão. Sophie está bem casada com a carreira dela, não tem tempo para rapazes!

— Você a vê sempre?

— A cada duas semanas, mais ou menos. Mas ultimamente temos andado muito ocupadas, e já faz um bom tempo que não nos vemos.

Monty baixa a voz e a conversa continua atrás de nós.

— Senti sua falta e de Sophie quando vocês partiram. Acho que os meninos também sentiram — ele acrescenta apressado.

— Sim, foi uma pena termos perdido contato.

Ele sorri e olha para suas mãos.

— Também acho, mas algumas coisas ficam melhor quando ficam para trás. Conte mais sobre você e sua tia Winnie.

Começo a contar sobre a tortura dela ao vigário, mas fico pensando no comentário de Monty. Algumas coisas ficam melhor quando ficam para trás. Que diabos ele quis dizer com isso?

CAPÍTULO 13

Na sexta-feira de manhã levanto cedo, com a cabeça a mil por hora, pensando nas coisas que devo fazer. Rose e Mary vêm para uma nova reunião e por isso tomo um banho rápido e visto um elegante terninho risca-de-giz. Pego meu bloco de anotações, encontro Meg, a *westie*, esperando por mim do outro lado da porta do quarto e vamos juntas para a cozinha.

— Bom-dia, Sra. Delaney! — Dou um sorriso deliciado para ela.

— Bom-dia, Isabel.

— Como está a senhora nesta linda manhã?

Ela me encara.

— Ocupada. Tenho um monte de coisas a planejar com toda a confusão que vem por aí.

Ah.

— E, ainda por cima, tenho que ir até Bury St. Edmunds.

Muito provavelmente para uma reunião no Clube da Câmara de Tortura. Eles devem se reunir às sextas-feiras na prefeitura.

— Eu. Tenho. Que fazer. Compras — diz ela enfaticamente e me dá outra encarada.

O café-da-manhã é uma questão de sorte na casa dos Monkwell. Tudo depende muito do estado de espírito da cozinheira, e nesta manhã, pelo monte de caixas de cereais na mesa, acho que é um dia "ruim". Encho uma tigela e mastigo, tentando desesperadamente acordar.

— Bom-dia, Izzy! Bom-dia, Sra. D.! Como estão todas? — Dominic entra valsando, com um visual horrivelmente bem-disposto e desperto. — Lindo dia, não é?

— Dormiu bem, Dominic? — pergunta a Sra. Delaney.

— Sra. D., não fazia a mínima idéia de que o campo fosse tão barulhento. Parecia que meio zoológico estava debaixo da minha janela. E, de repente, ouvi um grito horroroso no meio da noite. Pensei que você estivesse sendo estuprada e assassinada, Izzy! Estava pronto para correr para o seu quarto com a minha *nécessaire* quando percebi que o barulho vinha do lado de fora.

— E se eu estivesse do lado de fora, sendo estuprada e assassinada?

— Oh. Não pensei nisso. Mas está na cara que não era você, certo? Porque cá está você, linda, leve e solta. — Bom, talvez não muito linda. Nem leve. Mas pelo menos você está aqui, não está? — Ele sempre me provoca de manhã, porque sabe que não tenho energia para retrucar.

— Provavelmente foi uma vaca — diz a Sra. Delaney.

— Oh, então ela estava procurando você, Izzy! — diz Dominic com sua cara de rá-rá-rá. Eu não faço nenhum rá-rá-rá de volta. A Sra. Delaney já parece pensar que sou meio oferecida mesmo. Ela tem dado umas olhadelas suspeitas para mim e Will nestes últimos dias.

— O que você quer que eu faça hoje, Izz? — pergunta Dom.

— Ah, uns bicos. Preciso resolver o problema da eletricidade, por isso você precisa ligar para todos os fornecedores e descobrir o que eles precisam. Também preciso de uma planta interna da tenda principal. Na verdade eu tenho uma lista de coisas para você fazer. — Tiro a lista da prancheta e dou para ele.

Harry entra enquanto estou dizendo tudo isso, senta-se à mesa e pega o cereal.

— Você pode me ajudar hoje, Harry? — pergunta Dominic. — Em troca de algum dinheiro para a arrecadação de fundos?

— Oooh, sim, por favor!

— Então precisamos pôr as nossas perninhas pra andar!

Minha reunião com Rose e Mary dura a manhã toda. Elas saem por volta da uma da tarde, e depois de ter respondido a uma dúzia de e-mails sobre a Festa Nórdica do Gelo vou até a cozinha procurar pelo almoço. Não há ninguém por perto, sendo assim, faço um sanduíche de presunto e sento-me a mesa para comê-lo. Depois, pensando melhor, pego o sanduíche e saio. Não vi nossa velha casa desde que voltei a Pantiles e tenho um súbito impulso de fazer isso. Começo a subir a colina em direção à casa, comendo o sanduíche.

No alto da colina, depois de cinco minutos de caminhada em bom passo, nossa antiga casa aparece e eu paro para retomar o fôlego. A casa é feita de madeira preta e branca e está aninhada ao lado do bosque, o que sempre fez com que o meu quarto e o de Sophie, que ficavam na parte de trás da casa, fossem ambientes extremamente sombrios por causa da falta de luz. Costumávamos contar histórias de terror uma para a outra à luz de lanternas, escondidas debaixo das cobertas, e depois ficávamos petrificadas de medo o resto da noite e insistíamos para que Hector, o gato, dormisse conosco (embora agora, anos depois, eu não tenha muita certeza de que ele seria útil caso aparecesse um lobisomem, a não ser para servir de aperitivo antes do prato principal).

No verão, Simon costumava jogar pedrinhas na nossa janela no meio da noite, e eu me vestia depressa, com roupas que já havia separado, saía pela janela, caminhava pelo telhado da garagem e íamos pescar juntos sob a luz do luar. Eu acho que ele sabia que eu tinha medo dos bosques quando ele não estava por perto, porque sempre esperava que eu escalasse tudo até chegar à janela do meu quarto, e nunca ia embora antes que eu entrasse e acenasse um adeusinho.

Vou até a porta da frente, com mais algumas lembranças, e tento espiar através de uma das janelas da frente sem matar os atuais moradores de susto. Para minha surpresa, a casa está vazia. Encosto o rosto contra uma janela suja e vejo as salas empoeiradas e vazias, com uma caixa velha e um jornal aqui e ali. Há um ar de tristeza por todo lado. Fico arrepiada e me viro para ir embora.

Will está com um humor de cão quando chego, porque Simon deu-lhe uma ordem imperial para fazer chá. Ele bate chaleiras e xícaras furiosamente. O racionamento está em pleno vigor em Pantiles porque, depois da minha primeira xícara, sou informada com firmeza pela Sra. Delaney que aquela era a minha cota.

Portanto, quando Dominic decide que precisa muito de um cigarro, eu saio com ele, aliviada. Mergulhamos no agradável ar do fim da tarde e caminhamos preguiçosamente pelo jardim murado. O jardim murado era um dos meus locais favoritos quando criança, e só o redescobri dias atrás, quando estava fazendo a marcação para a tenda. Parece que o local foi entregue à própria sorte há um bom tempo. Alguém cortou a grama recentemente, mas, tirando isso, o caos reina supremo nos canteiros de flores. Pode-se encontrar todo tipo de surpresas. Um pé de lavanda aqui e uma figueira rebelde ali. É lindo. Se tivesse tempo, teria muito prazer em descortinar os tesouros que o jardim tem a oferecer. Lembro que Elizabeth Monkwell passava horas ali.

Dominic acende o cigarro e traga fundo até que a fumaça chegue às suas botas.

— Meu Deus, que maravilha! Só fumei três cigarros desde que cheguei aqui!

— Então decidiu se vai largar o emprego?

— Bom, tirei estes dias como férias. Mas posso pedir demissão na semana que vem, antes de voltar para ajudar você.

— Você não tem que trabalhar durante o aviso prévio?

— Em geral eles nos mandam imediatamente para casa, mas tenho duas semanas de férias vencidas, caso eles não façam isso. — Ele dá outra tragada funda. — Sabe-se lá como vou agüentar a semana anterior ao baile com poucos cigarros!

— Pode ser uma boa oportunidade para parar de fumar — digo enrolando uma folha no dedo. Dom vive falando sobre o quanto gostaria de deixar de fumar.

— Mas assim eu vou engordar! Vou passar o dia todo comendo batatas fritas.

— Uns quilinhos a mais podem fazer bem, a longo prazo.

— Ah, desiste, Izzy. Para você está bem, você não está namorando com... — ele interrompe de repente.

— Ninguém? E você está? — pergunto de modo inocente.

Ele abre a boca, hesitante.

— Na verdade, Izzy, tem uma coisa, ou melhor, alguém, sobre quem gostaria de conversar a respeito...

Mas ele não continua, porque de repente ouvimos vozes se aproximando.

— O cigarro — censuro Dominic.

O que Dominic deveria ter feito neste momento era ter jogado o cigarro no canteiro e esperado que ele não pegasse fogo. Mas esta, claro, seria a maneira inteligente e madura de fazer a coisa. Em vez disso, Dominic entra em pânico e dá o cigarro para mim (acho que vamos discutir isto inúmeras vezes, até o fim das nossas vidas), e eu sou burra o suficiente para pegá-lo. Todos nós fomos severamente avisados pelo Gerald para não fumar perto de clientes. Sob ameaça de acabarmos no seguro-desemprego. Ele acha que fumar é a coisa mais repugnante que um funcionário de uma empresa de *catering* pode fazer. Dominic sabe que não continuará empregado por muito tempo se Gerald descobrir que andou fumando na frente de clientes.

Neste momento, Simon e um jovem de óculos, com um ar muito sério, viram a esquina e entram no jardim murado. Eles vêem esta linda cena à sua frente. Piso depressa no cigarro, mas depois penso bem e, caso o Rei e Senhor da Mansão resolva implicar, pego a bituca.

— Isabel. Dominic — diz Simon suavemente.

— Oi! — digo sem graça, alternando o peso do corpo em um pé e depois no outro, como se tivesse doze anos e fosse pega fazendo arte nos fundos do barracão da casa.

— Não sabia que você fumava, Isabel.

— Hã... hã... hã... — Os três homens me encaram, atentíssimos a cada "hã" que eu faço. É em momentos como esse que eu desejo ser francesa. Bastava encolher os ombros, entortar a mão, manter a pose e fazer uma careta sem ter que explicar nada.

É claro que Dominic acha que precisa ajudar e diz:

— Como uma chaminé! — e sorri.

Pronto. Chega. Recuso-me a ser amiga de Dominic por mais um dia.

Simon me encara por um segundo, como se estivesse tentando encaixar esta informação no que sabe a meu respeito, e depois se vira para o jovem ao lado dele.

— Desculpe, não apresentei você. Sam, estes são Isabel e Dominic. Estão aqui para nos ajudar com o baile de caridade. Isabel morou na propriedade quando éramos crianças. Este é Sam, ele trabalha na minha empresa.

Sam sorri e estende amigavelmente a mão para nós dois.

— Eu também fumava. Cerca de dois maços por dia — completa. Minha impressão inicial de que Sam era um homem gentil muda imediatamente e o considero um indivíduo muito metido e xereta.

— Verdade? — retruco educadamente, resistindo ao impulso de dar uma canelada nele.

— Nunca vi você fumando, Isabel — diz Simon. Ainda estamos falando nisso?

— Estou tentando parar! — improviso depressa.

Simon ergue as sobrancelhas.

— Isso é bom — diz de modo encorajador.

— Sim. Não é? — E por que não mudamos de assunto?

— Fico feliz em saber que você está tentando dar um chute nesse vício. — Sam segura meu braço e me dá um olhar de compreensão. Não é no vício que eu queria dar um chute.

— Então, Isabel, você volta para Londres esta noite? — pergunta Simon.

— Hã, sim — respondo, ainda fervendo de raiva. — Vamos os dois, mas voltaremos para ficar uns dias na semana que vem, e depois durante toda a semana antes do baile.

— Bom, se não os vir mais tarde, façam uma boa viagem.

— Obrigada — murmuro.

Os dois se afastam e eu ouço suas vozes sumindo:

— ... Bom, se os americanos mantiverem a promessa de...

— Seu grande imbecil! — digo no mesmo instante em que os dois desaparecem e olho para Dom, que está gargalhando silenciosamente, com o rosto enfiado no casaco.

— Deixa disso, Izzy. Foi muito engraçado!

— Dom! Você é completamente irresponsável! — digo zangada.

— Eu? Irresponsável? Que bobagem! Eu vivo para a responsabilidade. Fui o monitor do leite na escola. E, além disso, antes você do que eu. Gerald pode me despedir mais facilmente do que a você.

— Ele já acha que eu causo problemas em demasia. Estou tentando dar um ar...

— O quê?

— Não sei. De compostura? De sofisticação?

— Mas você não é nada disso. — Dominic parece confuso.

— *Eu* sei disso — sibilo entre dentes —, mas ele não sabe. E se ele comenta algo sobre o cigarro com Gerald, eu serei linchada.

Dom põe a mão no meu braço, olha profundamente nos meus olhos e diz com uma voz compungida:

— Fico feliz em saber que você está tentando dar um chute nesse vício.

De repente começo a rir. Saímos juntos do jardim e eu esqueço completamente de perguntar a Dominic o que é que ele queria me contar.

Dominic desaparece a maior parte do fim de semana, e eu tenho que estar presente na Festa Nórdica do Gelo de Lady Boswell, que corre surpreendentemente bem. Sean e Oliver aparecem e brigam imediatamente, o que acaba sendo uma bênção disfarçada, porque ignoram um ao outro durante o resto da noite. O bar de gelo e o escorregador dos copos de vodca são um enorme sucesso, e o único senão da noite toda aconteceu quando Lady Boswell conseguiu prender o braço em uma escultura de gelo. Foi ela quem resolveu andar pela festa com a pele à mostra quando avisamos todo mundo dos perigos da proximidade com o gelo, e não pode nos responsabilizar por isso.

O início da semana passa em grande velocidade, num borrão que incluía Aidan, fitas, flores e café. E, já que tenho um monte de visitas a fazer nas próximas semanas, consigo convencer Gerald a alugar um carro para mim.

Volto para Pantiles na quinta-feira. Na quarta à noite faço as malas e saio de Londres no meu novo Smart, para ficar com tia Winnie antes de seguir viagem para Pantiles no dia seguinte. Tia Winnie vai ser a anfitriã de um jogo de cartas na casa dela. Ajudo a preparar sanduíches para todos, porque aparentemente é impossível que eles parem para comer algo. Passo o resto da noite enfiada no meu quarto com Jameson e uma pilha de revistas *Good Housekeeping*.

Na manhã seguinte, me enrolo em um velho roupão estampado e, quando chego ao andar de baixo, descubro que tia Winnie e Jameson já foram até a cidade comprar jornais e pão. Encho uma xícara com chá e ando pelo jardim, sentindo o calor do sol no meu pescoço. Um latido alto me avisa de que Jameson voltou para casa, o que nem sempre significa que tia Winnie também voltou. Rodo sobre os calcanhares e vejo-o em disparada na minha direção, seguido de perto por tia Winnie, ofegante. Ela acena com a mão. Eu aceno de volta. Ela acena novamente. Franzo a testa. É um pouco cedo para ficar fazendo micagens, não é? Aceno de novo, de um modo meio entediado e ela acena de volta furiosamente. Demoro até descobrir que ela não está apenas matando o tempo.

— Tia Winnie? — grito. — Você está bem?

Ela parece incapaz de falar, mas a colina depois da cidade é muito íngreme e ela está longe de ser uma atleta. Continua a agitar o jornal de modo meio alucinado. Finalmente chega perto de mim e, no meio de bufadas e resfolegadas, entrega o jornal. É um exemplar do *Telegraph*. Olho para a manchete: GREVE DO METRÔ PARALISA A CIDADE.

— Hã, eu posso ir de ônibus para o trabalho, tia Winnie. Não é nenhum problema.

Ela range os dentes e balança a cabeça impacientemente. Inclina o corpo para a frente, coloca uma das mãos na coxa, ainda tentando recuperar o fôlego, e com a outra mão faz o número dois. Pelo menos é isso que eu acho que está fazendo — pode muito bem estar só sendo mal-educada.

Vou para a página dois. Uma manchete de meia página grita: AQUISIÇÃO HOSTIL DE FÁBRICA POR MONKWELL FOI POR ÁGUA ABAIXO.

— Ó meu Deus! — digo para tia Winnie.

Ela faz um gesto impaciente para que eu continue lendo. E eu continuo.

Novas revelações sensacionais foram a diferença para Simon Monkwell entre fazer um negócio ou ver tudo cair por terra. Um banco de investimentos americano não identificado decidiu apoiar a fábrica que Monkwell tentava adquirir, depois que algumas revelações sobre seus negócios e sua ética pessoal levaram o banco a acreditar que várias das promessas e condições da venda não seriam cumpridas. “Este é um homem”, diz uma fonte próxima da família Monkwell, “que despeja seus inquilinos das casas onde criaram suas famílias. Um homem que deixa a casa de sua própria família cair aos pedaços. Ele também dorme com a advogada que cuida dos negócios da família; portanto, não esperem muita coisa dela também.”

— Ó meu Deus — repito. Desabo sentada na grama debaixo da macieira. Noto, distraída, que a grama ainda está úmida do orvalho.

Tia Winnie, que nesse meio-tempo conseguiu recuperar o fôlego, ajoelha ao meu lado.

— Tudo isso é verdade?

— Sim, é, mas o jornal faz com que pareça horrível. Mas não sei nada sobre essa advogada. Acho que tia Flo falou algo sobre ela na noite anterior. Mas o que interessa se ele dorme com ela ou não? Não tem nada a ver com a aquisição.

— Penso que a situação é parecida com a dos políticos e suas vidas pessoais. Pode-se dizer que não tem nada a ver com o trabalho que fazem, mas forma-se uma idéia a respeito da integridade deles.

— Acho que sim. Não sou a maior admiradora de Simon, mas isso tudo é horrível. Acho melhor ligar para Pantiles, isso pode afetar o baile de alguma maneira.

Levanto do chão, decidida, e entro em casa. Meu celular toca e eu salto para atender, com o estômago embrulhado. Tenho uma sensação ruim a respeito da ligação, não sei por quê. É Will.

— Oi! Você viu o jornal? — pergunto ansiosa.

— Sim, recebemos o jornal faz uma hora. Izzy, acho que você devia vir para cá... — a voz dele soa distante e fraca.

— Estava pronta para sair. É horrível, não é?

— É sim. Na verdade, é pior ainda, porque Simon diz que sabe quem é o informante.

— Verdade? — respondo.

— Sim. Ele diz que é você.

CAPÍTULO 14

Estou pronta para sair em disparada em direção ao aeroporto mais próximo, mas tia Winnie me convence a voltar a Pantiles. Não sou a pessoa mais corajosa do mundo, e é só quando ela ameaça me arrastar até lá à força — uma ameaça que ela já cumpriu em outros tempos (na verdade eu não pesava o que peso agora, mas ela continua a ter uma vantagem sobre mim) — e depois olha intencionalmente para os seus tacos de golfe, que eu cedo. Ela concorda em primeiro me dar o café-da-manhã, uma pequena cláusula que eu consegui enfiar, no último minuto, no nosso acordo verbal, para ganhar algum tempo.

Tia Winnie está fritando bacon (ela parece acreditar piamente que eu preciso de, no mínimo, três mil calorias para sair da cama de manhã). O cheiro me dá ânsias de vômito. Talvez me livre dele despejando tudo discretamente na tigela de Jameson. Ela chacoalha a frigideira com vontade.

— Então — troveja ela, com a voz mais alta do que o detector de fumaça que começou a tocar junto com o locutor falando no rádio ligado —, por que diabos Simon acha que foi você quem contou tudo aquilo para a imprensa?

Mantenho os olhos fixos na manteigueira e uma mão pousada na cabeça de Jameson. Ele já ocupou seu lugar, adivinhando que alguns pedaços de bacon estão destinados a ele.

— Eu não faço a mínima idéia, tia Winnie — digo desanimada. Até agora esta tem sido uma manhã dos diabos. Não são nem oito horas. Levanto, dou um tapa no detector de fumaça com uma colher grande e sento novamente. — Provavelmente ele acha que quero me vingar dele. Nós não nos despedimos muito amigavelmente.

Tia Winnie faz um som desdenhoso.

— Não acredito nisso, Izzy. Deve haver uma fila enorme de pessoas que desejam se vingar dele.

— Sim, mas eu sou a única que ele deixou entrar na casa.

Tia Winnie despeja meia tonelada de bacon entre quatro tijolos de pão, larga o prato na minha frente e senta-se repentinamente, cobrindo uma de minhas mãos com as dela.

— Não foi você, foi, querida? Você não ligou para o *Telegraph*, sei lá, para bater um papinho e acabou falando demais?

— Para que raios eu iria ligar para o *Telegraph* para bater papo?

— Não sei. Por causa do seu trabalho? — diz ela com uma vozinha fina.

Dou uma encarada nela.

— Hã, não. Claro que não. Só fico pensando como é que Simon pode ter tanta certeza de que foi você.

Franzo as sobrancelhas.

— Will não disse "Simon acha que foi você". Disse: "Ele *sabe* que foi você." Você acha que Simon vai me processar? Eu assinei um acordo de confidencialidade.

— Ele não pode processá-la se não foi você! — diz tia Winnie indignada, e volta para o fogão.

— Quer apostar? — resmungo sombria e despejo meia tonelada de bacon na tigela de Jameson.

A viagem de volta à propriedade não é agradável. No caminho ligo para Dominic e balbucio de forma incoerente por dez minutos. Depois da incontrolável diarréia verbal, faço uma pausa para respirar e Dominic aproveita a oportunidade.

— Izzy, estou um pouco confuso. Por que ele acha que foi você quem vazou as informações?

— É EXATAMENTE essa a questão, Dom. Por quê? Porque brigamos quando éramos crianças? Então por que me deixou trabalhar na casa se desconfiava de mim?

— Bom, foi Monty quem deixou você entrar na casa.

Ignoro esse pequeno detalhe.

— Ele realmente acha que eu ficaria carregando um ressentimento desses depois de tantos anos? Nem todo mundo é tão mesquinho como ele! — grito histérica. — E, além disso, nunca faria nada de mal àquela família!

A esta altura da conversa, Dom deve estar cortando as unhas ou jogando paciência no computador.

— Não se afobe, Izzy. Ele deve estar pensando nas pessoas estranhas que deixou entrar em casa nas últimas semanas. E você deve ser a única.

— E você?

— Ah, todo mundo sempre confia em mim. Eu tenho um rosto confiável. Mas você tem um ar meio suspeito.

— Bom, sendo assim, o melhor é ele me levar já para o pátio, para me fuzilar.

— Ele provavelmente vai fazer isso. O campo tem muito dessa coisa de fazer justiça com as próprias mãos, não tem? Olha, Izzy, simplesmente vá lá e esclareça tudo. Provavelmente não passa de um mal-entendido.

Desligo e me sinto muito melhor, porque consegui ficar levemente zangada, uma emoção infinitamente superior ao medo tremulante. Mas à medida que passam os quilômetros, a coragem também vai ficando pelo caminho. "Volte aqui!", tenho vontade de gritar. Onde está o velho espírito guerreiro dos meus genes? Volte e tome rapidamente a dianteira, pelo amor de Deus.

O jeito é entrar na cova dos leões, digo para mim mesma. Mas o medo volta a tomar conta de mim, sorrateiramente. Como, raios, é que eu vou me defender? Será que todos na família pensam como Simon? Que sou uma espécie de vira-casaca e que não sou digna de confiança? Isso seria insuportável. Mesmo que eu conseguisse convencê-los de que não tive nada a ver com isso, o resto da minha estada seria horrível. Na verdade, não poderia continuar. Gerald iria me substituir e eu teria que sair de Pantiles, desta vez para sempre. Por que isso é um pensamento tão horrível?

Os portões da propriedade estão fechados, mas eu grito e chamo Daniel, o zelador, que os abre para mim. Faço um percurso lento pela estrada com meu pequeno Smart e passo um tempinho enrolando no pátio, até que consigo me arrastar até a porta dos fundos. Passo alguns segundos praticando um "oi", para ver se ainda tenho voz. Quando estou prestes a bater na porta, ela se abre repentinamente e Will aparece na minha frente. Ó meu Deus! Ele está terrivelmente sério. Quase como se estivesse de luto.

— Olá, Izzy. Ouvimos você chegar — ele diz pomposamente e olha para o outro lado, sem graça.

— Oi — sussurro, provavelmente parecendo tremendamente culpada.

Ele sai da minha frente e eu me esgueiro pela entrada. Toda a família está sentada ao redor da mesa da cozinha. Deus, isso já é ir um pouco longe demais, não é? O que aconteceu com o inocente até prova em contrário? Jasper é o único cão na sala, e o único que parece feliz em me ver.

Monty esboça um sorriso que não chega aos seus olhos.

— Olá, Izzy. Simon espera por você no escritório. O que restou dele.

— O que você quer dizer com o que restou dele? — Todo mundo tem um ar miserável e ninguém me olha nos olhos, portanto giro sobre os calcanhares e entro no corredor. Paro no hall de entrada e olho ao redor, surpresa. Onde está toda a mobília? Eles foram roubados? A polícia já sabe? Isso explica um pouco melhor as caras abatidas na cozinha. Corro na direção da porta do escritório e entro. A sala está sem nenhuma mobília, há objetos estranhos empilhados nos cantos, como restos de uma liquidação. Simon está encostado na lareira, olhando para o espaço vazio.

Ele me olha quando entro.

— Isabel. Você voltou.

— Simon, que horror! Vocês foram roubados! A polícia está a caminho?

— O que você estava pensando? — ele pergunta suavemente. Está na cara que não tem nenhuma vontade de discutir o roubo, que, para minha infelicidade, não ajuda em nada o humor dele.

— O que quer dizer com isso? — sussurro, ainda olhando para a sala vazia.

— Quero dizer, EM QUE DIABOS VOCÊ ESTAVA PENSANDO? — A voz dele sobe perigosamente de tom no fim da frase. Os olhos dele cintilam ameaçadores na minha direção. Ele está furioso.

— Eu não sei como a imprensa ficou sabendo. Não tive nada a ver com...

— Ora, Isabel, não me venha com isso! Você não pode ser tão burra!

— Eu não sei o que você quer dizer com isso. — Mordo o lábio e tento, desesperadamente, evitar o choro. Seria patético demais.

— Estou surpreso que você tenha a cara-de-pau de voltar aqui.

— Mas eu não fiz nada! — Uma leve entonação indignada aparece na minha voz. Graças a Deus. Posso contar sempre com a ajuda de Simon para me irritar.

— Onde você acha que a imprensa conseguiu as informações?

— Eu... eu não sei.

— Foi uma enorme irresponsabilidade sua não me dizer que ainda tinha ligações com aquela firma. Suponho que estivesse absolutamente desesperada para pegar o evento. Como pensou que eu não iria descobrir?

— Simon, honestamente não sei sobre o que você está falando.

— Não?

— Não, não sei. Fiquei tão surpresa quanto você quando li o jornal.

— E o que me diz sobre o seu ex-namorado? Embora eu duvide que seja mesmo seu namorado. Ele ficou surpreso?

— Meu ex-namorado?

— Robert Gillingham.

Mordo o lábio.

— Rob? Mas nós terminamos o namoro há um mês. Eu contei isso na outra noite — sussurro. — Por quê? O que ele tem a ver com isso?

— Você o viu recentemente?

— Sim, há uma semana. — Minhas palavras saem devagar enquanto meu cérebro confuso tenta pôr algum sentido em tudo isso.

— Você realmente não sabe nada, sabe? — ele diz, me encarando feio. — Não queria acreditar que havia sido uma coincidência, mas foi mesmo. Fiquei pensando por que você iria mencioná-lo tão descaradamente na minha frente. Achei que era uma maneira sutil de me mandar pastar.

— O quê? — pergunto, perturbada. — O que é que eu não sei?

Simon se acalma visivelmente. — Você mencionou Gillingham na outra noite? — Aceno que sim, ainda confusa. — Bom, isso tem me incomodado, queria saber onde havia ouvido esse nome. Papai disse que soava conhecido porque os Gillingham são uma grande corporação, mas eu sabia que havia lido esse nome em algum lugar. E eu lembrei ontem à noite. Rob Gillingham é um diretor não-executivo da Wings, a fábrica que eu estava — estremeço ao ouvir o verbo no passado — tentando comprar.

— E o que isso significa, exatamente? — pergunto, começando a ficar desconfiada.

— Isso significa que Rob Gillingham é membro da diretoria da Wings. Na verdade ele não trabalha para eles, mas participa uma vez por mês das reuniões da diretoria por algumas horas e ganha muito bem para isso. Ele não tem o mínimo interesse que eu compre a empresa, porque a primeira coisa que costuma acontecer nas aquisições hostis é a demissão da diretoria. Quando você o viu na semana passada, ele perguntou alguma coisa sobre a propriedade? Sobre mim? — ele pergunta suavemente.

Eu penso.

— Hã, acho que ele fez algumas perguntas, não me lembro.

— Você disse que eu estava em Chicago?

— Talvez tenha dito — digo com uma vozinha fraca. — Por quê?

— Porque a Wings sabia com quais acionistas estávamos conversando.

— Mas ele parecia realmente surpreso em saber que eu estava trabalhando para você.

— Ah, eu não acredito nisso.

— O que você quer dizer com isso?

— Quero dizer que ele estava tentando descobrir o que você sabia.

— Mas como ele iria saber que eu estava trabalhando aqui?

— Conhecidos em comum? Contatos no ramo? Não sei! Há dúzias de maneiras pelas quais ele podia descobrir isso.

— Mas ele veio me ver para dizer... — minhas palavras falham. Ele veio me ver para dizer que me queria de volta, é a frase completa na minha mente. Que ele havia cometido um erro.

— Foi vê-la para dizer o quê?

Fico vermelha que nem um pimentão.

— Nada. Então você acha que ele foi me ver só para tirar informações? — O filho-da-mãe. Como eu pude ser tão burra? Homens que terminam o namoro deixando um recado na secretária eletrônica não são do tipo que diz "Desculpe! Não sei no que estava pensando! Afinal de contas, eu amo você!". Mas pelo menos não fui idiota o suficiente para aceitá-lo de volta, penso, carrancuda. Graças a Deus! O que ele teria feito, então? Teria dormido comigo até conseguir toda a informação de que precisava?

— Mas eu não disse a ele nada do que foi escrito na matéria de hoje. Bom, talvez tenha mencionado o despejo dos inquilinos, mas só isso!

— Pelo que me dizem os assessores de RP, os inquilinos estão bastante zangados, para dizer o mínimo. E aparentemente ficaram felizes da vida em dar com a língua nos dentes.

— Mas Rob soube a respeito deles através de mim. Ó Deus, eu não tinha idéia do que ele estava fazendo, achei que estava somente interessado no meu trabalho. E eu não contei nada de modo malicioso, nunca falei sobre a tomada hostil. Eu não faria isso, assinei o acordo de confidencialidade. — Muito bem, Izzy. Traga o assunto à tona... Ele provavelmente já havia esquecido disso até que você voltou a colocar a idéia na cabeça dele. Por que não pendura um cartaz no pescoço, dizendo "ME PROCESSE, POR FAVOR"? Mudo de assunto rapidamente: — Ele fez algumas perguntas. Podemos dizer isso ao jornal? Pedir uma retratação?

— Isabel, é tudo verdade. Está certo que não estou sendo retratado da maneira mais simpática possível, mas há um quê de verdade na matéria. — Ficamos quietos. Simon puxa dois almofadões do canto da sala e sentamos. Um deles tem porquinhos estampados. Eu acho que me lembro dele.

— Desculpe ter gritado com você. Não queria acreditar que tinha sido uma simples coincidência. Papai disse que você nunca faria algo assim.

— Ele está certo, eu não faria. Mas eu lamento sobre Rob. Eu realmente não sabia quais eram as intenções dele. — Ficamos quietos em um silêncio desconfortável. — Quando vocês descobriram sobre o roubo? — pergunto de repente.

— Não foi roubo, Isabel. Os oficiais de justiça levaram a mobília. O banco mandou-os aqui.

— O *quê?* Oficiais de justiça? Banco?

— Sim. Pessoalmente, incluindo a casa, somamos uma dívida de mais de meio milhão.

— Oh, não! — sussurro.

Ele acena com a cabeça e continua:

— Quando eles leram nos jornais que a compra da fábrica havia fracassado, não consegui convencê-los a adiarem a cobrança. Eles chegaram hoje cedo. Alguns móveis são valiosos.

Isso é tudo culpa minha.

— Isabel, você está bem? — ele pergunta preocupado. — Você parece estar passando mal.

Minha resposta é um gemido. Simon se levanta, volta à pilha de coisas no canto da sala e pega algo. Ele joga um pacote no meu colo.

— Adesivos de nicotina. Pedi para papai comprar alguns para ajudar você a largar o cigarro. O banco não quis levá-los embora. — Ele sorri e senta na minha frente.

— Por que você não coloca um agora? — ele pergunta depois de uma pausa. — Você parece estar precisando de um cigarro.

Sim, claro. Sendo uma não-fumante, eu realmente preciso de um cigarro. Uma bebida também não iria mal. Tiro dois adesivos com mãos trêmulas e colo um em cada joelho. Não entendo como ele pode estar tão calmo.

— Como é que vocês devem tanto dinheiro ao banco? Não podem hipotecar a casa ou fazer outra coisa? — pergunto.

— A casa já foi hipotecada. Várias vezes. E se não conseguirmos arrumar um modo de fazer os pagamentos, o banco irá tomá-la de nós.

Ele vê minha expressão assustada e explica melhor:

— Isabel, quando minha mãe morreu eu estava na universidade. Estava no meio do segundo ano e me divertindo muito. A morte dela foi inesperada, um ataque cardíaco, e voltei imediatamente para casa. Estava arrasado, todos estávamos, e papai não quis mais administrar Pantiles, ele simplesmente largou mão de tudo. Achei que poderíamos contratar um administrador por alguns anos, até eu terminar a universidade, e então assumiria o cargo. — Ele faz uma pausa, porque alguém bate na porta. A Sra. Delaney traz uma xícara de café. Para Simon, nenhuma para mim. Espero que ela tenha tido o bom senso de botar uma dose de conhaque nele.

— Simon, venha até a cozinha. — Há um carinho verdadeiro na voz dela.

— Já vou, Sra. D. — Ele sorri para ela. — Eles não quiseram a mobília da cozinha. É claro que a Sra. Delaney a estragou durante todos esses anos.

— E ainda bem — ela diz com um tom particularmente severo, sem olhar para nenhum de nós. — Onde eu iria cozinhar?

— Continue — insisto assim que ela sai, porque preciso mesmo ouvir tudo. Tenho que saber até onde vão as coisas. Simon me dá a xícara de café dele. Ao fazer isso, a mão dele cobre a minha e eu me encolho toda, sem pensar. Nossos olhos se encontram e ele parece sentido.

— Vamos, continue — digo depressa, para tentar disfarçar o mal-estar —, o que foi que aconteceu?

— Bom, quando fui ver as contas da casa não acreditei nos meus olhos. Ainda bem que eu estava cursando economia na faculdade ou todos nós teríamos sido expulsos daqui há muitos anos. Descobri que, em vez da fazenda estar gerando uma boa quantia de dinheiro, o suficiente para sustentar a todos, ela estava perdendo dinheiro, e muito. A casa foi hipotecada e hipotecada de novo. Estouramos o limite do cheque especial e nunca mais nos recuperamos. Papai nunca foi um homem de negócios e sempre foi um filantropo. Mas não foi realmente culpa dele. Nos últimos cinqüenta anos houve um grande declínio na agricultura. E os surtos de febre aftosa também não ajudaram nada. Para dizer a verdade, ajudaram foi a empurrar a fazenda para a bancarrota muito mais rápido.

Eu aceno com a cabeça. Li a respeito, claro, vi reportagens na TV, mas nunca tinha visto mesmo como eram as coisas.

— A maior parte de nossas terras é produtiva — continua Simon. — Arrendamos boa parte delas, mas, quando as coisas ficaram feias, papai, sendo o homem que é, abaixou o valor do arrendamento. Ele também nunca aumentou o aluguel das casas, nem uma vez em vinte anos. A última porção de nossos ganhos, embora marginal, vem da atividade florestal, e esta também sofreu um declínio. — Lembrei da serraria abandonada que vi no passeio que fiz com Will. — Misture tudo e ficamos, virtualmente, sem renda. Quando percebi isso, soube que não poderia voltar para a universidade.

Pensei na minha despreocupada existência quando estava na universidade e imaginei o que teria feito se isso tivesse acontecido comigo. Não teria sido capaz de ler um balanço de lucros e perdas mesmo se o tivessem trazido para mim em uma bandeja.

— Você não podia vender tudo?

— Pensei nisso. Mas sei que quebraria o coração de papai e não poderia fazer isso logo depois dele ter perdido mamãe. E havia outras pessoas a serem levadas em conta, papai abalado pelo luto, Will prestes a entrar em Cirencester e tia Flo que veio morar conosco. Todos dependiam da propriedade. Além disso, achei que poderia mudar as coisas. Não contei a ninguém como a situação estava mesmo ruim. Tive que demitir todos os funcionários, o que me transformou em uma figura bastante detestada na cidade, e depois descobrir como manter as coisas funcionando. Não podia fazer nada a curto prazo com relação às terras da fazenda e à floresta, mas tentei arrendar as casas. O problema é que todas estavam em péssimo estado de conservação. Conseguimos restaurar algumas, mas tive que despejar os inquilinos quando soube que eles não estavam dispostos a pagar o valor correto de mercado, que é, claro, quase três vezes mais do que pagam agora. Quis diversificar. Fazer caçadas ao faisão, abrir a casa ao público, promover concertos ao ar livre. Mas quando fiz as contas, descobri que todas essas atividades exigiam uma grande soma de dinheiro para ser implementadas.

— E eventos como este baile de caridade? Você está ganhando algum dinheiro com isso?

— Quase nada, Isabel. Além disso, se você quiser fazer esse tipo de eventos regularmente, precisa investir em marketing, que custa mais dinheiro, e os eventos não caem no seu colo. E eu não queria ninguém olhando a casa muito de perto, para que não percebessem quanto dinheiro é necessário gastar nela.

— Eu simplesmente achei que você tinha abandonado a casa.

— Os custos de manutenção são astronômicos. Portanto, decidi fazer algum dinheiro. Eu tinha jeito para negócios e pensei que se pudesse ganhar algumas centenas de milhares talvez conseguisse o suficiente para recomeçar. Não tinha nada a perder e comecei a correr riscos. As coisas correram bem, eu descobri que tinha talento para F&A e...

— O que é isso? — pergunto, desconfiada. Tem um som meio pervertido.

— Fusões e aquisições. Tomadas hostis e atividades do gênero. Pegar uma companhia com problemas, dividi-la e vender as partes. Você vê, Isabel, tudo era uma fachada cuidadosamente montada. Os bancos de investimento ficam felizes em investir seu dinheiro em mim depois de visitarem Pantiles. Eu acenei com a gravata da universidade e o brasão de Cambridge, e usei o dinheiro deles para assumir o controle de empresas. É claro que com um belo lucro para todos.

— Você não pode usá-los para ajudar Pantiles? Usá-los para ajudar você a diversificar?

— Para isso eles iriam querer analisar as contas da casa. E ficariam sabendo dos nossos graves problemas. E não iriam mais fazer nenhum tipo de negócio conosco. As pessoas presumem que se você tem muitos bens, tem dinheiro. Tivemos alguma sorte, Will voltou de suas viagens e assumiu o cargo de administrador da fazenda. A Sra. Delaney apareceu e ficou perfeitamente feliz em morar aqui e ganhar um salário pequeno. Ela mantém os móveis em perfeitas condições enquanto o teto está quase desabando sobre as nossas cabeças. Tivemos que fechar algumas alas da casa, mas ninguém percebeu por quê. E eu faço questão de manter os jardins impecáveis. O velho Fred cuida deles em troca de moradia em uma das casas da propriedade. Eu tenho uma BMW e alguns ternos elegantes, os truques de praxe de um homem de negócios bem-sucedido. Não existem sinais externos de que algo esteja errado.

— Eu não fazia idéia — sussurro.

— Não poderia fazer. Ninguém faz.

— Mas você fez outras tomadas hostis. Li sobre elas nos jornais.

— Todo o dinheiro que eu fiz investi na tomada seguinte, usando um pouco aqui e ali para fazer algumas modificações em Pantiles. Consertar algumas casas, esse tipo de coisa. Esta ia ser a minha última cartada empresarial. Investi cada centavo da empresa nessa jogada. Teríamos obtido dinheiro suficiente para sanar as dívidas, comprar a casa de volta e investir no futuro.

Ele olha para o chão. Sinto-me mal com todas essas informações.

Ele levanta os olhos e interpreta errado a minha expressão.

— Não fique com um ar tão preocupado, Isabel, não vou processar você. Ou contar para a sua empresa.

— Não estou preocupada com isso. — Oh, não. Estou preocupada em saber como vou sobreviver sob o peso de toda esta culpa. Alguém irá me encontrar, achatada como uma panqueca, que nem um personagem de desenho animado. Um pensamento completamente egoísta, claro.

— Mas os jornais — digo. — Eles sempre disseram que você é um sucesso, quanto dinheiro você tinha...

— Ahh, os jornais. Outra fachada construída cuidadosamente. Quando eles se enganaram a meu respeito na primeira vez, percebi que isso facilitava a minha vida. Cada negociação era menos problemática. Era um pouco como os reis antigos. Eles faziam todo o possível para assustar os seus rivais e muitas vezes percebiam que tinham ganho, mesmo antes de qualquer batalha. Minha reputação chegava antes de mim. As pessoas viravam-se do avesso para me dar dinheiro. Então as histórias, cuidadosamente estudadas, foram sendo lançadas e percebi que assim que eu entrava numa reunião de diretoria já me acenavam com bandeiras brancas.

— Então a aquisição está realmente arruinada?

— Está, se os acionistas americanos forem realmente apoiar a Wings. Nós precisamos das ações deles para comprar a empresa. Estou esperando um telefonema do responsável pelo grupo.

— O que você vai dizer?

— Não sei. Mas preciso convencê-los de que vender as ações ainda é um bom negócio. Se eles pensarem, por um segundo, que não vou cumprir com a minha parte no acordo, vão apoiar a Wings e as promessas deles de um futuro melhor. — Ele levanta, vai até a janela e olha para fora. — A imprensa vai chegar a qualquer momento, passaram a manhã toda telefonando. Vão descobrir sobre os oficiais de justiça e isso será manchete em todos os jornais de amanhã, o que não vai me ajudar em nada. Vai parecer que não posso comprar uma ação, que dirá meio milhão delas, não importa o que meus investidores digam. Você não faz idéia do quanto os oficiais de justiça assustam as pessoas.

Na verdade, não fico nada surpresa. A simples menção do nome faz com que eu trema nas bases.

Simon deixa de olhar pela janela e sorri para mim. Como é que ele pode estar assim calmo quando o mundo dele está desabando?

— De certa maneira foi minha culpa — ele diz com voz cansada. — Estava jogando um jogo perigoso com a imprensa. Fomos muito cuidadosos com o que divulgávamos, mas era apenas uma questão de tempo antes que eles começassem a revirar as latas de lixo. Rob Gillingham deu o que eles queriam em uma bandeja. Pena que tenha sido agora. É tudo.

— Você pode manter as despesas da casa enquanto organiza outra aquisição? — pergunto, tentando desesperadamente encontrar uma solução.

— Levam-se anos para estabelecer uma; para começar, você precisa de financiamento. Além disso, joguei todo o nosso dinheiro nessa empreitada. E se quase tudo se baseia na reputação, qual será a minha depois de tudo isso? Os oficiais de justiça retiraram todos os móveis da minha casa. — Ele dá um sorriso ainda mais desanimado. — Isabel, não é seu problema.

Não, espertinho. Não vou para lugar algum antes de me sentir melhor a respeito disso. E isso não vai acontecer até que eu tenha feito algo para ajudar. Por um instante luto contra a ironia de que desejo realmente ajudar Simon, mas tenho que admitir que ele não está se comportando como eu imaginei.

— Simon, eu cresci nesta casa. Pode não ter sido sempre o melhor período da minha vida — ele faz a gentileza de parecer incomodado com a referência —, mas ainda me importo com o que acontece com vocês. E parte disto é minha culpa, por causa de Rob.

— Ele teria conseguido aquelas informações de uma maneira ou de outra, Izzy. — Esta é a primeira vez, desde que cheguei, que ele me chama assim. — Com ou sem sua ajuda.

— Eu tornei as coisas mais fáceis para ele — digo extremamente consternada.

— Bom, vamos para a cozinha. Por um lado, é um alívio ter contado tudo para a família. Nunca quis preocupá-los contando como as coisas estavam ruins. Coitadinhos, provavelmente pensaram que eu estava sendo pão-duro. Nada de lareiras acesas durante o dia, exigindo que os cães fossem alimentados com ração em vez de galinhas criadas organicamente. Só Will sabia de tudo. — Ele dá um sorriso forçado.

— Will sabia?

Simon olha para mim, intrigado. — Sim, ele adivinhou. É claro que tentei minimizar as coisas, mas ele é o administrador da fazenda, Izzy. Como é que não iria saber?

— Mas ele estava me dizendo como...

— Como o quê?

— Nada.

Observo Simon sair da sala. Will sabia e mesmo assim me fez acreditar que Simon era tão ruim como diziam. Interessante.

Acompanho Simon, mas faço uma pausa pensativa no hall de entrada e olho a parede acima da lareira. Sei exatamente o que falta. Um quadro. Uma pintura muito valiosa. É claro que ela teria sido uma das primeiras coisas a serem vendidas. Entro na cozinha, onde o ambiente pesado de velório continua.

— Quer ir pescar, Harry? — pergunta Simon. Harry acena com a cabeça, entusiasmado. A atmosfera na cozinha está um pouco opressiva, para dizer o mínimo. Ele salta da mesa e vai até a despensa pegar o equipamento. Espero que os oficiais de justiça não tenham tirado tudo.

— E aquele telefonema, Simon? — pergunto.

— Estou com o celular. — Ele bate a mão no bolso. — Eles ainda podem falar comigo.

E, com esta frase, ele e Harry abrem a porta dos fundos e saem em direção ao sol.

CAPÍTULO 15

Sobramos nós na cozinha. — Izzy, o que diabos você está vestindo? — pergunta tia Flo. A casa da família dela está prestes a ser tomada pelo banco e ela ainda tem vontade de comentar a minha falta de estilo.

Olho para minhas roupas. De manhã cedo, pensando mais na catástrofe prestes a desabar sobre a minha cabeça do que nas minhas roupas, consegui vestir-me em uma confusão completa. De uma maneira muito inteligente, juntei todas as peças de roupa que eu tenho e que não combinam entre si. Uma minissaia estilosa, acompanhada por uma camiseta de rúgbi, que eu não acho que seja minha, e sandálias de salto alto.

— Sim. Bom. Estava pensando em outras coisas — murmuro.

Pessoalmente, gostaria de me retirar para um local privado e lamber minhas feridas, mas o resto da família está determinado a extrair todas as informações possíveis de mim. Felizmente, os oficiais de justiça deixaram a maior parte dos móveis e eletrodomésticos da cozinha. Monty me convida a sentar e eu desabo em uma cadeira.

— Simon achou que você ainda estava namorando Rob Gillingham? — arrisca Monty.

— Sim, mas há um mês nós terminamos mesmo o namoro. Mas encontrei com Rob outra noite e ele fez algumas perguntas sobre Simon. Achei que ele estava simplesmente demonstrando interesse.

— Viram? — diz tia Flo em tom triunfante. — Eu disse a Simon que tudo não passava de um mal-entendido! Mas ele não parava de resmungar sobre uma coisa qualquer que aconteceu quando vocês eram crianças!

— Eu não contei para Rob nenhuma das coisas que foram publicadas — acrescento depressa. — Simon acha que Rob conversou com os inquilinos despejados e depois contou para a imprensa.

Há uma pequena pausa enquanto todo mundo digere essa informação.

— Vou fazer um café para você. Você parece estar exausta — diz a Sra. Delaney, levantando e indo em direção à cafeteira. As pessoas podem ser gentis.

— Obrigada — murmuro.

— Eu me sinto culpado — diz Monty, quebrando o silêncio. A Sra. Delaney coloca um bule de café fresco na mesa e uma xícara na minha frente. — Se, para começar, Pantiles não estivesse em tão más condições, Simon não teria se envolvido nessa tomada hostil. Eu nunca fui um bom homem de negócios.

— Você não tinha como saber que a produtividade iria cair tão dramaticamente, meu bem. E só estava tentando ser bom para com os inquilinos, deixando que ficassem nas casas sem nenhum reajuste — diz Flo, colocando uma mão sobre a dele.

— Eu sempre achei que era responsável pelo vilarejo.

— Deixa disso, papai! Nenhum de nós sabia das más condições em que estávamos — diz Will.

Percebo que estou olhando para ele, espantada. Imediatamente, ele fica vermelho. Ele sabe que eu sei. E eu sei que ele sabe que eu sei. E ele sabe que eu sei etc., etc. De repente, não vejo mais um homem atraente, vejo um menininho irritado com seu irmão.

— Vocês ainda têm a casa — digo esperançosa, tentando disfarçar o embaraço dele.

— Por quanto tempo? A casa está praticamente desabando sobre as nossas cabeças e ainda temos os pagamentos da hipoteca para honrar.

— Como vocês têm pago até agora?

— Com o lucro que Simon obtém, claro. E parece que tudo vai acabar agora.

Mordo o lábio e sinto-me péssima. Flo nota meu ar desanimado e se inclina para dar umas palmadinhas no meu joelho.

— Vocês acham que ainda vai haver baile de caridade? — pergunto.

— Não podemos deixá-los outra vez sem alternativas. E agora precisamos mesmo do dinheiro deles! — diz Monty. — Tem alguma reunião hoje, Izzy?

— À tarde, mas eu vou cancelar todas.

Ouvimos uma batida forte na porta e todos damos um pulo. Dominic enfia a cabeça através dela.

— Posso entrar? Ah, vocês, pessoas do campo, são mesmo surpreendentes, as portas nunca estão trancadas. Estão planejando fuzilar Izzy ao amanhecer?

— Deus do céu, Dom! — digo, correndo na direção dele e o abraçando. — Nunca fiquei tão feliz em ver você em toda a minha vida!

— E eu nem tenho comida comigo! Impressionante!

— O que está fazendo aqui?

— Pedi demissão! Saí de lá e vim direto para cá!

— Ah, Dom, você não deveria ter feito isso!

— Não se preocupe, a manhã estava mesmo muito chata antes de você telefonar. Finalmente você conseguiu fazer com que eu tomasse uma atitude! Além disso, achei que poderia precisar de mim. — Ele enfia o braço dele no meu. — Na verdade, eu me sinto maravilhosamente bem! — declara. — Ele olha para os rostos tristonhos na frente dele. — Bom, é claro que isso não inclui a situação toda sobre a aquisição. Isso é *horrível,* simplesmente horrível. — Ele sorri e tenta não parecer muito maravilhado com a vida em geral. Ele é um ingênuo.

Na verdade, todos parecem muito felizes em vê-lo. Monty e Will apertam o braço dele, e tia Flo o cumprimenta com um beijo no rosto.

— Feche a porta, meu bem — diz tia Flo. — As pessoas vivem deixando-a entreaberta, e ontem o carteiro acabou caindo dentro da cozinha. Os cães ficaram tão surpresos que não sabiam o que fazer com ele.

— Então, o que aconteceu? — pergunta Dom.

Explico rapidamente sobre a tomada hostil e Rob. Dom fica absolutamente indignado.

— Bom, agora é que estou mesmo muito feliz por ter pedido demissão! Não poderia mais trabalhar para ele! Que parasita!

— Você trabalhava para ele? — pergunta Monty, confuso.

— Só no departamento de reivindicações. Era um salário para pagar as despesas. Na verdade, quero escrever um romance.

— Sério? Sobre o quê? — pergunta tia Flo, tagarelando.

— Você não comentou com Rob que eu estava trabalhando aqui, comentou? — digo de repente, ignorando Flo.

Dom fica um pouco perturbado.

— Bom, não diretamente. Mas posso ter mencionado algo no escritório. Sorte minha que ele não sabia que *eu* também estava trabalhando aqui. Só Deus sabe o que eu iria contar!

Ficamos quietos. Finalmente, eu sussurro:

— O que vocês acham que Simon vai fazer?

Olhamos uns para os outros com caras de bobos. Peço licença, pego minha mala que ainda está ao lado da porta e vou para o meu quarto. Fico ruminando um pouco, enquanto desfaço a mala, pinto as unhas por falta do que fazer e penso. Rob estava me usando para obter informações. Ele estava me usando. Repito essa frase várias e várias vezes. Ele estava me usando para manter seu cargo em uma diretoria. Eu sabia que ele era ambicioso, mas não sabia o quanto.

Rob e seus comparsas devem estar comemorando neste exato momento. Consigo imaginá-lo abrindo um champanhe, com um sorriso no rosto. Ele vai contar vantagem sobre como derrubou Simon Monkwell quase que sozinho. Quase, mas não completamente, porque eu fiz minha parte no jogo.

Deito na cama e olho o quarto. Minha bolsa está do lado da cama e eu a puxo na minha direção em um impulso. Pego a carteira e vejo uma foto de Rob que ainda não tive coragem de jogar fora. É uma foto que roubei do apartamento dele — ele a detestava e a jogou fora, mas eu a retirei cuidadosamente da lixeira enquanto ele estava no banheiro. E é nesse momento que Dominic aparece.

— Olááá, meu pequeno raio de sol. A família estava me contando sobre os oficiais de justiça! Então as coisas são piores do que pareciam. Se é que isso é possível. — Ele senta na cama. — Como você está se sentindo? — e faz uma careta indicando que acha que a resposta é "não muito bem".

— Não muito bem.

— Que parte da história toda a incomoda? O seu ex-namorado tentar levar você para a cama, para obter informações, ou tê-lo ajudado a derrubar um império? — Sabe, há momentos em que Dominic não é muito engraçado.

— Um pouco das duas.

— É como ter azar em dobro, não é?

— Simon foi mais gentil do que eu esperava quando expliquei tudo. Eu tinha certeza de que ele iria ficar furioso e me despedir.

— Bom, ele poderia ter feito isso. Você acha que Rob pensou nisso? Que você poderia mesmo perder seu emprego? — Isto não é bem uma pergunta, ele só está tentando aumentar a minha raiva contra Rob.

Ele olha para a foto.

— Me dê a foto, Izzy. Me dê a foto.

— O que você vai fazer com ela?

— Vou queimá-la. Não vou deixar que você fique babando por causa de um homem abominável como este.

— Não estou babando por ele. Estou só tentando entender tudo isso — digo emburrada.

— Você deveria estar furiosa!

— Estou um pouco — digo zangada, sentando-me de repente e girando as pernas para ficar ao lado de Dom.

— Um pouco? — ruge Dom. — Você deveria estar querendo esquartejá-lo! Meu Deus, eu quero esquartejá-lo! Se não tivesse acabado de pedir demissão daquela porcaria de empresa, estaria fazendo isso agora! E espero que você não o deixe fazer uma coisa dessas e ficar impune.

Na verdade, era exatamente isso o que eu planejava fazer.

— Não — digo com uma vozinha fraca, mudando novamente de posição.

— Você não vai deixar esse cara se safar, vai? Onde está aquela manifestação do velho provérbio "não há fúria no inferno que se compare a uma mulher furiosa"? Hã?

— O que eu poderia fazer?

— Não sei! Pôr a cabeça de um cavalo na cama dele, grafitar o carro esportivo dele, qualquer coisa!

— Não quero fazer nada disso. Embora eu ache que você tem razão, ele não deveria se safar desta impunemente — digo, sentindo-me ligeiramente mais irritada.

— Bom, vamos pensar a respeito. Há mais de uma maneira de se lavar uma alface, como dizemos no mundo do *catering*. — Nós não dizemos nada disso. — Vingança é um prato que deve ser servido frio. Pense em uma *vichyssoise*.

— OK, vamos queimar a foto! — digo com um certo entusiasmo. Afinal de contas, isto é muito mais divertido do que ficar toda macambúzia.

— Boa menina! — Dom dá um salto, atravessa o quarto e volta com uma lixeira de metal. Ele senta com ela encaixada entre os joelhos. — OK! Você queima! — Ele me dá a foto e o seu isqueiro.

— OK. — Concordo, com um sorriso enorme no meu rosto. Ponho fogo no canto inferior da foto e olho com prazer enquanto as chamas começam a lamber o papel, enchendo o rosto de Rob de bolhas, antes que as chamas consumam tudo. E jogo a foto na lixeira, feliz da vida.

Infelizmente, os algodões embebidos com acetona que usei para remover o esmalte das unhas pegam fogo num estalar de dedos.

— Ai meu Deus! — diz Dom, olhando para a nossa versão em miniatura de *Inferno na Torre* e deixa a lixeira cair.

— Ai meu Deus! — repito.

— Rápido, Izzy! Ajude-me!

Pulo e procuro alguma coisa à minha volta para apagar as chamas. Corro freneticamente de um lado para outro, mas não vejo nem um pano para abafar as chamas.

— Izzy! Depressa, depressa! — grita Dom, com os olhos transfigurados com o espetáculo.

Pego três calcinhas úmidas na minha bolsinha, lavadas pouco antes de sair de casa, e volto correndo. Enquanto penso qual delas prefiro perder para sempre, Dom agarra todas e as joga nas chamas. Olho resignada, enquanto minhas melhores calcinhas de grife apagam as chamas com sucesso.

— Graças a Deus você tem uma bunda grande, Izzy — diz Dominic, feliz da vida.

Este não é mesmo o meu dia.

Depois de uma sessão gigantesca de birra, concordo finalmente em descer, porque, como disse Dom, é a única maneira de tomar uma bebida. Levo o celular comigo. Um pouco de coragem alcoólica pode me dar a força de que preciso para ligar o maldito aparelho e enfrentar as ligações que, tenho certeza, Gerald fez para mim. É claro que ele leu os jornais matutinos e vai querer saber quais as implicações do fracasso da aquisição.

Dom segura a porta para mim e descemos juntos para a cozinha.

— Acho melhor não contarmos nada sobre o pequeno incêndio no seu quarto, Izzy — diz ele. — A família pode começar a achar que você não gosta muito deles se descobrirem que acabou de tentar incendiar a casa depois de ter estragado sozinha a aquisição. Talvez devêssemos colocar sininhos nos seus tornozelos para avisar `as pessoas que você está se aproximando.

Eu o ignoro e ligo para a associação de caridade em vez de cancelar o encontro. Digo a Rose que vou marcar uma nova reunião assim que as coisas ficarem mais claras, garanto que o baile vai ser realizado como foi planejado e desligo antes que ela possa fazer mais perguntas. Desligo novamente o celular, ainda não sou capaz de enfrentar Gerald, e sigo Dominic em direção à cozinha.

Toda a família, exceto Harry e Simon que, imagino, ainda estão pescando, está na mesma posição em que os deixamos — afundados nas cadeiras ao redor da mesa da cozinha.

— Você e Dominic vão voltar para Londres? — pergunta tia Flo assim que colocamos os pés na cozinha. É óbvio que a pergunta estava na cabeça dela. O resto da família olha ansioso para nós. — Onde você vai fazer as reuniões para o baile?

— Vamos dar um jeito. Posso encontrar Rose e Mary em Bury St. Edmunds amanhã. Mas se Simon não nos quiser aqui, acho que vamos voltar e tentar arrumar as coisas a partir do escritório em Londres. Caso contrário, gostaríamos de ficar e ajudar. Se pudermos — digo sem jeito. Dom olha nos meus olhos e acena com a cabeça, concordando comigo. Provavelmente eu não conseguiria me livrar dele, mesmo se quisesse, ele parece gostar muito dos Monkwell.

Assim que termino minha frase, a porta se abre e Simon e Harry entram com um ar meio desarrumado. Todos nos endireitamos.

— Pensei em uma coisa — anuncia Simon. — Pode não funcionar, mas vale a pena tentar. Quem quer um drinque? — O homem é um gênio. Duas frases ganhadoras do Oscar em um só fôlego.

A dinâmica do grupo muda e fica quase festiva. Monty dá um pulo, esfregando as mãos, e corre para buscar seu uísque envelhecido vinte anos do seu esconderijo secreto.

Eu ajudo a Sra. Delaney a tirar alguns copos do armário.

— O que você fez nos joelhos, Izzy? — pergunta Harry, apontando para meus adesivos de nicotina. — Eu poderia ter feito os curativos para você. Tenho uma medalha por primeiros socorros.

Fico vermelha e olho para os adesivos feiosos. Tinha me esquecido completamente deles. Estou quase dizendo que são band-aids quando Simon diz:

— São adesivos de nicotina. Izzy está tentando deixar de fumar.

A família me olha surpresa.

— Você fumava, Izzy? — pergunta Will.

Abro a boca para responder, mas Dominic é mais rápido do que eu:

— Como uma chaminé — ele entoa. Minhas mãos contraem-se involuntariamente ao redor do copo. Tenho vontade de atirá-lo na cabeça dele.

Monty despeja uma dose de seu uísque em cada copo. Viro o meu em uma golada só e me sinto imediatamente melhor, embora meus olhos comecem a lacrimejar. Acho que estes adesivos podem estar tendo um efeito benéfico em mim, sinto-me positivamente nas nuvens.

Todos saboreamos o uísque em silêncio, até que Monty pergunta:

— Então, o que foi que passou pela sua cabeça, Simon?

Todos olhamos ansiosamente para Simon.

— Bom, não garanto que isto vá funcionar. Mas convidei os acionistas americanos para virem nos visitar. Para ver se conseguimos salvar a aquisição.

— Aqui? — ecoa Monty.

— Mas, e os móveis...? — diz tia Flo devagarinho.

— Bom, é aí que vocês entram na história. Precisamos mobiliar novamente a casa até amanhã.

— Amanhã?

— Sim. Vou pedir à nossa agência de RP que convide a imprensa para uma visita, amanhã de manhã. Para que possam ver com seus próprios olhos que nenhum oficial de justiça esteve aqui. Os americanos chegam na hora do almoço. — Ele olha firme para todos nós.

— Mas isso é impossível — diz Will.

— E é exatamente por isso que vai funcionar. Quanto mais depressa pudermos virar a mesa, mais difícil será para alguém suspeitar de nós. Se a imprensa vir a casa mobiliada, ninguém vai se atrever a publicar que os oficiais de justiça estiveram aqui, mesmo que os habitantes da cidade digam o contrário. Eles não vão acreditar que conseguiríamos mobiliar novamente a casa tão depressa. A chegada dos americanos vai abafar ainda mais os rumores, mesmo que estejam circulando na cabeça de toda a gente, e podemos, ao mesmo tempo, tentar salvar a aquisição. Alguma pergunta? — Ele olha ao redor da cozinha.

Tenho uma dúzia de perguntas para fazer, mas não sinto a mínima vontade de fazê-las, já que fui eu quem botou todo mundo nessa confusão. É uma tarefa interessante, considerando-se que a nossa equipe é formada por dois velhotes aposentados, um escoteiro e uma governanta implicante. E Dom, que, na melhor das hipóteses, é um risco. Acho que todos estão completamente abobados, o que Simon parece considerar como um sinal de aceitação.

— Excelente! Tenho milhões de coisas a fazer! Já chamei minha equipe e eles estão a caminho, vindo de Londres. Têm certeza de que querem ficar, Izzy, Dominic? — pergunta Simon antes de sair da cozinha.

Dominic parece completamente encantado com o plano, portanto Simon volta sua atenção para mim. E eu surpreendo a mim mesma ao fazer um firme aceno com a cabeça. Ele me dá um meio-sorriso, acena com a cabeça e desaparece, deixando o resto de nós com a tarefa de voltar a mobiliar a casa. Procuro papel e caneta, na esperança de ser completamente invadida por idéias.

— Certo! — diz Monty. — Precisamos da mobília de volta!

— Certo! — todo mundo repete em coro.

— Certo! — diz Monty. Todos nos entreolhamos por um momento. Começo a rabiscar num canto da minha folha de papel. O silêncio continua e eu posso sentir o entusiasmo do grupo esvaziando como um pneu furado.

— Acho que não vamos ser capazes de pegar de volta a mobília que está com os oficiais de justiça — arrisco. — Eles não vão liberá-la antes que Simon pague ao banco.

— Bom, nós só precisamos mobiliar a entrada, a sala de jantar e a sala de estar para as visitas. Não temos que nos preocupar com a biblioteca ou com o resto das salas.

— E os quartos estão OK, não estão? Eles não levaram nada dos quartos?

— Não, os quartos estão perfeitos.

— E se alugarmos alguns móveis? — sugiro.

Monty bate animado na mesa.

— Sim! Vamos alugar! Izz, vá pegar as *Páginas Amarelas*!

Corro até o escritório, abro a porta silenciosamente e encontro Simon conversando animadamente ao telefone. Tiro as *Páginas Amarelas* da pilha de despojos no canto da sala e corro de volta para a cozinha. Procuramos anúncios de aluguel de móveis, descartamos alguns porque estamos procurando especificamente por mobília "antiga" e encontramos um anúncio discreto de uma loja chamada Merritt and Son que promete ter antiguidades de qualidade.

Monty disca o número enquanto todos ficamos sentados ao redo, esperançosos. Ele explica que foi deixado na mão por outra empresa e que precisa mobiliar três salas até amanhã. Pelas várias respostas, adivinhamos que isso não é problema e que a empresa pode fazer uma entrega amanhã se quisermos. Olhamos uns para os outros aliviados, e eu quase me encosto no espaldar da cadeira. Mas, quando Monty começa a explicar que temos uma caminhonete e que vamos retirar a mobília nós mesmos, o tom da conversa muda. Todos franzimos a testa e Monty diz que volta a telefonar e desliga.

— Eles não nos deixam retirar a mobília porque precisam ver para onde ela vai. Suponho que têm medo de que possamos dar identidades falsas e fugir com os móveis. Além disso, a mobília fica sem o seguro se nós mesmos a retirarmos.

— Eles não podem entregá-la? — pergunta tia Flo.

— O problema é que não queremos que eles vejam para onde vai a mobília, para não corrermos o risco deles falarem com a imprensa. E se os moradores da cidade ou os jornalistas virem caminhonetes na estrada, vão somar dois mais dois.

— Não teríamos o mesmo problema se fôssemos buscá-la?

— Pensei em alugar uma caminhonete e pegar uma estrada vicinal para chegar aqui, evitando completamente a cidade. Pode-se vir através dos bosques.

— O pessoal do aluguel de mobília não pode vir através dos bosques?

— Assim ainda ficamos com o problema deles falarem com a imprensa. E vai parecer muito suspeito se pedirmos para virem pelos bosques. Eles saberiam que estão vindo para Pantiles.

Sentamos abatidos e pensamos em silêncio. Ninguém diz em voz alta o que todos pensam: vamos mesmo conseguir fazer isso?

CAPÍTULO 16

Por volta das três da tarde (parece mais ser meia-noite), Sam aparece para perguntar se podemos levar algo para a equipe que cuida da aquisição, que está entrincheirada no escritório desde que chegaram, horas atrás. Começo a preparar enormes quantidades de café, e a Sra. Delaney encontra alguns biscoitos e metade de um bolo. Eu levo a bandeja para o escritório. Empurro a porta com meu traseiro e vejo um grupo de advogados, contadores e Deus sabe quem mais sentado no chão, com expressões agoniadas nos rostos. Não quero nem saber o que Simon disse para explicar a ausência de móveis, mas espero fervorosamente que ele tenha deixado meu nome fora da explicação.

— Obrigado, Izzy — diz Simon, olhando e acenando para mim.

— Vocês vão precisar comer alguma coisa, querem que eu providencie algo?

— Isso será ótimo, Izzy. A Sra. D. tem umas coisas por aí.

Aceno com a cabeça e escapo feliz da vida.

Aproveito uma pausa sobre o problema da reposição da mobília e ligo para Gerald. Acesso a minha caixa de mensagens de voz e descubro que ele está realmente tentando falar comigo. São sete mensagens, a última falando ameaçadoramente sobre seguro-desemprego e linchamento em praça pública. Dou uma boa esfregada nos meus adesivos de nicotina e ligo para o escritório com uma mão levemente trêmula. Stephanie nem faz uma pausa para me dizer o tamanho da confusão em que estou metida. Ela simplesmente murmura: "Ai, merda" e passa a ligação.

— Onde diabos você se meteu?

Preciso afastar o telefone do ouvido.

— Hã, calma, Gerald...

— Já liguei não sei quantas vezes.

— Bom, só liguei o celular agora...

— Então você descobriu onde fica o botão, foi? Que milagre.

— Estivemos muito ocupados aqui.

— Você não acha que poderia, uma vez na vida, ter demonstrado um pouco de inteligência e ter me telefonado?

— Bom, sem dúvida, ao ler os jornais, você deveria saber que há muita coisa acontecendo aqui...

— O baile ainda vai acontecer? O que *está* acontecendo? Lady Boswell está telefonando de hora em hora.

Tento explicar a situação.

— Bom, para dizer a verdade não há muita coisa acontecendo. — É isso aí, Izzy, use uma cortina de fumaça. — Os jornais entenderam tudo errado e a tomada hostil ainda vai acontecer. O que, naturalmente, significa que o baile ainda está de pé. Simon pediu que eu o ajudasse a recepcionar alguns visitantes americanos que chegam amanhã e estou muito ocupada. — A frase foi dita em um tom autoritário de "não me perturbe". Sei que Gerald vai ficar contente com o trabalho corporativo extra e eu cruzo os dedos.

O truque funciona e ele se acalma um pouco.

— A imprensa entende tudo errado mesmo. Eu deveria saber. Mas, da próxima vez que algo parecido acontecer, será que você poderia ligar para o escritório? Sabe onde é, não? O lugar onde você supostamente trabalha? Uma boa *promoter* precisa ter excelentes habilidades de comunicação.

— Claro — respondo, esperando com todas as minhas forças que nunca haja outra vez. — Isso quer dizer que não volto na sexta-feira. Como vão as coisas aí? — pergunto depressa.

— Tudo bem, tirando o fato de os Dawson terem avisado que convidaram outras cem pessoas. Eles são seus clientes, você deve tê-los estragado e mimado. As pessoas andam por aqui com serpentinas de um lado para outro e resmungando palavrões; organizar uma festa é um inferno. Como vai Dominic? — Todo mundo parece obcecado com a saúde de Dominic.

— Ele está bem.

— Como ele vai indo? Está chateando alguém?

— Não, a família o adora.

— Ótimo. Mantenha as coisas assim.

Desligamos.

Sentindo-me razoavelmente grata por não estar na fila dos desempregados, vou para a cozinha, onde Monty e Flo estão no meio de uma briga para decidir quem é que sofreu a pior picada de abelha do mundo, já que os dois são alérgicos a abelhas. A Sra. Delaney está tentando fazer Harry comer um sanduíche de atum, com o argumento de que essa é a única coisa que marcianos malvados comem. Dominic está sentado no chão dando biscoitos de laranja para os cães — mas só depois de ter comido o recheio cremoso.

— Vocês resolveram o problema com os móveis? — pergunto a Dominic, esperando que este seja o motivo pelo qual a anarquia impera na cozinha.

— Hã? Oh, não. Estávamos esperando a sua volta. — Não sabia que eu era essencial para a solução do problema, e a pressão da descoberta faz com que eu me dirija direto para a garrafa de uísque.

Nosso pequeno grupo de soldadinhos volta aos seus postos na mesa.

— Certo, onde estávamos? — pergunta Monty.

— Não podemos pegar a mobília que está com os oficiais de justiça e tentamos uma empresa que aluga móveis.

— Alguém tem alguma idéia?

Minha única idéia é que Simon vai me matar se não arranjarmos móveis. Assumimos posições pensativas e ficamos quietos.

Dez minutos depois, sem nenhuma solução no horizonte, Will volta de uma expedição de reconhecimento dos fatos na cidade. Endireito-me na cadeira, feliz em ter uma distração.

— O que aconteceu?

Ele parece deprimido.

— Basicamente, os moradores viram as caminhonetes e avisaram a imprensa. Já temos alguns jornalistas na frente do portão principal. Daniel está circulando de carro pelo perímetro da fazenda para mantê-los longe. — Não são estas as notícias que queremos ouvir. — Acho melhor contar para Simon.

Levanto.

— Tenho que levar alguma comida para eles. Se você esperar cinco minutos, poderemos interrompê-los juntos. — A Sra. Delaney e eu preparamos uma pilha de sanduíches de atum, e Will e eu levamos as bandejas para a biblioteca.

O grupo está conversando animadamente quando entramos. Will puxa Simon para o lado e começa a contar as novidades em voz baixa. Simon me chama.

— Como vão os preparativos para resolver o problema dos móveis? — ele sussurra.

— Hããããã...

— Izzy, eu não quero nem saber como você vai fazer isso, mas tem que arrumar os móveis para amanhã. Nossa agência de RP já está a caminho para cuidar do problema com a imprensa.

— Vamos conseguir — tento soar o mais positiva possível. — Meu celular toca e vou para o hall, atender a chamada.

— Alô? — respondo, e minha voz faz um eco estranho no espaço vazio.

— Sou eu, querida. Estava preocupada com você e liguei para saber como foram as coisas. Mas você parece estar razoavelmente viva, portanto parece que Simon não fez nada terrível com você! — ruge tia Winnie.

Vou até a escadaria, sento no primeiro degrau e tento explicar tudo o que aconteceu nas últimas cinco horas.

— ... E eu não sei onde vamos conseguir móveis suficientes para preencher três salas gigantescas, e ainda tenho que organizar o baile, sem falar nos visitantes americanos de Simon que chegam amanhã e que são extremamente importantes para a aquisição. — Minha voz aumenta perigosamente de volume no fim da frase. O fato de contar tudo para tia Winnie fez com que eu percebesse a enormidade das tarefas à minha frente. Começo a ficar levemente histérica.

— Eu consigo ver o seu problema, querida. Que azar dos diabos.

— Azar? Dos diabos? Azar dos diabos que eu estivesse namorando o maior cretino da Inglaterra, que estava pronto para fazer o que fosse necessário para manter seu estúpido cargo em uma diretoria? Azar dos diabos que a casa deve trilhões de libras ao banco e que este mandou retirar a mobília? Ou azar dos diabos que um batalhão de visitantes estrangeiros vai invadir a casa amanhã?

— Acho que tenho uma idéia. A velha massa cinzenta está fazendo barulho — diz tia Winnie antes que eu possa dizer algo. — Posso telefonar daqui a pouco?

— Claro! — digo surpresa e vou comer alguma coisa. Tudo sempre fica melhor depois de um sanduíche de atum.

Estou engolindo o terceiro sanduíche quando o telefone toca novamente. É tia Winnie.

— Acho que encontrei a solução, querida! Ela surgiu como um raio! — grita. Não preciso repetir o que ela diz porque a sala inteira consegue ouvir. — Estava assistindo ao programa do maravilhoso Hugh Scully! Que homem lindo!

— O quê?

— Não se preocupe com nada. Chego aí hoje à noite com os móveis.

— Precisamos ter certeza disso, tia Winnie.

— Pode ter certeza. Agora, de que salas você está falando, e há algo específico de que precisa?

Passo o celular para Monty, para que ele dê as instruções. Agradeço a Deus pela existência de tia Winnie. É uma pena que não possam fazer clones dela e colocar todos eles em postos no governo.

— É uma mulher inacreditável esta — diz Monty quando desliga. — Ela diz que chega hoje à noite com os móveis. Disse para ela não usar o portão principal. Um de nós precisa ir ao portão nos bosques para encontrá-la.

— Onde é que ela vai conseguir os móveis? — pergunta Will.

Balanço a cabeça.

— Não sei. — E nem quero saber, penso.

Passo o resto da tarde arrumando os quartos para os visitantes estrangeiros. Os quartos parecem um pouco pobres e passo horas apanhando flores e folhagens no jardim para melhorar um pouco a aparência deles. Dominic e eu precisamos sair dos nossos atuais quartos e dividir um outro em outra ala da casa. Que fantástico.

Lá pelas oito da noite vou até o jardim murado para passar uns dez minutos sozinha.

— Pensando com seus botões?

Giro sobre os calcanhares e vejo Simon encostado no arco que dá passagem para o jardim murado. Estou revirando um galhinho de alecrim entre os dedos, tentando entender tudo o que está acontecendo.

Ele caminha lentamente em minha direção e consigo colocar um meio-sorriso no rosto. Gostaria que ele fosse embora e me deixasse colocar em ordem os meus pensamentos confusos. Volto a remexer no alecrim, tentando indicar que quero ficar só, principalmente se ele vai me dar outra bronca. Sei que mereço, mas, quem sabe, poderíamos deixar para mais tarde.

— Alecrim — diz ele. — Te lembra algo?

— Precisa de alguma coisa? — pergunto, tentando manter a conversa em um nível profissional, mais confortável.

Ele balança a cabeça e diz:

— Papai disse que você resolveu o problema dos móveis? — Aceno com a cabeça e ele continua: — Minha equipe foi embora. Os investidores americanos chegam amanhã no horário marcado. — Ele parece exausto.

— Escute, Simon, Dom e eu deveríamos voltar para Londres amanhã. Você quer que fiquemos para ajudar com os visitantes? Afinal de contas, é este o nosso trabalho.

— Mas é durante o fim de semana.

— Não tem problema. Não temos nada programado e, de qualquer maneira, deveríamos estar de volta aqui na segunda-feira, portanto não tenho nem que avisar o escritório. Sei que a Sra. Delaney já cuidou da comida, mas eu estava pensando no entretenimento geral. Eu poderia fazer o papel de anfitriã.

— Na verdade, isso será ótimo.

— E pensei que Dominic poderia fazer o papel de mordomo da casa por alguns dias. Ajuda a manter a imagem.

— Ele não se importa?

— Foi ele quem sugeriu! — Dominic não fez nada disso, mas bem que merece um castigo depois da história do cigarro. — Amanhã cedo vou correndo até Bury St. Edmunds alugar um terno.

— Obrigado.

Há uma pausa na conversa e ele vai até o pé de alecrim e arranca um galhinho. Volta até onde estou, galhinho na mão, examinando-o atentamente.

— Este era o jardim de minha mãe. Ela passava a maior parte do tempo aqui. Às vezes achava que ela gostava mais deste jardim do que de nós!

— Percebe-se o quanto este local foi amado — comento, olhando para as madressilvas e as clêmatis que ficaram abandonadas e se espalharam por todo o lado.

— Não deveria ter deixado as plantas crescerem descontroladas.

— O local só precisa de uma arrumada — respondo, tentando confortá-lo porque ele parece muito chateado. Apesar de tudo o que aconteceu entre nós, sinto uma onda de afeto por ele. Goste ou não, boa parte do meu passado está amarrada a este homem. Ele me olha e sou surpreendida pelo seu olhar. Vejo algo que reconheço, mas que não consigo exprimir com palavras. E depois desaparece.

— Você que ir ver os veados? — pergunta.

— Hã, acho que não estou usando calçados apropriados para isso. — Olho para minhas sandálias com salto dez.

— Eu posso esperar, se você quiser calçar outra coisa.

Fico tentada por um segundo. Tive um pequeno vislumbre de algo acolhedor, confortável e de fácil retorno. Mas depois lembrei de tudo que aconteceu depois disso.

— Não. Sinto muito, Simon. Tenho coisas a fazer.

Ele sorri e fixa seu olhar no meu por um segundo.

— Eu também sinto muito — diz suavemente e caminha em direção à saída, deixando-me para trás, olhando para ele.

Vou até meu quarto, tiro a camisa de rúgbi e coloco uma camiseta rosa justa. Meg, a cadelinha, e Dom aparecem na porta.

— Aonde vai? — Dom pergunta intrigado, vendo a mudança de roupa. — Algum encontro secreto?

— Não, de repente eu me senti desleixada. Achei que deveria mudar de roupa para jantar.

— Então por que está passando batom?

— Eu sempre passo batom.

— Para mim você não usa batom.

Quase digo: "Bom, porque você é gay", mas penso que isso não tem nada a ver.

— Você perguntou se eles querem que fiquemos no fim de semana para ajudar com os americanos? — Dom continua.

— Hã, na verdade acabei de falar com Simon e ele diz que seria maravilhoso. Você não tinha planos para o fim de semana, tinha? — Vou guardar a maravilhosa novidade do papel de mordomo quando tiver mais tempo para saborear o ataque histérico de Dominic.

— Posso alterar meus planos. Vou avisar... hã, que não posso ir. Eles vão entender.

— Você é quem sabe, Dom, não me importo com quem você está namorando.

— É alguém um pouco, hã, diferente.

— Querido, seja quem for com quem você está namorando, está tudo bem comigo — digo, tentando passar em bom-tom a mensagem de que eu o amo de qualquer maneira.

— Vamos conversar sobre isso em breve, prometo. No momento as coisas estão confusas para mim e há muito acontecendo com essa história envolvendo Rob.

— Eu sei. Você vai descer para um drinque?

— Na verdade, pensei em tomar um banho.

— OK. Vejo você mais tarde!

Desço, pensando aflita se Dom acha que nosso relacionamento pode mudar ou coisa parecida. Ele não costuma ser tão retraído para contar as coisas. Paro por um momento no hall de entrada, pensando, antes de correr escadaria acima para pegar meu celular. Sinto uma necessidade estranha de ser confortada e ligo para meus pais. Como é uma ligação para Hong Kong e via celular, peço que liguem de volta para o telefone fixo e saio correndo pela biblioteca deserta. Pego o telefone assim que ele toca.

— Alô? — digo cautelosamente, caso não sejam eles.

— Querida!

— Mamãe!

— Que surpresa *adorável*! *Ligamos* para o apartamento, onde você *anda*? Seu pai quer *saber* onde você *está*... Porque o código da *área* é da região de *Pantiles*, a propriedade dos *Monkwell. Lembra?* Onde guardávamos os *cavalos*?

— Sim, lembro. É onde estou.

— Onde?

— Em Pantiles.

Há um silêncio enquanto ela, obviamente, digere a novidade e depois diz ao meu pai:

— É onde ela está. Em Pantiles. — Espero pacientemente em silêncio, até que ela acaba dizendo: — Por que está aí?

— É uma história estranha. Vim organizar uma festa para Monty Monkwell!

Eles não estão digerindo a novidade como eu imaginava. Pensei que haveria várias exclamações de surpresa, alguns oohs e aahs, depois começaríamos a trocar recordações do lugar e eu poderia começar a contar a minha triste história. Mas não há nada disso, somente outro silêncio estranho.

— Hã, mamãe? — resolvo perguntar. — Está tudo bem?

— Sim, querida, *tudo bem* — ela acaba respondendo. — *Posso* telefonar *daqui* a pouco?

— Quando?

— Daqui a um *dia* ou dois.

— Sim, claro, mas está tudo bem?

— Sim! — ela responde em uma voz artificialmente alta, quando quer mesmo dizer “Não!”.

— OK. Falo com você em breve. Tchau!

Mas o telefone já havia sido desligado do outro lado da linha. Fico ali sentada, olhando para o aparelho, até que Harry vem me buscar para jantar.

CAPÍTULO 17

Faltando quinze minutos para a meia-noite, Will e eu saímos em direção ao bosque com lanternas e um cão — não a Meg, resolvemos ficar com um terrier feroz, chamado Albert, para nos defender de eventuais problemas. Um lado meu está completamente entusiasmado com o papel de agente esquilo secreto, mas outra parte de mim está cansada e só quer ir dormir. Mas estou feliz em ter uma chance para conversar com Will.

A lua está quase cheia e muito brilhante, de modo que não precisamos de nossas lanternas até entrarmos no bosque. Não conversamos desde que saímos de casa, mas assim que acendemos as lanternas começamos a falar, como se agora fosse permitido conversar.

— Tudo é um pouco chocante, não é? — sussurro para Will, olhando Albert saltitando na nossa frente e me sentindo segura com ele. Os bosques são tão assustadores quanto eu me lembrava. Uma coruja pia de tempos em tempos e ouço estalidos de coisas se mexendo. Digo para mim mesma com firmeza que é somente Albert e resisto à tentação de saltar nos braços de Will como se eu fosse o Scooby-Doo.

Ele me olha sem graça.

— Eu suspeitava, Izzy. Não sabia de tudo, mas sabia de alguma coisa — ele diz, confirmando conversas anteriores.

— Mas você me disse o quão mesquinho Simon era e comentou sobre o despejo dos inquilinos.

— Eu não podia dizer a verdade. E estava mantendo a fama de Simon.

Não precisava se esforçar tanto para manter a fama, penso com meus botões. Ficamos novamente em silêncio, sem graça.

— Suponho — Will finalmente admite — que tenho ciúme dele.

— Tem? — digo cautelosamente.

— Bom, é ele quem tem que defender tudo isto. — Ele gira o braço ao seu redor, indicando as árvores silenciosas.

— O que quer dizer com isso?

— Enquanto eu lido com minhas humildes tarefas diárias, Simon brinca de... sei lá... de super-herói.

Pigarreio sem graça. Estamos definitivamente entrando em território masculino, sem falar de rivalidade entre irmãos.

— Não acho que seja algo muito divertido. Quer dizer, parece ser mais do que realmente é.

— E eu estava zangado porque durante todos estes anos ele manteve a verdade sobre a fazenda em segredo, como se pensasse que eu não era forte o suficiente para saber de tudo.

— Ele me disse que queria que você fosse estudar em Cirencester e temia que você se recusasse a ir. Talvez, depois disso, tenha sido tarde demais — digo, pensando nos motivos que me levam a defender Simon.

— Eu tinha acabado de voltar para cá quando começaram as notícias na imprensa. É duro ouvir falar de alguém sobre quem se tem ressentimentos como se esta pessoa fosse um deus. Acho que isso fez com que ficasse mais ressentido ainda. Aí começaram a falar coisas ruins sobre ele e acho que eu quis acreditar nelas.

Esta conversa com Will está me fazendo pensar. Algo está mudando de rumo e não gosto muito disso. Will ainda parece ser o menino que vi pela última vez há quinze anos. Não está claro se ele é mesmo um homem inferior ao irmão, mas, infelizmente, começa a comportar-se como tal.

— Então você não acha que as recentes notícias sobre Simon são justas? — pergunto.

— Não duvido que ele tenha sido um pouco implacável, mas você não seria tendo tudo isso para cuidar? Com o banco e a hipoteca atrás de você o tempo todo?

Simon disse que a empresa de RP criou deliberadamente essa imagem de senhor da guerra. Um pensamento incômodo começa a perambular pela minha mente, o de que Simon pode ter tido bons motivos para fazer tudo o que fez — e que é, talvez, até um pouco nobre?

— Ele sempre foi implacável, mesmo na infância. — Jogo isso no meio da conversa para nos trazer de volta à realidade. Não quero que nós, ou melhor, que eu, me esqueça sobre quem estamos falando.

— Eu acho que ele foi muito desagradável com você.

— Sim! Ele foi! — sussurro triunfante, feliz em saber que não tinha imaginado tudo aquilo.

— Eu me sinto culpado. Fui muito crítico, pensando secretamente que podia administrar melhor a propriedade. E acho que disse tudo aquilo sobre ele porque queria passar mais tempo com você e temia que, assim que Simon voltasse para casa, as coisas voltariam a ser como eram quando éramos crianças. Apesar da briga de vocês.

— O que você quer dizer com isso? — pergunto.

— Bom, havia uma química entre vocês dois, Izzy. Vocês formavam um clubinho. E costumavam deixar a mim e a Sophie de fora o tempo todo.

Mesmo no escuro consigo sentir o sentimento de rejeição dele. Nunca percebi o quanto isso o incomodava. Estico a mão e toco seu braço.

— Puxa, Will, sinto muito. Nunca tinha percebido.

Antes que ele possa responder, vemos um enorme caminhão branco estacionado mais à frente. Uma mão aparece na janela e acena para nós.

— Que bonitinha — suspira Will.

Tia Winnie desce do assento do motorista parecendo muito satisfeita consigo mesma. O caminhão é absolutamente enorme e uma onda de admiração me invade. Ela dirigiu aquilo até aqui, parando de tempos em tempos para pegar móveis antigos e, conseqüentemente, salvar minha pele. Ela devia ser tombada como patrimônio histórico.

— Oi! — sussurro indo até ela, me inclinando por sobre o portão e beijando sua bochecha.

— Isto é divertido, Izzy! Olá, Will! — Will também se inclina por sobre o portão para lhe dar um beijo. Ela obviamente encarnou o personagem, pois está enfiada em um macacão azul (e isso é realmente um espetáculo levando-se em conta que eu nunca a vi usando calças compridas, exceto nas aulas de ginástica) e usando um elegante boné de tweed na cabeça.

Will pega um molho de chaves e, enquanto eu seguro a lanterna, tenta encontrar a chave que destranca o cadeado.

— Você achou o caminho com facilidade? — sussurro para tia Winnie.

— Sem problemas! Mas as estradas eram um pouco estreitas. — Aposto que eram, provavelmente esta foi a primeira vez que um caminhão deste tamanho passou por aqui. O caminho que leva até a parte de trás da fazenda é formado por estreitas estradas vicinais e umas duas estradas normais.

— Querida, o que está usando?

Olho para baixo.

— Hã, minhas roupas.

— O que eu falei sobre usar rosa?

— Mas eu uso muitas roupas cor-de-rosa.

— Eu decidi que você não deve usá-las.

Certo. Maravilhoso.

Will finalmente consegue destrancar o portão e o abrimos o máximo que conseguimos.

— Você quer que eu dirija o caminhão, tia Winnie? — ele pergunta.

— Claro que não!

— Então entrem nele vocês duas e eu fecho o portão.

Tia Winnie escala o caminhão para o assento do motorista enquanto eu faço tentativas heróicas para subir para o assento do passageiro. É mais complicado do que parece. Consigo subir os dois primeiros degraus, mas acabo com a cara enfiada no assento e a bunda virada para cima. Albert está doido para conhecer Jameson, que está sentado do lado da tia Winnie e insiste em saltar sobre mim para me usar como escada.

— Vamos lá, Izzy, minha filha! Pare de ficar brincando com esse cachorro!

Começo a ficar levemente histérica. Acho que preciso de um adesivo de nicotina. Recentemente, o pensamento "eu realmente podia fumar um cigarro" tem surgido com freqüência na minha mente. E tenho certeza de que esse não é o objetivo dos adesivos.

Tia Winnie liga o motor, que faz um barulho ensurdecedor no silêncio da noite, e eu me puxo para dentro da cabine usando a haste do câmbio. Albert está sentado no meu lugar depois de ter subido pela minha cabeça. Fecho a porta.

— Pronto! — digo de modo triunfante, como se tivesse acabado de escalar o Everest, e me espremo perto dos cães. Tia Winnie esconde uma risadinha, deixa de fazer festinhas em Albert e coloca o caminhão em primeira. Passamos pelo portão e paramos enquanto Will tranca tudo e sobe. Ele não teve nenhum problema como eu.

Eu não tinha percebido como a estrada estava esburacada quando viemos a pé, mas agora fico pensando como é que não percebemos isso. O caminhão chacoalha para a frente e para trás de modo assustador e, de vez em quando, penso que vamos capotar. O silêncio é total enquanto tia Winnie se concentra em nos levar com segurança até a casa, sendo interrompido somente por alguns sobressaltos meus quando alguns galhos de árvores aparecem do nada. Finalmente, quando chegamos à relativa suavidade da estrada particular e tia Winnie muda a marcha para segunda é que deixo escapar um suspiro que não percebi estar segurando.

Momentos depois estamos no pátio e assim que tia Winnie desliga o motor a porta da cozinha se abre, iluminando as pedras do calçamento. Will já estava do lado de fora.

— Seja gentil com Simon — digo para a motorista em voz baixa. Tia Winnie não costuma ser agradável com as pessoas de quem tem má opinião, e eu não tive muito tempo para passar todas as informações para ela. — Ele tem passado maus bocados.

Saio cuidadosamente da cabine. Não quero dar um passo em falso e despencar lá de cima. Albert salta na minha frente sem pensar no perigo, seguido rapidamente por Jameson. Vou para a parte traseira do caminhão onde Monty, a Sra. Delaney, Dominic, Flo, Simon e Will estão reunidos (Harry já está na cama). Depois que tia Winnie cumprimentou adequadamente a todos — o que parece muito estranho no escuro e com vozes sussurradas, mas nós somos ingleses e temos que seguir a etiqueta —, ela aperta um superbotão tecnológico na porta do caminhão, abrindo-a, e uma rampa desliza para fora da carroceria. Usamos nossas lanternas para iluminar uma pilha de móveis, embalados profissionalmente, como se fosse uma mudança. Estou impressionada.

— Onde a senhora conseguiu tudo isso, tia Winnie? — sussurra Simon.

— Pedi metade emprestado; a maior parte dos móveis de grande porte é minha.

— Mas de onde veio tudo isso? — pergunto.

— Da cidade. Disse a todo mundo que ia levar meus móveis para o *Show de Antiguidades*. Enquanto conversava com você, Izzy, vi o programa anunciar que a próxima gravação seria em Norwich. Portanto, disse para todo mundo que iria levar meus móveis para avaliação.

Monty esforça-se para segurar uma gargalhada particularmente estrondosa.

— Não! — digo incrédula.

— Claro que sim! Andei pelas salas de todo mundo com meu guia de antiguidades debaixo do braço e escolhi o que eu queria. O vigário e o jovem Tommy me ajudaram a carregar o caminhão. Peguei uma ou duas peças de quase todas as casas da cidade. É claro que quando eles não me virem na televisão e conversarem uns com os outros vão achar que fugi com os móveis deles, mas até lá eu pensarei em alguma desculpa.

— A senhora é surpreendente — diz Simon com grande sinceridade na voz.

Tia Winnie parece ficar comovida por um segundo e diz sem graça:

— É melhor tirarmos toda essa tralha daqui.

— É verdade — exclama Monty, iluminando-a com a lanterna. — Você é surpreendente.

Desta vez tia Winnie fica maravilhosamente vermelha.

Os homens levam todas as peças pesadas para dentro enquanto nós, mulheres, levamos mesinhas e abajures. É um trabalhão e tanto porque não queremos usar a porta da frente, para evitar que alguém nos veja, portanto precisamos entrar pela cozinha e seguir pelo longo corredor até o hall de entrada. Arrumamos as três salas — não lembram em nada o visual que possuíam antes, mas não dão sinais de que oficiais de justiça passaram por aqui. A estranha mistura de estilos e épocas faz com que o lugar pareça ter sido decorado por uma tia excêntrica, o que, suponho, foi exatamente o que aconteceu.

O hall de entrada parece um pouco vazio, mas é um lugar tão grande que é extremamente difícil de preencher. Por isso, roubamos algumas mesinhas dos quartos do andar superior e as colocamos todas encostadas nas paredes.

— Pronto! — diz tia Flo. — Está muito bom, não está?

São quase duas da manhã e até uma ovelha conservada em formol no meio da sala pareceria bom para mim, mas todos concordamos com ela e vamos para a cozinha tomar um chá. Will vai na direção do pátio para levar o caminhão para os estábulos.

— A senhora fica conosco, não fica? — Simon pergunta a tia Winnie. — Acho que a senhora não pode ir para casa se os seus vizinhos esperam vê-la na TV ao lado do apresentador do programa.

— Ia ficar com uma amiga.

— Fique, tia Winnie — diz Monty carinhosamente. Eu ia abrir a boca para reforçar o pedido, mas não preciso. Ela olha para Monty e sorri.

— OK. Acho mesmo que não quero perder toda a agitação!

Depois de uma pequena confusão sobre uma bolsa de viagem, que ficou trancado no caminhão — o mesmo caminhão que Will passou dez minutos manobrando para dentro de um dos estábulos —, a Sra. Delaney e tia Winnie desaparecem para encontrar um quarto adequado.

Simon diz que a imprensa chegará às nove da manhã, que a empresa de RP vai cuidar dela e que, se encontrarmos algum jornalista, devemos parecer casuais e não responder a nenhuma pergunta. Simon está olhando firme para Monty e Flo quando diz isso.

Todos vamos para a cama. Aparentemente, Meg decidiu que já que foi Albert quem nos acompanhou antes, ela agora pode dormir no meu quarto. Eu concordo plenamente e a companhia é bem-vinda. Quando chego ao meu quarto descubro que as janelas estão ainda abertas, ou seja, o quarto está frio como gelo, mas ainda existe um fraco cheiro de calcinhas queimadas no ar. Não consigo acreditar que foi somente esta manhã que queimei a foto de Rob, parecem semanas. Arrasto-me até a cama, absolutamente exausta, quando tenho um pequeno ataque de pânico ao pensar que algum lunático poderia ter entrado pela janela enquanto estávamos ocupados e que agora pode estar escondido no guarda-roupa. Checo o guarda-roupa abrindo a porta com um cabide. Nenhum lunático. Volto para a cama e apago imediatamente.

Poucas horas mais tarde, o relógio dispara às seis da manhã. Sento com um pulo na cama e imagino os motivos pelos quais sinto-me tão mal. Só então os acontecimentos dos últimos dias começam a aparecer na minha mente e eu reprimo um pequeno gemido. O que eu realmente gostaria de fazer é me esconder debaixo do edredom e me desmanchar em uma poça de apatia. Sinto-me sobrecarregada pela culpa de ter causado uma confusão tão grande. Pelo menos Dominic e tia Winnie estão comigo. Espero que ela tenha trazido os tacos de golfe.

Faço a minha toalete matinal, que leva muito mais tempo do que a de Meg. A dela consiste em se espreguiçar e bocejar por vinte segundos. Se eu puder escolher, quero ser um cachorro na próxima encarnação. Reúno minhas coisas e tiro os lençóis da cama, já que esta noite mudo para um quarto que irei dividir com Dominic. Depois disso, Meg e eu descemos as escadas em busca de estimulantes artificiais. Monty parece ter deixado de lado sua rotina matinal habitual e está sentado calmamente à mesa da cozinha, conversando com tia Winnie. Por que será que os mais velhos sempre acordam mais cedo que você, não importa o quão tarde tenham ido dormir?

Acho que é um pouco cedo para um adesivo de nicotina e aceito a oferta de tia Winnie para tomar uma xícara de café bem forte. Além disso, não sei bem como explicar a presença dos adesivos para ela — acho que vou dizer que são curativos.

Quando tenho certeza de que a cafeína já entrou na minha corrente sangüínea, retiro minha papelada e o laptop do banco traseiro do carro, pego uma segunda xícara de café e vou para a biblioteca, completamente esquecida da ausência de mobília. Abro a porta, olho por um momento para a sala vazia, recrimino a mim mesma e tento a sala de estar, em busca de uma mesa ou escrivaninha para poder trabalhar. Alguém colocou uma mesa e uma cadeira giratória ali. Ainda tenho um monte de coisas para fazer para o baile. Levo algum tempo para ler todos os planos, mas logo depois estou no controle e faço uma lista assustadoramente grande de coisas que precisam ser feitas.

E, pela quinta vez nesta semana, deixo um recado na caixa postal do celular de minha irmã.

— Sophie, sou eu, Isabel — acrescento, caso o celular distorça a minha voz. — Você não retornou nenhuma das minhas ligações e estou um pouco preocupada. Ligue para mim. — O que eu realmente quero é falar sobre os meus problemas, mas não quero parecer egoísta.

São quase oito da manhã quando volto para a cozinha, pronta para delegar algumas tarefas. Se puder fazer algo a respeito, Harry está prestes a ser catapultado para o primeiro lugar na lista da campanha de arrecadação de fundos, bem à frente de Godfrey Farlington e suas bochechas rosadas. Felizmente, a maioria dos membros da família já desceu e está sentada ao redor da mesa da cozinha, tomando seu café. Converso rapidamente com a Sra. Delaney sobre os planos dela para os visitantes americanos, para ver se posso ajudar em alguma coisa. Apesar, ou talvez por causa, dos dramas de ontem, ela parece ter relaxado um pouco comigo e conseguimos manter uma conversa bastante civilizada.

Depois de uma negociação prolongada sobre o valor das doações para a campanha de arrecadação de fundos (concordamos em quatro libras, mas estou certa de que conseguiria baixar para três), Harry e tia Winnie desaparecem no andar de cima para dar os toques finais nos quartos de hóspedes, enquanto Dominic e eu vamos para o quartinho de serviço arrumar as flores.

— Como vai você? — sussurra Dom.

Balanço a cabeça em um modo que diz "mais ou menos bem".

— Deus, você deve estar se sentindo absolutamente *horrível*. Quero dizer, com aquela coisa do Rob e depois lidar com a atmosfera horrorosa de ontem.

Olho para Dominic e quebro o talo de um lírio sem querer. Não tenho bem certeza do que ele pretende com esse tipo de conversa. Se quer que eu tenha um ataque histérico de primeira, este é o modo mais rápido.

— Pelo menos você tem a minha companhia. — Ele começa a dançar uma valsinha na minha frente.

— Isto não é tão engraçado quanto você pensa.

— Mas eu não perderia isto por nada neste mundo! Na verdade, Simon me puxou ontem para um canto e me fez assinar um acordo de confidencialidade. Ele disse que se eu deixasse escapar uma palavra do que está acontecendo aqui ele iria me enforcar! — Dom parece absolutamente encantado com a idéia. — Mas eu disse a ele que nós dois somos amigos íntimos e que eu não sonharia em contar nada para ninguém. Mas ele não pareceu muito convencido disso, talvez por causa da sua folha corrida ser um pouco suja.

Dou outra fulminada nele com os olhos.

— Izzy, você tem certeza de que ele foi tão horrível assim com você na infância? Porque as coisas não parecem encaixar direito, parecem? Eu sei que ele pode ser meio rude de vez em quando. Tem certeza de que não foi só isso?

— Certeza absoluta — digo, lembrando o comportamento desprezível dele. — Mas você está certo. É estranho.

— Simon parece ser uma pessoa bastante honrada, e ele poderia ter dificultado bastante a sua vida com aquela história com Rob. Ele poderia ter processado você! O que foi exatamente que ele fez quando vocês tinham onze anos? — ele pergunta, enfiando algumas rosas aleatoriamente em um vaso.

Paro por um segundo, sem muita vontade de desenterrar as memórias, mas, quando começo a contar, descubro que não posso parar. Os jogos, os insultos, tudo sai em uma avalanche até que Dom fica completamente quieto.

— Oh — diz ele.

— Não acho que nenhuma dessas coisas pode ser atribuída à rudeza, você acha?

— Hã, não. Desculpe, Izzy! Não imaginava.

Continuamos a trabalhar em silêncio.

Dom está certo, penso comigo mesma enquanto levo os vasos para o hall de entrada. As recentes revelações sobre Simon não parecem encaixar nas minhas memórias de infância. Mas não tenho muito tempo para analisar as coisas, já que um grupo de jornalistas surge, fazendo um passeio pela casa. Consigo ouvir trechos do discurso da garota de relações públicas:

— ... E como Mark Twain escreveu: "Os anúncios sobre a minha morte foram um exagero." Como podem ver, senhoras e senhores, nenhuma mobília foi retirada da casa. As caminhonetes vistas ontem estavam trabalhando a pedido do Sr. Monkwell. — Eu espero sinceramente que Deus não esteja ouvindo e mande um raio para cima da casa. — ... O Sr. Monkwell espera representantes do banco de investimento americano que chegam esta manhã para dar continuidade às negociações com os fabricantes da Wings...

Vou para a sala de estar, para colocar o resto das flores, e paro para observar Simon quando sai do escritório para cumprimentar a imprensa. É a primeira vez que o vejo hoje e ele tem uma aparência completamente imaculada, usando um terno maravilhoso, com uma camisa lilás perfeitamente passada e uma gravata que complementa seu visual em tons escuros. Fico pensando se foi a namorada advogada quem a escolheu para ele. Este é o mesmo homem que há quinze anos foi um completo brutamontes comigo. Será que as pessoas realmente mudam? É claro que nosso comportamento na infância reflete quem somos e está para sempre no nosso íntimo. Balanço a cabeça. Dom está certo. Não combina.

Não tenho mais tempo para pensamentos introspectivos, pois os banqueiros americanos vão chegar logo para o almoço. Consigo resolver algumas coisas em uma conversa telefônica de meia hora com Rose, onde mudamos a reunião com a associação de caridade para o começo da semana que vem, de modo que posso concentrar toda a minha atenção nos visitantes. A Sra. Delaney planejou um cardápio que contém uma salada de rúcula com presunto de Parma e mirtilos, seguida por escalopes assados em molho de gengibre e gergelim e torta de chocolate e pêras cozidas como sobremesa. O banquete de hoje à noite parece suntuoso e o plano é reunir toda a família, eu incluída, para jantar com os visitantes. Segue-se uma hora frenética, com pequenos ataques histéricos da Sra. Delaney, por ser tão tarde, pequenos ataques histéricos meus, quando percebo que Will se esqueceu de ir buscar Harry na chegada de um passeio com os escoteiros e pequenos ataques histéricos de Dom, porque está se sentindo posto de lado. Estou pronta para subir e me trocar, por volta do meio-dia, quando esbarro com Simon no hall de entrada.

— Aí está você! Estava indo à sua procura — ele diz, sorrindo e me encarando com seus olhos castanhos. — Os convidados chegam logo. Obrigado por se oferecer para cuidar deles.

— Não há problema, faço isso quase todos os dias! A propósito, a Sra. Delaney tem mesmo como preparar toda aquela comida? Algumas receitas são bastante complicadas.

— Ah, sim! — diz Simon, animado. — Ela vai ficar bem. Ela era *chef* de cozinha em um restaurante em Oxford.

— Mesmo? — Pela primeira vez começo a pensar no passado da Sra. Delaney e como ela acabou aqui. — Tia Winnie está dando uma ajuda, se bem que eu espero que a Sra. Delaney não a deixe chegar muito perto da comida. Ela costuma botar molho de pimenta em tudo. Seu pai também está lá.

— Pelo amor de Deus, tente mantê-lo longe dos visitantes. Ele parece estar obcecado com a própria saúde.

— Eu sei, ele já contou todos os detalhes possíveis sobre os joanetes dele aos jornalistas.

Simon sorri.

— Espero que ele não esteja amolando.

— Não! Todos têm ajudado muito. Harry com sua busca por trabalhos para a arrecadação de fundos tem sido uma bênção.

— É a primeira vez que sou grato pela menção ao nome de Godfrey Farlington.

— Eu também. Comecei a ter vontade de estrangular esse menino quando o encontrasse.

— Está tudo pronto?

— Hã, sim. Sem contar com os imprevistos em potencial!

— Minha família está incluída nisso?

— Hum-hum... — Ele me pegou nessa. Não sei bem o que dizer. Acho que seria um pouco rude dizer. — Deus, sim, eles são um tremendo problema. — Mas os olhos castanhos de Simon estão brilhando, portanto é claro que ele está somente brincando, mas isso me deixa ainda mais confusa. É quase como se estivesse flertando comigo. E penso que posso estar flertando de volta. Olho para meus sapatos por um segundo e depois arrisco olhar novamente para ele. Ele ainda está me encarando, um leve sorriso no rosto. O que está acontecendo? Felizmente ele continua com a conversa, porque esqueci completamente sobre o que estávamos falando.

— Na verdade, Izzy, eu queria agradecer. Por tudo o que você fez. Você e a tia Winnie têm sido maravilhosas.

Mordo o lábio e olho fixamente para a mesinha lateral.

— Hã, bem. Não vamos esquecer que tudo isso é parcialmente culpa minha.

— Não muito. Você não tinha como saber que Rob Gillingham era um mau-caráter.

Fico extremamente vermelha, feliz de que ele tenha me perdoado, mas também penso que a frase tem um tom muito irônico vindo de Simon. Mas Rob é um mau-caráter e espero, mais do que tudo, que essa tomada hostil funcione e que Simon o jogue para fora da diretoria. Dominic está certo. A vingança é um prato que deve ser servido frio, e estou pensando em um *gazpacho*.

— Você acha que conseguirá convencer os americanos? — pergunto, subitamente desesperada para que ele consiga.

— Não sei, mas vale a pena tentar.

CAPÍTULO 18

No andar de cima, em meu novo quarto, visto um elegante conjunto lilás, coloco um pouco de maquiagem e troco a blusa branca por uma preta, já que cobrir a palidez do rosto com base não é uma idéia muito boa. Dominic entra, boceja de modo barulhento e se joga em uma das camas.

— Tem um cigarro, Izz?

Dou uma encarada nele.

— Não, mas tenho um adesivo de nicotina. O que é algo incomum para um não-fumante ter.

— Bom, você se mete nestas situações. Está usando um?

— Na verdade, estou. — Enrolo minha manga para cima do cotovelo e mostro. — Eu gosto muito disso. Eles fazem com que eu me sinta animada. Você não acha que deveria estar vestindo seu traje de mordomo? Você foi buscá-lo, não foi? — Eu o mandei logo cedo até Bury St. Edmunds para alugar um terno.

— Acho que deveria prová-lo.

— Prová-lo? Quer dizer que você não o vestiu?

— Deveria?

— Pelo amor de Deus, Dom! Prove. Prove agora.

Ele vai até a porta, onde o terno está pendurado, tira a capa de plástico e veste as calças. Que são seis tamanhos maiores do que ele e têm um enorme buraco em uma perna, onde uma traça deve ter enchido a barriga, feliz da vida. Ele veste o paletó e descobre que é, no mínimo, dez vezes maior do que ele. Não há tempo para costurar nada, muito menos para devolver o terno à loja em Bury St. Edmunds. Depois de esfregar muito as mãos e desejar esganar Dom, corro até o escritório, reviro uma pilha de objetos no canto e volto com um grampeador. Grampeio as calças e as mangas do paletó e, com um pincel atômico preto, pinto um quadrado de dez centímetros de largura na perna de Dominic, bem na altura onde fica o buraco. Fiscalizo o meu trabalho manual e Dominic dá uns saltos pelo quarto para vermos se a brancura da perna dele aparece com o movimento. Não consigo olhar por tempo suficiente para ver se o buraco aparece ou não.

— Não fique muito tempo parado e eles nunca vão ver o buraco.

— OK. Izzy?

— Sim?

— Você acha que eu poderia ser irlandês?

— Como?

— Irlandês. Sempre quis ser irlandês. Poderia me chamar Dominic O'Leary! Os americanos adoram os irlandeses!

— Dominic, você perdeu todo o juízo?

— Ahhh, deixa disso, Izzy! Onde está seu senso de diversão?

— Fugiu há dias, junto com o meu senso de humor. Vi os dois fazendo as malas. Se eu ouvir você falando com um sotaque irlandês, juro por Deus, esgano você, na frente dos americanos.

— Sua vaca miserável.

Fantástico. Um mordomo irlandês que parece um Mr. Bean drogado. Dom caminha escadaria abaixo do modo mais viril que pode, dentro do terno extragrande.

Todos ficamos parados sem jeito no hall de entrada e esperamos que os banqueiros americanos apareçam. A equipe de conselheiros de Simon parece preocupada, para dizer o mínimo, e Simon está de pé, quieto, em um canto, com as mãos nas costas, olhando pensativo para o chão. A atmosfera no ambiente está extremamente elétrica e, de repente, fico absolutamente aliviada em saber que não sou eu quem tem que enfrentar tudo isso e arcar com as conseqüências. Simon, que provavelmente sentiu meus olhos sobre ele, levanta o rosto e sorri para mim.

Vou bater um papo com Sam.

— Olá! Como vai você? — sussurro, porque o ar está tão rarefeito que parece que estamos no átrio de uma igreja.

Sam sorri e ajeita nervosamente os óculos.

— Estou bem.

— Vocês têm um plano? — Deve ser a *promoter* em mim. Sempre quero saber se existe um plano.

— Hã... — Ele franze a testa e continua a brincar com os óculos, provavelmente tentando imaginar o quanto eu sei sobre a situação.

— Está tudo bem. Sou uma amiga da família — digo de modo reconfortante, sem me preocupar em acrescentar "e aquela que meteu todos vocês nesta confusão".

Ele acena levemente com a cabeça e depois encolhe os ombros.

— Estamos tentando convencê-los de que não somos um grupo de pessoas ruins. Tentando mudar a opinião deles depois de tudo o que a Wings deve ter dito e convencê-los a vender.

— Vai ser fácil?

— A mídia criou uma imagem tão ruim de Simon que vai ser complicado vender a idéia. E eles devem ter conversado diretamente com Rob Gillingham. — Quase dou um pulo ao ouvir o nome, é surpreendente ouvi-lo sair tão facilmente da boca de Sam. — Ele é um dos diretores da Wings — explica — e quem achamos ser o responsável por todos os problemas com a imprensa.

Concordo com a cabeça, embasbacada, sentindo-me surpresa (e, lógico, um pouco aliviada) em saber que Simon não contou a ninguém sobre o meu envolvimento em tudo isso. E a covardona aqui não tem nenhuma vontade de contar mais detalhes. Eles provavelmente me enforcariam na árvore mais próxima.

— Seja como for, Gillingham disse um monte de coisas e precisamos tentar recuperar a confiança dos investidores em nós e em nossa oferta.

— Por que eles simplesmente não vendem as ações e acabam com tudo isso? Por que todo esse vai e volta?

— Não é tão simples assim. Existem várias condições ligadas à venda e eles precisam ter certeza de que vamos cumprir com a nossa parte.

Não tenho mais tempo para interrogar Sam porque o intercomunicador dá sinais de vida e o zelador anuncia que os visitantes chegaram. Devido ao massacre por parte da imprensa, mantivemos os portões principais fechados a cadeado, o que é uma chatice quando você descobre que deixou a manteiga na loja, como eu fiz hoje cedo. Simon insistiu que continuássemos fazendo tudo como antes e usássemos a loja da cidade para minimizar as fofocas. Ainda não estou completamente convencida de que ajudei muito andando de fininho pela loja, parecendo estar prestes a ter um ataque de nervos e dando pulos todas as vezes que alguém falava comigo.

Dominic abre a grande porta almofadada e observamos as duas limusines deslizarem pela estrada e pararem na frente da casa. Os motoristas saem do carro, abrem as portas dos passageiros e começam a retirar as bagagens dos porta-malas. Cinco cavalheiros saem dos carros. Dominic desce rápido os degraus para ajudá-los.

Os cinco homens começam a subir as escadas em nossa direção como nos duelos dos filmes de caubói. Minha primeira impressão é a de que eles não parecem ser muito divertidos. Na verdade, o grupo parece estar atravessando o mesmo tipo de semana que eu. Enquanto se posicionam à nossa frente, vejo que o calor do dia parece não incomodá-los. Simon vai em direção ao homem na liderança do grupo, cujo nome, eu acho, é Sr. Berryman. Ele está usando um terno verde-oliva com uma gravata cor de laranja e está agarrado a uma pequena caixa de madeira. Simon faz as apresentações à medida que os visitantes passam por todos no grupo até chegarem a mim:

— Esta é Isabel, que irá cuidar de vocês durante sua estada aqui. Falem com ela sobre qualquer coisa de que precisem.

Aperto a mão do Sr. Berryman.

— Como vai? — digo. — Quer que eu leve isto para o seu quarto? — pergunto, indicando a caixa que ele carrega.

Ele hesita.

— Hã, claro. Mas é uma caixa muito valiosa para mim.

Tento dar um sorriso assegurador, que Dom sempre diz que me faz parecer demoníaca. Dom acaba de voltar, e eu faço um gesto autoritário para que ele se aproxime. Peço que leve a caixa para o quarto do Sr. Berryman e que tome o maior cuidado com ela.

Simon acompanha os cinco homens até a sala de estar e, depois de ter oferecido bebidas, corro para a cozinha. Dominic ainda está levando as bagagens para cima e Will vai ajudá-lo agora que não há ninguém por perto. Tia Winnie está conversando animadamente com Monty enquanto pica as vagens que vão acompanhar os escalopes, e a Sra. Delaney já está colocando a salada de rúcula nos pratos espalhados sobre a imponente mesa de carvalho.

— Izzy! — tia Winnie me cumprimenta. — Eles já chegaram?

— Sim. Acabaram de chegar. Vocês já decidiram se vão almoçar com eles? — pergunto, pensando nos assentos extras à mesa.

— Pelo amor de Deus, não! — exclama Monty. — Uma casa cheia de estrangeiros! Preciso descobrir o que estão tramando! E não posso fazer isso se estiver almoçando com eles.

— Monty e eu vamos patrulhar a casa — diz tia Winnie.

— Maravilhoso! Vocês acham que conseguem trancar todas as portas que dão para os quartos sem uso durante a patrulha? Não quero que nenhum dos visitantes entre inadvertidamente em um quarto vazio. Eles vão querer saber que diabos está acontecendo.

— Acho que já estão pensando isso — diz tia Winnie.

— Vamos ter que colocar cunhas atrás das portas e sair pelas janelas, Winniezinha — diz Monty. Não sei se ele acha que assim será mais divertido ou se, na realidade, as portas não podem ser trancadas da maneira normal, com chaves. Agradeço aos céus por eles não almoçarem conosco e vou verificar a disposição dos lugares à mesa.

O almoço corre tranqüilamente. Os americanos não falam muito, mas acho que gostaram da comida que, devo confessar, é maravilhosa. Todos parecem muito ansiosos em tratar de negócios e, assim que o almoço termina, correm para a sala de estar. Passo a hora seguinte arrumando a mesa para o jantar, colocando lugares extras para a família, recolhendo a toalha e guardanapos sujos, e levando tudo para a cozinha.

A reunião da aquisição é interrompida para o chá, às quatro da tarde, e Dominic esforça-se para atravessar a sala de jantar carregando uma enorme bandeja. A Sra. Delaney empenhou-se para manter o equilíbrio patriótico e assou miniaturas de doces tradicionais britânicos. Simon entra na cozinha cinco minutos depois. Ele se encosta no batente da porta e boceja sem cobrir a boca com a mão, exibindo uma fileira de dentes brancos. Apesar disso, ainda consegue parecer devastadoramente glamoroso.

— Como vai indo? — pergunto.

— Bom, eles ainda não foram embora, portanto acho que estamos indo tão bem quanto o possível. Fizemos uma pausa de dez minutos para o chá. Vim até aqui para dizer que o almoço estava simplesmente maravilhoso, Sra. Delaney.

— Ah, obrigada — diz ela.

— Cansado? — pergunto.

— Exausto. E você?

— Idem.

Uma vez que eu esperava passar somente algumas noites aqui, não trouxe muitas roupas e estou um tanto quanto preocupada com a tarefa de achar o que vestir para o jantar desta noite. Foi uma sorte ter trazido comigo meu único conjunto de grife, que ganhei como presente de aniversário de minha irmã Sophie. É um conjunto branco de blazer e calças de Ben de Lisi, mas não sei o que usar com ele, já que todas as blusas que tenho estão sujas. Quando esgoto as possibilidades, vou até o quarto de tia Flo, nos fundos da casa, para ver se posso pegar alguma coisa emprestada. Normalmente eu não apostaria no guarda-roupa de uma velhinha aposentada, mas a tia Flo não usa roupas tradicionais. Dou uma batidinha na porta.

— Entre! — diz ela com sua voz melodiosa. — Ah, Isabel, minha querida! Que bom ver você! Entre! Entre! — Ela coloca de lado o livro que estava lendo e me olha por cima dos óculos de leitura. — Como vai você?

— Ah, estou bem, tia Flo, obrigada. Como vai a senhora?

— Nunca estive melhor! — Só quando Monty está por perto é que ela parece ficar competitiva a respeito da saúde. — Como está se dando com os americanos?

— Muito bem. Eles parecem estar contentes.

— Como?

— EU DISSE: ELES PARECEM ESTAR CONTENTES.

— Talvez Simon consiga reverter a situação.

— Talvez.

— Se alguém pode fazer isso, esse alguém é Simon. É um jovem admirável.

— Sim, é. — A frase escapa antes que eu possa pensar.

— Sempre digo que é Will quem sai com as garotas, mas é com Simon que elas querem casar. Não cheguei a mostrar os besouros acasalando, mostrei?

— Ah, não. Não mostrou. — Tento fazer um ar desapontado enquanto imagino o elo vital entre besouros e casamento. — Falando em, hã, vida selvagem, Poppet está por aí ou está tirando uma soneca?

— Está no aquário dela. Quer vê-la?

— Não, não! Está tudo bem. Ela precisa do sono de beleza dela. Só estava pensando onde poderia estar. Não queria pisar nela!

— Sabe, ouvi Will falando ao celular esta manhã. Não sei com quem falava, mas parecia muito íntimo. — Ela ergue as sobrancelhas de modo sugestivo.

Eu admito que estou interessada na vida amorosa de Will e também ergo minhas sobrancelhas de modo sugestivo.

— *Foi*?

— Perdão?

— EU DISSE: FOI? — Dou um rugido, mas boa parte da acentuação vocal se perde no grito e tia Flo me olha como se dissesse "Acabei de dizer isso, não?".

Ela parece que não tem mais nada a acrescentar ao assunto e eu dou um pigarro.

— Tia Flo? Vim ver se posso pegar uma blusa emprestada para esta noite. Para usar com meu conjunto. Não trouxe roupas suficientes de Londres porque não esperava passar tantas noites aqui. — Mostro o conjunto branco que carrego no braço.

Ela dá um pulo.

— Claro! Vamos até o armário. — Eu a acompanho. — Na verdade, preciso pensar em começar a me arrumar também. Que conjunto lindo! Por que você não o veste e vemos o que podemos fazer?

Enquanto me troco, tia Flo revira o guarda-roupa. Ela se vira e me olha por um momento.

— Querida, por que você não o usa exatamente assim?

Olho para minhas roupas, em dúvida.

— Não estou usando nada debaixo do blazer, tia Flo.

— Sim, mas se você abotoar todos os botões, não poderemos ver o sutiã.

Faço isso e é verdade, o decote do paletó desce em um V profundo que pára pouco acima do sutiã. Mas é mesmo só um pouco acima. Olho para a imensidão do meu decote.

— Não posso fazer isso!

— Claro que pode! Você está muito sexy! Experimente este colar. — Ela vai até a penteadeira, abre uma caixa, tira um colar e o coloca ao redor do meu pescoço. Um pingente perfeito de pérola está sedutoramente dependurado no meu pescoço. — Também tenho os brincos! Vamos prender seu cabelo e com estas sandálias altas de tirinhas você estará perfeita!

Deixo que ela arrume meu cabelo, coloco as jóias e, devo admitir, o resultado não é tão ruim assim.

Chego à cozinha e encontro Dominic arrumando os copos para a noite.

— Uau! Você está sensacional — diz ele.

— Você acha mesmo? — pergunto nervosa, arrumando o blazer.

O celular dele começa a tocar o tema do Batman e nós dois damos um pulo. Ele olha o visor.

— Sem sinal — murmura e sai para o pátio. Só que eu sei que Dominic usa a mesma prestadora que eu, e meu celular funciona perfeitamente bem aqui. Não é nem a hora nem o lugar, mas eu gostaria de gritar: "Dominic, eu sei que você é gay e ainda amo você!" Em vez disso, concentro-me em cortar limões para as margaritas e fico pensando nos motivos que o levam a estar inseguro para me contar a verdade. Será que ele acha que sou muito travada para aceitar a situação?

Meia hora mais tarde, estamos todos reunidos na sala de estar, bebendo margaritas como se nossas vidas dependessem delas. Will inclina-se na minha direção.

— Você está linda! — ele sussurra.

— Obrigada! — E observo, por cima do ombro de Will, Simon entrar na sala. Simon dá um sorrisinho para mim e vai falar com um dos americanos. Começo a trabalhar na importante tarefa de fazer com que cada um de nossos visitantes sinta-se confortável e em casa. Acabo percebendo que Simon e eu demos a volta na sala e acabamos um do lado do outro. Ele espera que eu termine uma conversa.

— Oi — diz ele, afastando-nos do grupo. — Está tudo bem?

— Sim. E você?

— Bem.

Ficamos parados, sem graça, por um momento. Estou prestes a me mexer quando Simon diz:

— Estava querendo dizer que encontrei nosso antigo esconderijo ontem.

— Foi? — pergunto educadamente, mas cautelosa. Estava começando a me sentir um pouco mais confortável perto dele e não estou disposta a agitar as águas do nosso passado complicado.

— Sim. Estava procurando algumas lanternas para a sua, hã, excursão e decidi olhar debaixo da escada. Nem sei por quê, há anos não vou lá. Sabia que alguns de nossos livros ainda estão lá? Você precisa ir ver.

Ele sorri de repente e se mexe como quem vai pegar no meu braço e me levar até lá.

Dou um passo atrás instintivamente, mais uma reação de impulso do que outra coisa. O sorriso desaparece do rosto dele.

— Sim — eu me obrigo a responder. — Preciso ir uma hora dessas e espiar o local. — Tento sorrir. — Mas agora tenho de voltar para os seus convidados. — E antes que ele possa dizer uma palavra, saio da sala.

Dominic, Meg e eu vamos para a cama depois que ajudamos a limpar tudo. Dominic e eu deitamos em nossas camas e conversamos sobre a noite enquanto um gafanhoto que mora na chaminé fornece o acompanhamento musical. Dom acende o último cigarro da noite e eu dou profundas tragadas passivas. Meg está deitada no vão do braço de Dom. Parece que ela nos adotou.

— Não podemos levá-la para Londres? — pergunta Dom.

— Ela não é nossa. Eu adoraria que ela viesse morar conosco, mas ter um cachorro em Londres, especialmente depois dela ter vivido com todo este espaço, não parece justo.

— São tantos cães que ninguém vai perceber.

— Aonde a levaríamos para passear?

— Temos os bosques no fim de Lower Richmond Road. Você acha que ela sentiria falta do campo?

— Talvez.

— Eu poderia recortar fotos de árvores das revistas para ela.

— Isso resolveria o problema. — Respiro profundamente mais uma vez. — Sopre esta fumaça para cá, Dom.

— Não vou não, você não fuma. — Ele dá uma última tragada e apaga o cigarro. — OK! Apagar as luzes!

Eu fico tensa. Meu ritual noturno sempre inclui um pouco de leitura e, sempre que Dominic e eu dividimos um quarto, isso é um problema.

— Vou ler mais um pouco.

— Aiiiiii! Izzy! Não consigo dormir com as luzes acesas!

— Ponha a cabeça debaixo das cobertas, então.

Tento ler o mais que posso (preciso ficar acordada, preciso chatear Dom), mas sinto meus olhos fechando lentamente, até que o sono toma conta de mim e eu sonho com Rob, Simon e a família toda em um circo. Tia Winnie é uma maravilhosa mestre-de-cerimônias.

Na manhã seguinte, enquanto Simon está reunido com sua equipe, verificando "as implicações de uma série de condições", Will, Daniel e eu levamos os visitantes até o lago. É a primeira vez que vou até lá desde que cheguei a Pantiles e tenho que admitir que parece exatamente igual ao que era há quinze anos. Juncos crescem abundantemente ao redor do lago, a velha casa de barcos vermelha ainda está lá e um deque de madeira com uns vinte metros de comprimento está ao lado dela. Quando éramos crianças, era absolutamente proibido vir até aqui, a menos que quiséssemos ficar de castigo por um ano.

O Sr. Berryman e seus colegas parecem ter relaxado desde a sua chegada. O jantar de ontem à noite ajudou muito a acalmar os ânimos e eles devem ver agora que não somos um grupo tão ruim para tratar de negócios. Os jornais de hoje também retratam Simon de uma maneira muito mais positiva depois da visita dos jornalistas. A sugestão de descansarem por uma hora visitando a propriedade e a possibilidade de fazer esqui aquático foram recebidas com grande entusiasmo no café-da-manhã. Houve uma espécie de estouro da boiada, com todos correndo para os quartos em busca de camisetas e bonés, e lá fomos nós. O sol brilha enquanto eu arrumo duas mantas de piquenique xadrez na margem e me posiciono decorativamente sobre elas, sentada sobre as pernas dobradas. Arrumo as xícaras de plástico, as garrafas térmicas com leite quente e café, os brownies de chocolate branco e macadâmia e espero, feliz, ter alguns momentos de tranqüilidade. O velho cortador de grama de Fred está vibrando ao longe. Will está com os visitantes no deque de madeira, em frente da casa de barcos, que foi aberta por Daniel. Finalmente, como ninguém parece se mexer, vou até lá. Dentro da casa de barcos, junto com o bote a remos e a velha chata da qual me lembro, está uma surpreendente lancha no estilo James Bond. Daniel está tentando convencer um dos americanos a experimentar o esqui aquático.

— De onde veio isso? — sussurro para Will.

— Simon teve a idéia de colocar roupas de esqui aquático no lago. Daniel acabou de tirar sua licença, e Simon conseguiu convencer a empresa da lancha a nos emprestar uma por uns meses antes de nos comprometermos a comprá-la.

A voz de Daniel atravessa o grupo:

— Izzy faz esqui aquático. Ela mostrará como fazer! — Todos olham para mim.

— Hã, faço?

— Sim! Simon me disse que sim!

De repente, lembro-me do meu criativo CV. Dom me fez colocar esqui aquático como um dos meus hobbies porque, segundo ele, eu era muito entediante e estávamos centenas de quilômetros longe do mar. Eu o considero pessoalmente responsável por qualquer coisa que aconteça aqui hoje.

— Hã, eu não sou muito boa. Acabei de tirar a *minha* licença! ahrrá!!!

— Deixa disso, Izzy. O Sr. Tyler aqui se sentiria muito melhor se você fosse primeiro.

Segue-se um minuto frenético de negociações, mas estou absolutamente irredutível e não vou entrar na água. No fim, concordo em gritar instruções e palavras de encorajamento ao Sr. Tyler da margem do lago. Seus colegas estão entusiasmados com a possibilidade de ver o Sr. Tyler se molhar e fazer papel de bobo e conversam animadamente enquanto vão para as mantas do piquenique.

Espero no deque enquanto o Sr. Tyler coloca uma roupa de mergulho. Daniel faz uma onda enorme mexendo no barco e nos esquis, e quando estou prestes a morrer de tédio o barco dá sinal de vida. O Sr. Tyler nada um pouco para fora do caminho e espera pela largada, os esquis esticados na frente dele segundo as instruções. Ele me olha em busca de segurança e eu entro no jogo.

— Está perfeito, Sr. Tyler! Parece um profissional! — Eu gritaria a mesma coisa se ele estivesse se afogando.

Sucedem-se algumas largadas falsas, já que o Sr. Tyler despenca na água em grande estilo. Eu uso frases como: "Mantenha os joelhos dobrados" e "Empurre a barriga para a frente", todas acompanhadas de muitos gestos e demonstrações práticas que parecem completamente plausíveis e que se aplicam ao esqui na neve. Mas dou a impressão de já ter feito isso antes. Pouco tempo depois, o grupo está de pé, na margem, bem perto da água, gritando como loucos. Olho meio nervosa para todos eles, como uma mãe ansiosa, esperando que tomem cuidado. A última coisa que quero é ter que pescar um americano superexcitado. Talvez não devêssemos ter deixado que eles comessem tão cedo os brownies da Sra. Delaney.

Volto minha atenção para o Sr. Tyler, que está fazendo sua quinta tentativa de ficar de pé por mais de um milionésimo de segundo.

— Vamos lá, Sr. Tyler! O senhor consegue! — grito para a figura surpreendentemente sorridente que acena para nós. Daniel liga os motores e lá vão eles. Num determinado momento, o Sr. Tyler deve ter entendido minhas palavras de sabedoria, ou simplesmente as ignorado, porque depois de um início desequilibrado ele volta a endireitar-se. Uma ovação é ouvida na margem e, subjugada pelo entusiasmo, corro como uma louca pelo deque, gritando frases como:

— Muito bem! Excelente, Sr. Tyler! — Até que corro até o fim do deque e caio no meio dos juncos.

Tento chapinhar sobre a lama com o máximo de dignidade possível e vou para a cozinha. Estou absolutamente mortificada. Os americanos estão achando tudo muito divertido.

Monty ergue os olhos das palavras cruzadas.

— Izzy! Que diabos aconteceu com você? — Sua boca se retorce de modo suspeito.

— Meu Deus, Izzy! Você não precisava tentar se afogar — diz tia Winnie. — Tenho certeza de que podemos resolver as coisas aqui!

— Eu caí no lago — digo emburrada.

— Você está fedendo! — diz Monty.

Abro a boca para soltar uma resposta daquelas, mas fico sem palavras. Acabo dando uma fungadela desdenhosa, que espero que transmita os meus sentimentos. É um excesso de delicadeza vindo de uma família que vive da terra.

Simon aparece na cozinha neste exato momento.

— Papai, você viu... DEUS DO CÉU! QUE CHEIRO É ESSE?

— Sou eu — digo, na porta, com um tom miserável de voz.

— Izzy! O que aconteceu com você!

— Eu caí no lago.

— Como foi que conseguiu isso?

— Estava dando instruções de esqui aquático para o Sr. Tyler.

— Jura? — Sua boca também se retorce de modo suspeito. — Você achou que ajudaria fazer uma demonstração?

— Eu caí no fim do deque.

— Ah. Coisinhas malandras os deques. Estão lá e, de repente, desaparecem. — Ele abana a cabeça compreensivamente. Acho que está se divertindo à minha custa.

— Eu caí no meio dos juncos. Havia um montão de cocô de pássaros e algumas coisas mortas também.

— Isso provavelmente explica o cheiro.

Eu tremo um pouco, e Simon me manda ir correndo para cima trocar de roupa. Eu preciso mesmo, e muito, de um cigarro.

CAPÍTULO 19

Aparentemente, cair em um lago completamente vestida é a melhor coisa para fazer uma tomada hostil correr às mil maravilhas. Isso não deve estar em nenhum livro de administração de empresas. Depois de ter lavado o cabelo, trocado de roupa e ficado vermelha inúmeras vezes só com a recordação da cena, começo a organizar o almoço. A Sra. Delaney está ocupada na cozinha, preparando um festim de bolinhos de siri com molho cremoso de raiz-forte e endro, pargo assado com alcachofras e batatas *Dauphinoise* e frutas silvestres com molho de chocolate branco (completo, com folhinhas de hortelã e tudo, mas é bom lembrar que a Sra. Delaney é uma *chef*). Harry está sentado a uma das pontas da mesa da cozinha, balançando as pernas e comendo bolinhos recheados (esses parecem ter sido comprados na loja, a menos que a Sra. Delaney, além de ser uma *chef* fantástica, também tenha criado uma embalagem própria e um logotipo). Eu posso estar me dando melhor com ela agora, mas ela ainda me apavora. Até mais do que antes, se isso é possível. Na minha experiência, *chefs* são pessoas com personalidades perigosas e voláteis, prontas a pegar o primeiro facão de açougueiro que tiverem na sua frente.

Os visitantes voltaram do lago e estão bebendo aperitivos na sala de estar. Will me informa com ar divertido que a minha queda foi o detalhe que faltava para reunir o grupo, e que depois que eu saí todo mundo quis experimentar o esqui aquático. Na verdade, a atmosfera do ambiente é quase de festa. Preciso me lembrar disso para meus próximos eventos.

Durante o almoço, todos se aproximam de mim como se fossem velhos amigos. Os americanos apertam várias vezes meu braço e riem às gargalhadas. Provavelmente estão rindo à minha custa, mas eu, enrubescida, levo tudo na esportiva. Não é difícil, já que eles são muito bem-humorados. Com o coração um pouco menos apertado, volto para a cozinha.

Tia Flo me emprestou um vestido preto para a noite. É absolutamente maravilhoso, incrivelmente elegante e tremendamente clássico. As alças são delicadas correntes prateadas que se prendem atrás de meu pescoço como uma frente-única e descem pelas minhas costas, terminando em bolinhas de cristal que batem contra minhas omoplatas enquanto eu ando. O resto do vestido é muito simples e tem um corte excepcional, com fendas dos dois lados que vão até o alto das coxas.

Estamos um pouco atrasados e eu começo a me sentir estressada. A Sra. Delaney está aborrecida com algo e está fazendo um barulhão batendo panelas e frigideiras. Monty cria o maior drama sobre juntar-se a todos no jantar, usando a saúde como desculpa, e tia Winnie quase tem que trancá-lo no quarto para que ele mude de roupa. Não vi Flo desde que ela apareceu com o vestido hoje cedo, o que é muito incomum, e espero que ela não tenha sido devorada por Poppet ou coisa parecida.

Visto-me depressa, prendo o cabelo e coloco meu celestial par de sandálias de tirinhas. São as mesmas que usava quando conheci Rob, penso amargurada, sentando-me e começando a árdua tarefa de enrolar as tirinhas de couro ao redor dos meus tornozelos como se faz com as sapatilhas de balé (infelizmente as semelhanças terminam aqui). Meg está revirando o guarda-roupa, enterrando outro de seus biscoitos caninos.

Estou pronta para amarrar a outra sandália, enquanto admiro minhas unhas recém-pintadas, quando ouço alguém chamar meu nome e vejo Dominic entrar correndo no quarto.

Sem ao menos dizer um "oi", ele agarra meu ombro com firmeza, me ergue da cama como um daqueles pequenos rebocadores que puxam transatlânticos, me vira e me empurra para fora do quarto. Eu resisto com força, pegando a sandália do chão acarpetado e dizendo:

— Dom, que diabos está fazendo?

— Izzy. Você tem que vir. Agora — ele sibila e me puxa. É uma tarefa dura esta. Eu sou um peso-pesado.

— O que aconteceu? — pergunto assustada. — Deus, foi algo com Flo? Ela está bem?

— Ela está bem. Mas a aranha desapareceu.

— Desapareceu? O que quer dizer com isso? — Dou um gritinho esganiçado, pensando primeiro na minha covarde pessoa.

— Desapareceu para ir tomar uns drinques com os amigos no bar. CLARO QUE EU QUERO DIZER QUE ELA SUMIU. Tia Flo procurou por ela o dia todo.

— Jesus! Ela pode estar em qualquer lugar agora! — Começo a mancar freneticamente, com uma sandália ainda na mão.

— Sim, mas esse não é o problema.

— Não? Tem certeza? Porque isso parece com um problema para...

— Não. Fui ajudá-la a procurar pela aranha... — Ele ofega enquanto passamos em disparada pelas portas no fim do corredor em direção à ala onde Monty e Flo vivem — ... e ela estava desesperada. Aparentemente ela apenas deixou a aranha sair para dar uma volta e ela desapareceu... — Chegamos ao quarto de Flo e batemos na porta.

— E qual o outro problema? — pergunto.

— Entre e veja — ele diz sombriamente.

Flo abre a porta.

— Olá, querida! O vestido ficou lindo em você!

Vejo Harry de quatro no canto.

— Eu prometi dez libras se ele a encontrar — murmura Dominic.

— Uma sandália só? Nova moda? — pergunta Flo.

Eu levanto a outra sandália e ao mesmo tempo digo:

— Tia Flo, ouvi dizer que Poppet sumiu.

— Desculpe?

— EU DISSE: OUVI DIZER QUE A ARANHA SUMIU.

— Ssssshhhhhh — sibila Dominic. — Alguém vai ouvir você.

— Sim, querida. Ela já fez isto antes — diz tia Flo.

— Verdade? — digo com voz esganiçada. — Recentemente? Nas últimas semanas? — Li em algum lugar que uma pessoa chega a engolir dez aranhas por ano enquanto dorme. Surge o ridículo pensamento na minha mente de que eu posso ter, sem querer, engolido Poppet enquanto dormia. Mais uma vez pensando no meu precioso pescoço. Dom me dá uma cotovelada violenta nas costelas.

— Eu a levo para passear todas as manhãs. — Surge outra imagem ridícula na minha mente, tia Flo passeando pelos jardins com a aranha presa em uma correia vermelha.

— Hã, desculpe?

— EU DISSE QUE A LEVO PARA PASSEAR TODAS AS MANHÃS.

— Sssshhhh — Dominic sibila novamente. Enfio apressada alguns centímetros do meu vestido na minha calcinha e me equilibro em um só pé. Não quero que Poppet me confunda com uma escada.

Dominic me dá outro cutucão.

— Este não é o único problema — ele sussurra —, olhe aqui. Ele me leva até uma cômoda e me coloca na frente dela. Levanto novamente meu pé.

— O quê? — pergunto.

— Aquilo — ele sibila e aponta para uma urna de aparência inofensiva.

— Que é que tem?

— Eu já a vi antes.

Será que Dom ficou maluco?

— Viu? — pergunto com cuidado, ainda olhando em volta, muito mais preocupada com a aranha do que com Dom.

— Eu a levei para o quarto do Sr. Berryman.

Nesta altura eu estou completamente confusa.

— E daí? Ele tem uma igual a esta. É estranho que ele a carregue com ele, mas...

— É a mesma urna — sibila Dom.

Franzo as sobrancelhas.

— Como você sabe?

— Eu carreguei aquela porcaria, sua burra. Você me mandou fazer isso. E era isto aqui que estava dentro daquela caixa de madeira que eu carreguei. Dê uma olhada... — Eu me inclino cautelosamente e ergo a tampa. A urna está cheia de uma estranha substância cinza. — São as cinzas da mãe dele. Ele me disse que as carrega para todo lado. Ele me puxou de lado para perguntar se a casa era *segura*. — Dom olha para mim com olhos esbugalhados com a implicação da última palavra.

Que droga! Fecho a tampa com um sonoro “tum” e me viro para olhar para Flo, que está deitada no chão, olhando debaixo do sofá.

— Hã, tia Flo?

— Ainda não a vejo... — ela murmura.

— Tia Flo? — digo novamente. — Hã... — Ela não está prestando nenhuma atenção em mim e eu me deito no chão ao lado dela. Na verdade, deitar não me faria mal algum.

— Tia Flo? Onde você conseguiu esta linda urna? — pergunto, na posição horizontal, com uma certa urgência.

— Humm? Ah, aquela? Eu a achei. Bonita, não é?

— Quando? Quando a encontrou?

— Hoje, enquanto procurava por Poppet. Estava em uma caixa de madeira. Dominic, seja bonzinho e levante o sofá.

Deixo Dominic levantando o sofá e saio pulando em um pé só, como nunca fiz antes, escadaria abaixo.

Encontro Simon na sala de estar com o resto da equipe. Todos me olham surpresos quando entro pulando que nem um saci, mas eu tenho outras preocupações na cabeça.

— Simon? Posso falar com você por um segundo?

— Hã, claro.

— Em particular? — As sobrancelhas erguem-se ainda mais. Vou saltitando pelo hall de entrada até o escritório ainda vazio e despenco sentada em um pufe. Eu falo correndo, comendo as palavras, explicando toda a triste história, mas deixando de lado a parte de Poppet ter desaparecido, enquanto tento desesperadamente calçar a outra sandália.

— Veja, eu tenho certeza de que ela não quis roubá-la. Ou pegá-la. Ou... ou... qualquer outro verbo que você queira usar. — Não quero acusar a tia favorita dele de ser uma ladra, e não sei bem como Simon vai reagir.

— Ela tem o hábito de pegar coisas — ele diz devagarinho.

Eu pisco nervosamente.

— O que você quer dizer com um hábito? Como, hã, um hábito cleptomaníaco?

— Bom, se você quer usar um termo técnico. Nós simplesmente vamos até o quarto dela uma vez por mês e pegamos nossas coisas.

— Ela é cleptomaníaca?

— Izzy, todas as famílias têm suas idiossincrasias.

— Isto é uma idiossincrasia? Na verdade, agora que penso a respeito, não encontro meu sutiã branco.

— Mesmo? — Ele pisca rapidamente.

— Seja como for, você não acha que deveria ter me avisado a respeito disso? — disparo depressa para sair do assunto do sutiã.

Simon parece surpreso.

— Tinha me esquecido completamente disso. É algo normal para nós em casa. Na verdade, pensei que todas as tias idosas fossem iguais.

— A minha tia Winnie não!

— Bom, ela não é uma tia como as outras, é?

— Ela nunca surrupiou algo.

— Ah, eu não diria isso. Ela roubou três salas cheias de antiguidades.

— Ela não roubou, ela pegou emprestado para salvar o seu lindo pescoço!

Ele ergue as sobrancelhas ao ouvir isto.

— E o seu pescoço também.

Quase caio na gargalhada. De alguma maneira a conversa perdeu o rumo. Mudo rapidamente de direção, dizendo:

— Não vou começar a debater o assunto tias com você. O que vamos fazer com a urna?

— Ah, sim, a urna.

— Onde estão os convidados? — pergunto.

— Nos jardins. Passeando antes do jantar. Alguns já devem ter ido mudar de roupa.

— Então o Sr. Berryman já pode ter notado que a urna sumiu.

— Também pode não ter visto nada.

— Não vai ficar bem, vai? Um item precioso retirado do quarto dele.

— Não, acho que podemos dizer com segurança que não vai ficar nada bem.

— Ele pode querer chamar a polícia ou fazer um escândalo, a urna parece bastante valiosa.

— Isso seria um banho de água fria nas negociações. — Dom entra desembestado na sala. — Temos que colocar a urna de volta.

— OK! Mas e se ele já deu pela falta dela?

— Bom, a tia Flo tirou a urna de dentro da caixa de madeira, que ainda deve estar no lugar; portanto, se ele não olhou dentro da caixa, está tudo bem. Além disso, se tivesse percebido já teria dito algo. Se ele pegar você colocando-a de volta podemos dizer que foi levada sem querer... para limpeza. — Das trinta e poucas palavras desta frase, uma em particular chama a minha atenção.

— O que você quer dizer com você? Não vou colocá-la de volta.

— Não posso fingir que a urna foi levada para limpeza sem querer. Ele a mostrou para mim e disse que continha as cinzas da mãe dele — diz Dom. Olho para ele com os olhos apertados. Que desculpa mais esfarrapada.

Estou absolutamente aterrorizada.

— Eu? Por que eu? Por que não Harry? Isso deve valer umas dez libras — choramingo. Não sou a pessoa mais corajosa do mundo e não tenho nenhum escrúpulo em mandar um escoteiro inocente fazer o trabalho.

— Muito jovem — diz Simon.

— Que tal Monty? — continuo, determinada a não ser enrolada.

— Muito velho.

— A Sra. Delaney?

— Muito ocupada. Ela está cozinhando para vinte pessoas.

— E que tal o fato de eu estar muito assustada? Ou extremamente nervosa? Que tal isso para mim?

— Ahhh, deixa disso, Izzy! Não vai ser difícil! — diz Dom encorajadoramente.

— Flo? — contra-argumento. — Foi ela que tirou; ela que ponha de volta!

— Provavelmente ela vai pegar outra coisa enquanto estiver lá — diz Simon.

— E que tal você? — retruco.

— Não posso ser pego em um quarto dos hóspedes.

— Isto é muito conveniente — retruco irritada.

— Devo dar uma bofetada em você, Izzy? — pergunta Dom, esperançoso. — Você parece estar um pouco histérica.

Dou uma olhada para Dom, que indica que se ele está pensando em me esbofetear...

— Deixa disso, Izzy. — Os dois homens me levantam.

— Mas e se ele me pega? O que é que eu digo? — choramingo.

— Diga que você a encontrou no andar térreo, que sabia que ela não pertencia à casa e que descobriu que havia sido removida por engano do quarto dele. — Os dois estão me empurrando para o hall agora.

— Onde eu a coloco? Onde ele a deixou?

— Dentro da caixa de madeira que coloquei no criado-mudo quando levei tudo para cima — diz Dom. — Ficarei de guarda do lado de fora e assobio se alguém aparecer. Precisamos esperar até ele ter descido para o jantar.

— Obrigado, Izzy. Você salvou a nossa pele — bufa Simon, quase me arrastando pelo hall de entrada. — Vou ver tia Flo enquanto vocês dois estão cuidando do outro assunto.

— NÃO! — Dom e eu gritamos ao mesmo tempo, e os três param.

— Hã... — Eu e Dom olhamos um para o outro. Simon não sabe sobre a aranha.

— Só que seria melhor se ela estivesse conosco e não andando pela casa surrupiando outras coisas — gaguejo.

— Por quê?

— Bem... — Penso um pouco sobre dar cobertura a Flo, mas decido que uma tarântula e uma mãe em forma de cinzas são coisas demais para cuidar em uma só noite. Se Poppet vai continuar fazendo seu passeio pela casa, talvez seja hora de Simon saber sobre ela. — Flo tem um bichinho de estimação.

— Um bichinho de estimação?

— Sim. Um tipo de aranha.

— Uma aranha de estimação?

— Bom, é mais uma tarântula.

— Poppet? Meu Deus! Eu pedi a ela que se livrasse daquela coisa medonha!

— Ela provavelmente sente-se só! Pessoas idosas precisam de animais de estimação! — digo como defesa.

— Isabel, como é que alguém pode sentir-se solitário nesta casa? Além do tempo em que está dormindo, você já teve um minuto de privacidade? E, caso não tenha notado, temos cerca de mil cães sujando o lugar. A aranha precisava ir embora porque a Sra. Delaney recusava-se a limpar o quarto dela e vivia desmaiando sempre que Poppet saía para dar uma volta.

O comentário faz com que eu aborde o ponto seguinte.

— É muito engraçado que você mencione isso. Você vai morrer de rir...

— Ela fugiu de novo, não foi? — Ele parece bastante cansado.

— Hã, sim.

— Ela está sempre escapando.

— Bom, ela provavelmente fica meio cansada de ser chamada de Poppet, não é? Não é o melhor nome para uma feroz tarântula das ruas — declara Dom. — Puxa, acontece de tudo no campo, não é? A vida urbana começa a parecer terrivelmente pacata!

— Conseguindo material suficiente para o seu livro? — pergunto sarcástica.

— Suficiente, obrigado!

— Certo — Simon diz de modo decidido. — Vocês dois vão colocar a urna de volta, eu vou ver tia Flo.

Depois de trabalhar sete anos para uma das empresas mais finas de *catering* de Londres, cá estou eu, parada de modo suspeito do lado de fora do quarto de um hóspede segurando uma urna cheia de cinzas. A vida é mesmo engraçada.

Dom e eu fingimos estar olhando algo muito importante do lado de fora da janela.

— Por que o Sr. Berryman anda por aí carregando as cinzas da mãe, Dom? — pergunto de repente.

— Boa pergunta, Izzy, e não há dúvidas de que em outra hora este será um assunto que adoraria discutir com você em profundidade. Mas acho que devemos nos concentrar no problema principal e não nos desviarmos dele. Não importa o que o Sr. Berryman faz com essa porcaria, o problema é que você precisa devolvê-la para que ele possa continuar fazendo.

— Bom argumento.

— Tem certeza do que vai fazer?

— Claro como cristal. Quer dizer...

— Qual é o problema?

— O plano parece um pouco simples demais para o meu gosto.

— Izzy, querida, eu sei que você adora complicar as coisas ao extremo e, de novo, poderemos discutir isso mais tarde, mas o plano é simples porque é simples. Então, vamos recapitular. Fico aqui do lado de fora, montando guarda, e se vir alguém vindo darei um assobio. E o que acontece então?

— Saio correndo.

— Alguma pergunta?

— Sim.

Dominic revira os olhos perigosamente e murmura algo entre dentes.

Não consigo perguntar nada das inúmeras perguntas da minha lista porque naquele momento o Sr. Berryman sai do quarto e começa a andar pelo corredor em nossa direção. Com uma voz bem alta começo a explicar para Dom as várias tarefas que precisam ser executadas no jardim. Felizmente, o fato de que só começou a escurecer agora e eu já estou usando um vestido de gala não parece perturbar o Sr. Berryman. A urna está escondida atrás de uma das cortinas. Nós nos cumprimentamos, com muita jovialidade por parte dele, muitos apertos de mãos e comentários sobre esqui aquático que, felizmente, significam que ele não percebeu que sua preciosa urna está desaparecida.

Assim que ele some escadaria abaixo eu sigo em direção ao quarto dele, com a urna nas mãos. Dominic começa a tirar o pó de alguns bibelôs de mesa com seu lenço.

Abro suavemente a porta do quarto do Sr. Berryman, entro e fecho-a atrás de mim. Vou correndo para o criado-mudo, enfio a urna dentro da caixa de madeira e estou pronta para sair correndo quando um pensamento cruza a minha cabeça. Odeio quando isso acontece.

Será que eu não conseguiria achar algo que pudesse ser usado nas negociações? Ajudar Simon? Uma imagem de mim mesma salvando Pantiles sozinha e, conseqüentemente, me libertando do peso esmagador da culpa invade minha mente.

Meus olhos se estreitam quando vejo uma pasta executiva preta no alto do guarda-roupa. Não vai fazer nenhum mal dar uma olhadinha nela. Em um impulso, pego uma cadeira e a arrasto para a frente do guarda-roupa. Estou me equilibrando nas pontas dos pés e quase alcançando a pasta quando uma voz do além diz:

— Como vai indo?

Dou um grito alto como o de uma cacatua, me desequilibro e caio no chão.

— Meu Deus, Dominic! — rosno sentada, esfregando meu ombro. — Caramba, o que há de errado com todo mundo? Por acaso eu dou a impressão de precisar de mais estresse? O que está fazendo?

— Vim ver se estava tudo bem. Você demorou tanto aqui dentro que achei que tinha virado budista.

— Eu ia dar uma olhada nesta pasta — sibilo —, para ver se há algo nela que possa ajudar Simon.

— Meu Deus, Izzy, você está ficando completamente imoral! Que maravilha! Vá, continue!

— Volte para fora e fique de guarda!

Ele sai rapidinho do quarto, e eu volto a subir na cadeira. Ao fundo, um casal de gafanhotos começa o aquecimento vocal, que sempre acontece nesta hora da noite. Eu os amaldiçôo silenciosamente e continuo o trabalho. Olho de vez em quando para a porta, pego a pasta e tento abri-la. Está trancada. Droga.

Depois de colocá-la no lugar, desço o mais suavemente que posso da cadeira, coloco-a no lugar e dou uma rápida olhada ao redor. Estou prestes a desistir de tudo e dizer que não deu certo quando vejo alguma coisa muito peculiar. Aos pés da cama está algo que parece uma bolinha de pêlo. Ajoelho-me perto dela e estico a mão para tocá-la. Ela se encolhe. Com mil demônios! É Poppet!

CAPÍTULO 20

Dominic entra correndo quando ouve meu grito.

— Meu Deus, Izzy! Que diabos aconteceu agora?

Aperto bem os braços ao redor do meu corpo e saio o mais depressa possível das vizinhanças da cama. Aponto para a cama, gesticulando como uma louca. Minha boca está paralisada de medo. Não gosto nada das aranhas comuns de jardins, muito menos das que são do tamanho do seu punho fechado e atendem pelo nome de Poppet.

— O quê? Baixou uma anfitriã pombajira em você? Não vejo nada. O quê?

Aponto com o dedo na direção de Poppet até que Dominic finalmente entende o recado e olha cautelosamente para o chão.

— JE-SUS! — ele grita e sai correndo para ficar do meu lado no outro canto do quarto. — O que vamos fazer?

— Simon! — consigo murmurar o nome e saímos correndo pela porta numa confusão de membros, pois parecemos estar com as pernas coladas.

Acredite em mim, eu consigo correr quando quero. E eu quero, quero muito. Quando chegamos ao escritório, Simon está falando com alguém ao celular. Ele já deve ter conversado com tia Flo. Puxo insistentemente sua camisa e ele me olha feio. Puxo o tecido como uma louca durante alguns segundos enquanto ele discute índices da capitalização de benefícios e coisas do gênero. Meu Deus! Pensar que eu quase pus a mão nela! Quem sabe ela me mordeu e, no calor do momento, eu não percebi. Examino minha mão ansiosamente, procurando marcas de dentada. Simon me olha preocupado, mas continua com a conversa. Puxo novamente a camisa dele, de modo irritante.

— Simonsimonsimonnnnn — sibilo, dando a impressão de que vou fazer xixi nas calças. Acho que ele percebeu o tom de urgência na minha voz porque diz para a pessoa do outro lado que vai ter que ligar de volta e desliga.

— *O que é?*

— É Poppet. Está no quarto do Sr. Berryman.

— Tem certeza?

— Absoluta. Ela quase devorou o meu braço!

— Por que não a apanhou?

Olho para ele como se estivesse falando russo. Este homem está no mesmo planeta que eu?

— Apanhá-la?

— Com um copo ou coisa parecida?

— Um copo? Simon, ela é do tamanho da minha mão. Que tipo de copo você tem em mente?

— Bom, você não podia ter pegado nela com a mão?

— Eu sou só a humilde Isabel. Você deve estar pensando na Incrível Isabel, a Domadora de Aranhas. Eu não chego perto daquela aranha.

— Meu Deus! Se você quer que algo seja feito... — Sai ventando do quarto, resmungando para si mesmo. É um mal-agradecido ou não é?

Dominic e eu corremos atrás dele enquanto sobe os degraus de três em três. Conseguimos alcançá-lo no corredor. Simon bate levemente na porta do quarto do Sr. Berryman e espia lá dentro. Ele olha para nós.

— Eu fico aqui — diz Dominic. — Assobio se alguém aparecer.

— Mas eu sei assobiar — protesto.

— Não tão bem quanto eu — diz Dom, me empurrando com vontade para o quarto de Poppet.

— Talvez nós dois podíamos assobiar? — sugiro.

— Não seja tonta, Izzy. Vou precisar de ajuda — diz Simon, agarrando a minha mão e me puxando para dentro do quarto. Alguma ajuda? Será que posso ajudar a cinco metros de distância? Espero que sim, porque é a única assistência que acho que posso dar.

Caminhamos pé ante pé no quarto.

— Onde está ela? — sussurra Simon.

— Perto da cama — sussurro de volta. Andamos cautelosamente em direção à cama. — Uso o plural aqui com uma certa liberdade poética, porque não estou indo nem até o meio do quarto.

— Onde? — ele sussurra, de costas para mim. — Izzy! Venha cá! Ela não vai morder você! — Não é só o verbo morder que está me incomodando. São todos os verbos, o *andar,* o *sentar*, o *mover*, até simplesmente o *ser*, é isso que está me preocupando. Ando outro centímetro e meio na direção dele e aponto.

— Ela está ali. Ao pé da cama — sussurro, mas de repente ouvimos o som inconfundível de alguém assobiando. De um modo bastante histérico. Nossos olhos se encontram por um momento.

— Rápido, alguém está vindo! Para baixo da cama!

— Debaixo da cama? — Ele ficou louco? Eu não vou ficar no mesmo lugar que a aranha.

O assobio fica mais alto e muda para um cantarolar.

— OK, dentro do guarda-roupa, então!

Corremos para o guarda-roupa. Me jogo dentro dele perigosamente, e Simon me segue. Ele aterrissa pesadamente em cima de mim e fecha a porta.

Levo alguns segundos para arrumar meus membros, e outro segundo para perceber que fizemos as coisas de modo errado. Estou deitada com a cabeça em um ângulo torto, minha bochecha apertada contra a madeira e o cheiro de naftalina bem no meu nariz. Não estamos falando de um guarda-roupa excepcionalmente grande aqui, e ele certamente não foi projetado para acomodar dois adultos. Minhas pernas estão enroladas debaixo do meu corpo e meu vestido está enrolado em volta das minhas orelhas. Tento respirar silenciosamente e ficar completamente imóvel, mas parece que estou consumindo grandes golfadas de ar e meus pulmões estão com câibras.

Rezo para Deus, Buda, Alá e quem mais possa estar ouvindo, para que o Sr. Berryman não decida abrir o seu próprio guarda-roupa. Porque o que vamos dizer se ele nos encontra aqui dentro? Olá, tudo bem? Mordo o lábio porque sinto uma onda de risadas histéricas subir pela minha garganta. Mas, quanto mais me esforço para impedi-la, mais forte ela se torna. Deixa disso, Izzy! Não se deixe vencer. Não é hora de ser invadida por risadinhas. Consigo localizar minha perna com a mão e enfio as unhas com força. Devo pensar em coisas tristes. Devo pensar em coisas mortas e políticos nus e... *A Noviça Rebelde*. Puxa, isto não está certo, está? O problema é que não é nada fácil manter as coisas em perspectiva quando seu rosto está achatado contra o fundo de um guarda-roupa. Quero dizer, não é exatamente uma postura meditativa, é? Você não vê gurus de ioga dizendo que o melhor lugar para encontrar a paz interior é dentro de um guarda-roupa.

Começo a respirar pesadamente pelo nariz. Preciso pensar em Simon, porque aposto que ele não está achando a menor graça nisso tudo. Ele deve estar levando tudo isso muito a sério porque, vamos e venhamos, se formos encontrados dentro deste guarda-roupa, todas as negociações vão por água abaixo. De repente, sinto a perna de Simon estremecer. E mais uma vez. Um tipo de tremor. Instintivamente, sei do que se trata e a onda de risadas histéricas ameaça tomar completamente conta de mim. Ele está tentando desesperadamente não cair na gargalhada. Absoluta e desesperadamente. Nós dois respiramos fundo juntos, e sinto a mão dele procurando a minha. Ele a agarra e a aperta com força, tentando manter algum controle. Eu aperto de volta, enterro meu rosto em alguma coisa e rezo por uma saída.

Que surge na forma de Dominic, que abre cautelosamente a porta do guarda-roupa e sussurra:

— Izzy? Simon? Vocês estão aí? — Soltamos a respiração e fazemos aqueles estranhos barulhinhos que parecem vir do seu estômago.

Simon engatinha para fora primeiro, dando sem querer uma joelhada no meu plexo solar e caindo no chão. Eu começo a dar risadinhas histéricas e preciso ser praticamente carregada para fora do armário, pois pareço ter perdido temporariamente o uso das pernas e estou quase sem poder respirar. Dominic e Simon colocam uma mão cada um embaixo de minhas axilas e me levantam, calcinhas à mostra, e ambos estão às gargalhadas.

— Era o Sr. Berryman? — Simon pergunta.

Dom acena que sim com a cabeça.

— Graças a Deus ele entrou e saiu. Não sei o que vocês fariam se ele decidisse tirar uma soneca ou fazer outra coisa.

Todos ficamos sentados no chão e esperamos alguns minutos até nos acalmarmos. Finalmente conseguimos ter forças para levantar, nos arrumamos e voltamos ao perigoso negócio de caçar a aranha.

Simon olha sem medo para Poppet enquanto Dom e eu ficamos a uns metros de distância. Ele chega cada vez mais perto, até que simplesmente se abaixa e pega a aranha. Meus olhos quase saem das órbitas. Não há fim para a bravura deste homem? Ele é como uma espécie de semideus, sem nenhum medo de homens e feras.

— Izzy, o quão perto você chegou dela? — ele agita Poppet para lá e para cá. Não gosto muito dela, mas não acho que Simon deveria estar balançando a aranha daquele modo. Ela pode ficar zangada.

Consigo tirar meus olhos daquela forma balançante.

— Simon, eu realmente não acho que você devia estar chacoalhando a aranha desse modo. Tia Flo ficaria...

— Você olhou mesmo para isso? Deu uma boa olhada?

— Claro que dei uma boa olhada nela! Ela quase me mordeu!

Ele segura Poppet na frente dele.

— Izzy, isto é uma peruca. A peruca do Sr. Berryman.

Dou um passinho para a frente e olho para a mão de Simon. É mesmo um tipo de aplique de cabelo.

— Oh.

Ele coloca a peruca de volta com um suspiro.

— Você não viu que ele usa uma peruca?

Olho para Dom, que está escondendo as risadas com a mão.

— Hã, não.

Simon sai do quarto com um largo sorriso. E parece que ele está dizendo algo como "burra", "besta" e "fedelha", mas é provável que eu esteja enganada.

— Hora de tomar o remédio, Izzy! — Dom diz alegremente e segue atrás de Simon.

E eu sou a última a sair, muito sem graça. Meu Deus, Dom não vai deixar de falar nisso durante anos. Uma peruca? Eu poderia jurar que ela tinha se mexido. Espero que os outros não se lembrem de que eu disse que a peruca tinha me mordido.

Olho para o meu relógio. Puxa! Já são sete e meia. Espero que alguém esteja tomando conta dos convidados durante minha ausência. Simon desaparece no quarto para trocar de roupa, e Dom e eu corremos escadaria abaixo para cuidar dos convidados. Felizmente o resto da equipe de Simon está com eles, junto com Monty, que despeja bebidas e charme em quantidades iguais.

Deixo Dom ajudando com as bebidas e corro para a cozinha para ver como a Sra. Delaney está se virando com o jantar. Ela deve estar absolutamente esgotada, principalmente depois de ter preparado o café-da-manhã, o almoço e o chá da tarde.

— Sra. Delaney? A senhora...? Oh. — Fico paralisada quando vejo a cozinha vazia. Ela deve ter dado um pulinho no banheiro ou em outro lugar. Dou uma andada pela cozinha e observo os livros de culinária abertos e os pratos semiprontos.

Dez minutos depois estou um pouco preocupada. Ela se afogou no banheiro? Ficou entalada? Dou uma olhadela rápida debaixo da mesa caso ela tenha decidido tirar uma soneca. Estou prestes a ir atrás dela quando Simon entra. Ele mudou de roupa e está usando uma calça de pregas com uma camisa bem passada e eu sinto um leve aroma de uma fabulosa loção pós-barba. Dou um largo sorriso que desaparece do meu rosto assim que vejo a expressão dele.

— O que foi? O que aconteceu?

— A Sra. Delaney acaba de telefonar.

— De onde? Do banheiro? — pergunto, achando graça.

— Não, pior. Ela está no pub.

Eu admiro a audácia da mulher.

— No pub? Caramba, isso é que é ser alcoólatra. Ela foi tomar um golinho? Não entendo por quê, não é que não tenhamos nenhuma bebida aqui...

— O marido dela acaba de aparecer.

— O marido da Sra. Delaney?

— Sim.

— O marido da Sra. *Delaney*? — repito, para tentar enfiar a idéia no meu cérebro confuso.

— Sim. O Sr. Delaney.

— Não sabia que existia um Sr. Delaney.

— Tem que haver um Sr. Delaney para que uma Sra. Delaney existisse.

— Sei disso, mas achei que ele não estava mais por perto.

— Não estava. Ela não o vê desde que saiu de Oxford, anos atrás.

— E ele acaba de aparecer?

— Sim. Acho que ela ficou um pouco surpresa.

— E ela foi ao pub? — Caramba, agora entendo por que ela ficou com uma sede tão grande que a adega da casa não daria conta.

— Ele a levou ao pub. Acho que ela estava em estado de choque. Ela disse que voltaria para terminar de preparar a janta, mas eu disse que ela devia ficar lá.

— O quê?

— Não acho que ele saiba sobre Harry. Eles se viram pela última vez há *nove* anos, e Harry tem oito anos, por isso pensei que iriam precisar de um segundo drinque. Seja como for, ela não parecia estar em condições de cozinhar.

— Onde está Harry?

— Dormindo, graças a Deus.

— E que diabos vamos fazer?

Dominic aparece.

— Alguma idéia de quando vamos ter alguma comida? Acho que os nativos estão ficando inquietos. — Ele olha para mim e depois para Simon. — Onde está a Sra. D.?

— No pub — respondo como uma tonta.

— No pub? — Dom pergunta incrédulo. — Caramba, isso é que é ser viciada, não é?

— Eu explico depois, Dom — respondo depressa. — O que vamos fazer? — pergunto a Simon.

— Bom, ela me disse que a sobremesa e a tábua de queijos estão prontas na despensa. — Vamos até lá, abrimos a porta e é verdade, a comida está lá. Nas mesas de pedra estão dois enormes pratos de queijos cercados por uvas, aipo e groselhas, junto com três tortas e três tigelas de creme chantilly. Bom, as coisas estão melhorando.

— Entrada e prato principal? — pergunto.

Simon menciona algo tão complicado que eu quase também saio correndo para o pub.

— Não acho que posso cozinhar isso para vinte pessoas em uma hora — digo devagar. — Consigo dar um jeito na entrada, mas não sei fazer o resto.

Simon pega as chaves do carro.

— Dom, pegue meu carro e vá até o supermercado em Bury St. Edmunds. Você sabe onde é? — Simon olha para o relógio. — Você vai pegá-lo quase fechando. Compre tudo o que encontrar que seja fácil. Quiches, saladas, tudo. Aqui está meu cartão de crédito. Tire algum dinheiro no caixa eletrônico. — Ele escreve a senha.

Dominic parece confuso.

— Dinheiro? De onde?

— Do caixa eletrônico.

— Existe um caixa eletrônico?

— Sim.

— No campo?

— Sim! — diz Simon com uma paciência de Jó. — Do lado de fora da agência bancária.

Dominic olha para nós como se estivéssemos gozando com a cara dele, mas entra no espírito da coisa e sai.

— Vamos ter que dizer que o fogão quebrou. — Simon vai até a porta do quartinho de serviço, pega algo e atira na minha direção. — Aqui está! Um avental. Você não vai querer estragar esse lindo vestido. A propósito, você está maravilhosa.

— Estou? — digo com voz fraca. Isso não pode ser verdade. Depois de tudo o que passei esta noite, suspeito que meu desodorante já esteja vencido. Dou uma chacoalhada no avental para abri-lo e o amarro. — Poppet já foi encontrada? — pergunto, pensando que a última coisa de que precisamos é vê-la passeando pela mesa no meio da refeição.

Simon está remexendo em um armário. Ele dá um largo sorriso quando ouve falar de nosso último desastre e diz:

— Tia Flo e tia Winnie estão procurando por ela. Achei que levantaria suspeitas ter toda a família ausente durante o jantar.

— O que está procurando?

— O xerez para cozinhar. A Sra. D. o guarda aqui em algum lugar. Ah! Aqui está! Venha tomar um golinho.

Dou uma gargalhada enquanto ele tira a rolha e toma um gole na garrafa. Tomo um golinho rápido e devolvo a garrafa, observando que ele não se dá ao trabalho de limpar o gargalo antes de tomar outra golada.

— Se eu fosse você, colocaria um daqueles adesivos de nicotina, Izz.

— Já coloquei. — Ergo o vestido para mostrar um bem acima do joelho. — Vou colocar outro quando tiver uma chance. Quer um? — pergunto séria.

Ele dá uma estrondosa gargalhada enquanto coloca a rolha de volta na garrafa, como se um não-fumante não pudesse usar um adesivo de nicotina. Ele me dá um beijo na face e diz:

— Obrigado, Izz. Você é maravilhosa. — E sai da cozinha me deixando para trás farejando o ar como um cão faminto, desejando dar outra cheirada naquela loção pós-barba.

A noite não é um grande sucesso. Há um momento desagradável entre a sala de estar e a de jantar, quando os convidados são recebidos por Meg, a *westie*, recoberta de rolinhos de cabelo de velcro (que são meus, ela tem o desagradável hábito de enterrá-los). Ela está acompanhando com grande interesse a trajetória de um gafanhoto que atravessa, pulando languidamente, o hall de entrada. Para completar a cena, tia Flo e tia Winnie estão de quatro no chão, espiando debaixo do sofá. Tia Winnie está usando luvas de borracha amarelas e agita um cabide nas mãos. Sem dúvida é a maneira antiga de se proteger contra aranhas. Eu me atrevo a dizer que, neste exato momento, há pigmeus na Amazônia usando o mesmo método. Simon aperta o passo dos americanos levando-os para a sala de jantar, explicando que tia Winnie perdeu os óculos. Parece mais que ela perdeu o juízo.

Acho que nossos visitantes estão um pouco chateados com o defeito do fogão (o que não deixa de ser uma verdade, o comportamento da Sra. Delaney pode ser descrito como defeituoso), mas eu também ficaria chateada se tivessem me enchido de bebida, recebido a promessa de um banquete dos deuses e descoberto que tudo o que havia para comer era quiche fria. Consegui preparar a entrada, que é um tipo de *bouillabaisse* do Leste europeu, feita com pimenta, coentro fresco e leite de coco, mas é difícil saber onde foi que a Sra. Delaney interrompeu o preparo. Pelo menos o gosto é bom. Um pouco. As sobremesas e a tábua de queijos são muito melhores e, finalmente, o jantar acaba e eu dou um grande suspiro de alívio.

Depois de ter limpado a cozinha volto para a sala de estar, onde encontro todo mundo caído nos sofás e poltronas com ar exausto. Todos os visitantes foram dormir. Monty trouxe as três garrafas abertas de vinho que sobraram e todos ajudam a acabar com elas. Eu encho um copo, despenco em uma poltrona e imagino de onde será que tia Winnie a pegou.

Os outros estão no meio de uma discussão para decidir que casa na cidade da tia Winnie tem mais bom gosto.

— Sabe, Izzy — troveja tia Winnie —, decidi que o vigário precisa de uma esposa. A casa dele é uma confusão de estilos. Também espiei a cozinha e só encontrei latas e latas de feijão cozido. Estou decidida a encontrar uma boa mulher para ele.

Coitado dele. Parece que Deus decidiu mesmo testá-lo.

A Sra. Delaney, muito sem graça, entra na sala de estar. Simon a recebe com um grande sorriso.

— Como vão as coisas, Sra. D.? Venha cá e sente-se.

Ela faz a cortesia de parecer muito sem graça e passa um tempão olhando para o chão.

— Está tudo bem. Só vim dizer que sinto muito por hoje à noite. — Apesar dos protestos, ela acaba sentando na ponta de um dos sofás. — Foi um choque enorme vê-lo. Aparentemente, meu nome foi citado em um dos jornais quando houve aquela confusão sobre a aquisição hostil, e ele veio ver se era eu mesma. Não pensei que ele ainda se importasse depois de todo esse tempo.

— E Harry?

— Ele não sabia que eu estava grávida. Foi um grande choque para ele também descobrir um filho que não imaginava existir. — Ela consegue dar um meio-sorriso. Sento na ponta da poltrona, muito curiosa. Para começar, não faço idéia de por que ela abandonou o marido, mas não acho que deva perguntar. — Eu sinto muito ter deixado vocês na mão — ela prossegue, e fico surpresa ao ver uma lágrima descer pelo rosto dela. — Depois de tudo o que fizeram por mim, eu abandono todos desse jeito.

Simon levanta-se, senta-se ao lado dela e oferece o seu lenço. As lágrimas começam a cair num dilúvio.

— Depois de tudo o que fizemos por você? E o que fez por nós? Você trabalha mais do que um plantonista de hospital, não ganha um salário decente e ainda tem de agüentar a todos nós. Você não nos deixou na mão. Além disso, cozinha com mãos de fada.

Passa da meia-noite, o homem tem uma dúzia de problemas para resolver, uma aquisição hostil pendurada por um fio que pode fazer com que ele perca a casa da família e ainda tem tempo para consolar a governanta. Onde está o Simon nojento que eu conheci?

— Harry está bem? — pergunto.

— Sim, dei uma espiada nele e tia Flo também. Ele está bem. Nem acordou.

— Onde está o Sr. Delaney? — pergunta Monty.

— Ele vai passar a noite no pub.

— Por que você não vai dormir? Está com um ar exausto. — Simon dá uma palmadinha no joelho dela e estica os braços acima da cabeça. — Eu estou com vontade de ir até o lago. Para arejar a cabeça.

Ele levanta e vai em direção à porta. Monty senta no lugar dele no sofá, ao lado da Sra. Delaney, e começa a conversar com ela com um tom de voz baixo e reconfortante.

— Que tal dar uma volta, Izzy? — Simon diz casualmente, mal virando a cabeça. Se estou com vontade de dar uma volta? É muito surpreendente, mas acho que sim. Pouso o meu copo e levanto.

— Hã, sim — digo de um jeito despreocupado. — Isso seria ótimo.

Saímos pelo corredor e entramos na cozinha. Pegamos um casaco no armário para cada um, e soltamos Meg e os outros cães do quartinho de serviço, onde ficaram trancados por causa do jantar. Simon pega uma lanterna e saímos noite adentro, levando Meg conosco.

Já do lado de fora, inalo o ar frio da noite e olho para as estrelas. A lua está brilhante, envolvendo tudo em uma meia-luz fantasmagórica. Uma brisa suave beija gentilmente meu rosto. Meg sai trotando confiante na nossa frente enquanto seguimos em direção ao lago.

Depois de alguns minutos, o silêncio começa a doer um pouco e eu procuro algo para dizer. Pigarreio.

— Têm sido dias estranhos, não?

— Completamente.

— Está preocupado com a aquisição?

— Sim, embora esteja chegando rapidamente ao ponto onde estou tão cansado que não me importa mais. Ela parece ter adotado você — ele diz e aponta para Meg, que está correndo feliz da vida sob o luar, enfiando a cabeça em tocas de coelhos, farejando arbustos e olhando para trás de tempos em tempos para ver se ainda estamos por perto.

— Sim. Vou ficar triste em deixá-la para trás.

— Me conte o que fez depois de sair de Pantiles — diz Simon.

Ó Deus, ele quer que eu conte a história do desastre com Rob Gillingham nos mínimos detalhes.

— Bom, eu voltei para Londres por volta...

— Hã, não. Quis dizer há quinze anos.

— Ah. — Isso me pega de surpresa e por um segundo não consigo fazer a mínima idéia do que andei fazendo nos últimos quinze anos. — Bom, Sophie e eu fomos viver com tia Winnie quando mamãe e papai foram para a Itália.

— Eu gosto da tia Winnie. E, hã, você foi para a universidade? — pergunta.

— Sim, fui para Nottingham. Estudei geografia. — Estou relutante em dizer mais alguma coisa porque não posso lembrar o que Dominic e eu colocamos no CV. Acho melhor mudar de assunto. — Você só estudou economia na universidade? — Ouço a mim mesma e me encolho por dentro. É o tipo de pergunta que se faz nas férias, durante uma festa que seus pais estão dando, quando colocam você ao lado do único homem da sua idade em um raio de oitenta quilômetros.

— Sim, só economia.

— Que, hã... — Estou prestes a dizer algo interessante, mas ele pode pensar que estou debochando descaradamente dele — ... útil.

— E o que Sophie faz agora?

— Ela trabalha no centro financeiro. E é muito bem-sucedida.

— Ela está namorando?

— Não que eu saiba. Acho que ela anda muito ocupada com a carreira!

— E como você entrou no ramo das festas? — ele pergunta gentilmente.

Falo sem parar por alguns minutos sobre meu trabalho em finanças e o quanto eu o detestava. Enquanto isso, chegamos ao topo da colina e paramos para recuperar o fôlego.

— Nós costumávamos brincar de tobogã nessa colina — comenta Simon. — Lembra?

— Eu e você contra Sophie e Will. Sempre os deixávamos lá atrás.

— Bom, está certo que a gente encerava o tobogã e éramos mais pesados do que eles.

— Não tão pesados — digo indignada.

— É claro que todo o peso era meu.

— Algo a ver com as montanhas de batatas que você devorava. — Sempre que os meninos vinham jantar conosco, no começo, quando Simon e eu nos gostávamos, minha mãe costumava exagerar muito nas batatas. A quantidade de batatas ingeridas por cada sexo era a definição dela entre meninos (que ela não tinha) e meninas (das quais ela possuía dois exemplares bastante robustos).

— Sua mãe pensava que os meninos precisavam comer um caminhão de batatas em cada refeição para poderem sobreviver. — Ele sorri para mim. Um sorriso amplo e caloroso que ilumina todo o seu rosto e faz com que ele fique lindo. Sorrio de volta e, de repente, a conversa sai fácil enquanto relembramos e rimos. Tomamos cuidado especial em evitar os tempos difíceis que vieram mais tarde. Hoje, ele é muito diferente da última recordação que guardei na memória. Presto mais atenção enquanto ele fala sobre as viagens de pesca que fazíamos, quando todos apostavam para ver quem adivinhava quanto tempo levaria para que eu caísse na água. Acho que se eu tivesse acabado de conhecê-lo gostaria muito dele.

Continuamos a falar sobre a universidade.

— Você manteve contato com alguém de Cambridge? — pergunto.

Ele encolhe os ombros.

— No começo, sim. Os amigos costumavam me visitar, mas depois de um tempo acabamos tendo cada vez menos coisas em comum. Eles ainda enchiam a cara e perseguiam mulheres, coisas que, devo acrescentar, eu costumava fazer excepcionalmente bem, mas, de uma hora para outra, eu tinha uma família e uma fazenda gigantesca para cuidar. Isto costuma esfriar as coisas! — Ele sorri novamente e, de repente, percebo a extensão do sacrifício dele. Ele desistiu de tudo, dos dias livres e irresponsáveis na universidade, onde são formadas as amizades de toda uma vida e os corações se partem. Mas ele abriu mão de tudo pelo quê? Para que tudo fosse tirado dele?

Chegamos ao lago e caminhamos pelo deque em silêncio. Simon senta-se com as pernas cruzadas.

— Venha sentar. — Ele bate nas ripas de madeira ao lado dele. — Converse comigo mais um pouco. Me conte sobre o seu mundo.

Eu tento me ajeitar de um modo elegante com o vestido.

— Meu trabalho?

— Sim, o que é que você faz normalmente? O que estava fazendo antes deste evento aqui?

— Cuidava da Festa Nórdica do Gelo de Lady Boswell.

— Meu Deus, isso parece horrível. Você disse Lady Boswell? Acho que a conheço. Uma mulher muito magra. Assustadora.

— Horrorosa. — Continuo, e conto sobre Sean e Oliver e nossos ensaios pavorosos. Rimos juntos e Meg vem deitar ao meu lado.

— Como vão os preparativos para o baile? Ainda falta muita coisa? — Simon pergunta.

— Uma enormidade de coisas. A tenda chega no começo da semana que vem. E o que você tem que fazer no resto da semana? — Eu me encolho, que coisa mais estúpida para se dizer. Ohhh, nada de mais, Izzy. Somente uma aquisição hostil e salvar a casa da família. — Quero dizer, você vai estar por aqui?

— Indo e vindo. Os americanos não vão decidir nada antes do fim da semana. Vamos estar bem no limite do prazo.

— Prazo?

— Uma semana, contando a partir de segunda-feira. Ao meio-dia. Todas as ofertas para a Wings expiram. A menos que os americanos concordem com a nossa oferta, tudo começa do zero. Mas com a nossa atual situação financeira não podemos nos dar ao luxo de recomeçar as negociações e tudo irá por água abaixo. Em uma semana tudo estará acabado, de um jeito ou de outro.

— Meu Deus. O que acha que vai acontecer?

— É difícil saber. Você vai estar aqui a semana toda?

— Tenho que voltar rapidamente a Londres amanhã para pegar algumas roupas extras, mas depois disso ficarei aqui até o baile no sábado.

— É neste próximo sábado? — ele pergunta surpreso.

Aceno com a cabeça e mordo o lábio. E, depois disso, sairei de Pantiles para sempre.

Começamos a caminhar de volta para casa, falando baixo. Simon ri, lembrando como eu fiquei olhando escondido para o alto da cabeça do Sr. Berryman a noite toda, achando que eu estava sendo completamente sutil a respeito. Paramos na porta dos fundos e, com a mão na maçaneta, Simon vira e me olha.

— Estamos de volta — ele diz suavemente. — Eu realmente gostei do passeio.

Fico surpresa com o fato de concordar profundamente com ele.

— É aqui que nos separamos — ele diz. Ele sorri e meu coração dispara, batendo como um louco contra as minhas costelas. Espero que ele não o ouça.

Ele se inclina lentamente em minha direção, olhos nos olhos, e prendo a respiração. Ele vai me beijar? Ele me dá um beijinho na testa, revira o alto dos meus cabelos e diz:

— Boa-noite, Izz.

Fico olhando ele ir embora. Por que estou desapontada?

CAPÍTULO 21

— Então, o que vocês andaram aprontando ontem à noite, hummm? — A frase vem acompanhada por uma bela cutucada nas costelas.

Abro um olho, sonolenta, e por entre a pálpebra semicerrada olho para o responsável e viro para o outro lado.

— Vá embora.

— Não vou até você ter me contado o que aconteceu. — Dom aparece do outro lado da cama.

— Que horas são? Ooh, chá!

Dominic segura a caneca a uma distância segura da minha mão estendida.

— Não tem chá enquanto você não botar tudo para fora.

— Dom, é muito cedo. Deixe-me beber primeiro e depois eu conto.

Ele me olha por alguns segundos, avaliando a situação, e acaba me dando a caneca. Encosto-me na cabeceira da cama e dou golinhos no chá, feliz da vida. Dom me deixa dar três golinhos.

— Então? — ele insiste. — Onde você e Simon foram? Toda a família ficou intrigada quando vocês saíram. Achei que Flo estava com um tique nervoso de tanto que piscava para tia Winnie.

— Nada a declarar — respondo. — Fomos até o lago, conversamos sobre amenidades, caminhamos de volta e ele me beijou na testa e desarrumou meu cabelo.

— Provavelmente estava checando para ver se não era uma peruca. Então, nada de olhares melosos? Nada de mãos dadas?

— Nada!

— Acho que você não iria se importar com olhares melosos ou mãos dadas se a oportunidade surgisse?

Eu brinco com os cobertores com uma mão.

— Não é isso. Afinal de contas, estamos falando de Simon aqui. Nossa história é complicada.

Dominic salta de contentamento.

— Eu sabia! Harry me deve cinco libras do seu caixa da arrecadação de fundos!

Olho para ele, horrorizada.

— Você não pode pegar o dinheiro de Harry! Por quê?

— A família fez uma pequena aposta de que você e ele estavam... você sabe. — Ele me dá outro cutucão nas costelas. — Mas eu sabia que você não estava interessada nele.

— Eu e Simon? Mas onde, raios, eles foram achar que poderia haver algo?

— Simplesmente porque vocês eram muito unidos na infância. Meu conhecimento dos bastidores acabou sendo extremamente lucrativo, e com os meus suaves modos citadinos tirei vantagem disso. E agora me explique por que não posso pegar o dinheiro de Harry.

— Dom!

— Ah, está bem, vou deixar passar. Mas só porque estamos no campo. — Ele senta na cama. — Mas que tipo de lição estarei ensinando a ele se o deixar livre de pagar suas dívidas?

Eu ignoro esta fraca e descarada tentativa de se passar por moralista.

— Mas por que você estava fazendo apostas com Harry? Será que todos na família pensam que gosto de Simon? Tia Flo? — pergunto, pensando nas roupas e jóias que me emprestou. — Meu Deus, achei que eles teriam coisas mais importantes na cabeça com o problema da aquisição!

— Ora, Isabel, não me venha com isso! Isso é muito mais divertido! — Dom pula na cama.

— Bem, eu odeio ser a portadora de más notícias, mas ele não gosta de mim. Dom, ele beijou a minha testa. Desarrumou o meu cabelo. É este o comportamento de um homem que está doido por mim?

— Hã, provavelmente não. Mas, como você mesma disse, ele tem um monte de coisas para cuidar neste momento. Talvez, depois disso tudo acabar, ele veja você sob uma nova luz!

— Pouco provável — murmuro e começo a beber meu chá. Enquanto Dominic vai cuidar da vida dele, fico ruminando a noite passada o quão bem Simon e eu estávamos nos dando. Isso faz com que eu me sinta meio estranha e decidida a não pensar mais no assunto, levanto e vou tomar banho. Visto um par de calças justas e uma blusa preta e desço para tomar café.

A maior parte da família está sentada ao redor da mesa da cozinha. Nos últimos dias, todos têm levantado mais cedo do que de costume para ajudar a Sra. Delaney com o café-da-manhã dos hóspedes. Simon já deve estar trabalhando, esta é a única hora que ele tem livre antes dos visitantes levantarem.

— Aí está você, Izzy! Estávamos prontos para começar a comer! — exclama tia Winnie.

Para facilitar a vida da Sra. Delaney e para servir de cobaias, estamos comendo exatamente a mesma coisa que os visitantes irão comer no café-da-manhã. Eu tenho que admitir que ela é uma cozinheira simplesmente maravilhosa mesmo sob todo este estresse. Ela está com olheiras esta manhã, causadas pelo pequeno desastre de ontem.

— O que é isso? — pergunto, sentando-me ao lado de Harry e olhando a mistura na minha frente.

— Figos frescos, mel e ricota! — responde radiante a Sra. Delaney, como se comesse isso todos os dias da semana. Harry parece chateado.

— Mãe? — ele pergunta. A idéia de Harry de um bom café-da-manhã é uma tigela de cereais com açúcar.

— Eles comem isso em Londres, querido.

— Ah, isso explica tudo — diz Dominic. — Francamente, o que estes londrinos vão inventar a seguir? Pelo menos é vegetariano.

Todos na mesa olham para ele.

— Dom, você comeu lingüiça ontem — diz Monty.

— Sim. Lingüiças vegetarianas.

— E como você sabe disso? — pergunto. — Porque os porcos de onde saíram as lingüiças comeram vegetais?

— Izzy, você está com um tom de voz desagradável.

— Eu não tenho um tom de voz desagradável.

— Eu consigo ouvir muito bem.

— Talvez você precise limpar os ouvidos.

— Acho que você precisa de outro adesivo de nicotina. Anda bastante abusada desde que começou a usar os adesivos.

— Não estou certa de que seja culpa dos adesivos — murmuro tentando ignorar Dom. — É mesmo muito gostoso, Harry. Experimente.

Todos pegam os garfos cautelosamente e eu faço uma grande cena de atacar o prato com grande entusiasmo. Dom coloca uma garfada na boca, aperta a garganta e cai da cadeira. Todos rimos. Mas Harry só comeu depois que Dominic amassou a mistura de figos, colocou sobre uma torrada, polvilhou açúcar e cobriu tudo com rodelas de banana.

— Você precisa que eu faça algo hoje, Isabel? — Harry pergunta entre garfadas.

— Hã, não agora, obrigada, mas tenho um monte de coisas para você amanhã. — Harry cortou o pêlo de Meg como um dos trabalhinhos para a arrecadação de fundos, já que o tempo estava ficando muito quente para ela. Agora ela anda pela casa tremendo como um bambu, de tão pelada que está. O relógio de carrilhão do hall de entrada está batendo dez vezes a cada hora, e Monty só havia pedido a Harry que desse corda nele todas as noites. Portanto, toda vez que peço a Harry para fazer algo, sempre me certifico de que há tempo suficiente para corrigir os erros. — Tem reunião dos escoteiros amanhã? — pergunto. Harry faz que sim com a cabeça. — Você vai perguntar como Godfrey Farlington está se saindo com a arrecadação dele, não vai?

— Claro que vou! — ele exclama com uma vozinha aguda.

— Quantas semanas ainda faltam para o encerramento da arrecadação?

— Uma! Mas Godfrey sempre ganha, o pai dele é encanador e capitão do time de críquete, por isso ele sempre tem trabalhos para fazer. Mamãe não me deixa ir à cidade sozinho para pedir trabalho.

— Vamos encontrar trabalhos para você aqui.

— Nunca vou ganhar se continuar perdendo as apostas — ele diz tristonho.

Olho para Dom, que é o retrato da inocência.

— Dominic não pegou o seu dinheiro, pegou?

— Não, não pegou. Mas a tia Flo me disse que não posso mais fazer apostas depois desta.

— Qual?

— A aposta entre todos nós.

Aperto os olhos e encaro Dom fixamente.

— Dom? Que história é essa de aposta? — A mesa vai ficando quieta. — Você CONTOU para eles, não foi?

— Izzy, eu acho que o cafuné nos cabelos soa definitivamente encorajador — diz tia Winnie. — É definitivamente um flerte.

— Eu não contei assim à toa, Izzy. Estava simplesmente passando as informações.

— Passando as informações?

— Eles me mandaram investigar — ele diz emburrado.

— Caramba, não há nada particular nesta casa? Nós simplesmente fomos dar uma volta juntos.

— Querida, se você quer privacidade, esta não é a família certa para você — diz tia Flo. — Pense em como as coisas seriam fáceis se você fosse um besouro.

— Mas aí ela não se interessaria por Simon — acrescenta Dom.

— Ela se interessaria se ele fosse um besouro.

— Mas os besouros se interessam uns pelos outros? — pergunta tia Winnie.

— Eu diria que sim! Você precisa vê-los acasalando!

— Simon não é um besouro e não está interessado em mim — digo ríspida.

— Mas suponha que ele fosse! — insiste Dom.

— Mas aí Izzy não se interessaria por ele se ele fosse um besouro.

— Ela se interessaria se ela fosse um besouro fêmea.

— Também não sou um besouro e não estou interessada nele — digo. Um leve latejar nas minhas têmporas indica que esta discussão já foi mais longe do que eu gostaria.

Lá pelo meio da manhã, depois de ter me despedido de nossos hóspedes americanos e recebido convites de todos para visitá-los se um dia for a Chicago, vou até a sala de estar para ver se estão prontos para o café. Simon está falando algo para a equipe de advogados e contadores. Todos inclinam a cabeça ou sorriem para mim antes de voltar às anotações, completamente absortos no que Simon está dizendo. Por um segundo, vejo Simon sob outra perspectiva. O silêncio é tão profundo que se pode ouvir um alfinete cair. Não sei que detalhe Simon está explicando, mas está falando apaixonadamente a respeito. O que ele diz não faz muito sentido para mim, mas soa bastante impressionante. Onde Simon aprendeu tudo isso? Na universidade? Eu escuto um pouco mais, silenciosamente impressionada.

Depois de alguns minutos, decido que o café será muito bem recebido em meia hora e volto para a cozinha.

— Café ou chá? — oferece a Sra. Delaney. — A chaleira acabou de apitar.

Aceno que sim com a cabeça, agradecida. É a primeira vez que eu e a Sra. Delaney tomamos chá juntas. Ela se senta na minha frente e com mãos enfarinhadas despeja chá com o grande e onipresente bule marrom.

— Hã, como vai a senhora? — pergunto educadamente.

— Melhor — diz ela. Tenho a sensação de que ela quer conversar a respeito de tudo.

— Ontem deve ter sido um grande choque para a senhora.

— Sim. Sim, foi. Eu me sinto muito mal sobre tudo. Acredite ou não, eu era muito jovem quando nos casamos. — Ela olha dentro dos meus olhos e dá um sorriso irônico.

Abro a boca para protestar, mas percebo que qualquer coisa que eu diga será ruim e fecho-a novamente.

Ela continua:

— Tom e eu tínhamos passado por uma fase tão ruim que achamos que seria uma boa idéia nos separarmos por um mês ou mais, para pensarmos a respeito. Foi então que descobri que estava grávida. Não queria que isso nos obrigasse a ficar juntos, e é claro que eu sabia que tudo iria mudar se eu contasse. Quanto mais pensava a respeito, mais em pânico eu ficava. Imaginei a atmosfera horrível em que nosso bebê iria crescer e, no fim, convenci a mim mesma de que seria melhor se não estivéssemos juntos. Então eu parti.

Ela me olha na defensiva, como se achasse que eu a julgaria. Tento dar um sorriso encorajador.

— Então a senhora nunca contou a ele que estava grávida?

— Não. Eu me sinto muito mal a respeito disso. Sempre me senti. Mas, quanto mais tempo passava, tudo ficava pior, até que eu me convenci de que nunca teria dado certo. Todos aqueles finais de semana compartilhados para Harry. Também tínhamos problemas financeiros, de modo que achei que Tom ficaria melhor sem nós.

— Foi então que a senhora encontrou trabalho aqui?

— Eu não tenho nenhuma família e tinha que cuidar de Harry. Além disso, os Monkwell são minha família agora.

— Eu sei que eles sentem o mesmo pela senhora.

Ela sorri para mim.

— Mas estou contente que Tom saiba. Espero que ele seja um bom pai para Harry e que não o mime demais.

— Tenho certeza de que ele será um pai excelente. É duro para uma criança ficar sem um pai.

— Acha mesmo?

— Sim — respondo simplesmente, pensando no meu pai quase sempre ausente. — Não acredito que a senhora vá lamentar o fato de deixá-lo entrar novamente em sua vida.

— Vamos vê-lo em algumas semanas. Prometi levar Harry até Oxford para passar o dia.

— Pelo menos Harry tem toda a família aqui. Eles adoram tê-lo por perto.

A Sra. Delaney sorri de repente, um sorriso caloroso e amigável que faz com que o rosto dela fique muito diferente.

— Eu tive muita sorte em encontrá-los. Todos sempre foram muito gentis. Qualquer pessoa ligada a eles deve sentir-se honrada. Lamento ter sido um pouco defensiva em relação a eles.

— Não tem problema. Eu entendo o motivo.

Ela olha para as mãos dela por um momento.

— Eu me sinto ainda pior agora que sei que Tom procurou muito por mim.

— Mas ele a encontrou — respondo. — Isso é tudo o que importa.

Telefono e deixo uma mensagem para a empresa de toldos, para ter certeza de que eles começam a trabalhar amanhã e para avisar que de jeito nenhum devem deixar algo estruturalmente importante nas mãos de um garoto ruivo pedindo trabalhos para a arrecadação de fundos dos escoteiros. Depois, corro até meu quarto para fazer a mala. Tenho uma reunião marcada com Rose e Mary esta tarde e depois vou de carro para Londres. Pretendo voltar para Pantiles amanhã à tarde. Dom entra enquanto estou fazendo as malas e deita na cama.

— Você volta para Londres comigo? — pergunto, pensando que uma garrafa de vinho e uma boa e reconfortante conversa é uma boa pedida para hoje à noite.

— Não, vou fazer uma visita. Monty disse que me empresta o carro. — Ele não me olha nos olhos.

Olho para ele por um momento.

— Dom, o que está acontecendo?

Ele se inclina na cama e brinca com o zíper da minha mala por um segundo. Eu não tiro os olhos do rosto dele.

— Hã, é difícil, Izzy. Não quero chatear você.

— Você não vai... — Uma batida na porta me interrompe. Vou até ela e abro.

— Oh, olá, Harry! — digo surpresa.

Ele está carregando algo.

— Você deixou seu cardigã lá embaixo. Achei que poderia precisar dele.

— Oh, hã, obrigada. — Ele me dá o cardigã e fica parado sem graça na porta. — Você quer entrar? — pergunto. Acho que ele quer.

Ele encolhe um pouco os ombros, de modo que deixo a porta aberta e ele me segue. Eu termino de fazer as malas.

Dominic levanta.

— Bom, eu preciso ir andando. Falo com você amanhã, Izzy. — Nossos olhos se encontram com compreensão implícita. Ele me dá um beijo, desarruma o cabelo de Harry e sai.

Harry senta na cama e começa a balançar as pernas. Pobre garoto, ele também teve uma semana infernal.

— Vou ter um monte enorme de trabalhos para você amanhã — digo.

— Que bom! — ele diz animadamente.

— Ótimo! — Fico ocupada com minhas roupas, mas percebo que Harry olha para mim curiosamente. Imagino se ele quer conversar sobre o pai ou se é porque pareço esquisita. Pigarreio sem jeito. — E então? Você conheceu seu pai ontem. — Por um momento eu penso se não deveria ter um diploma em psicologia ou algo parecido antes de entrar em um assunto tão complicado. Tarde demais agora.

Harry olha para as mãos dele por um momento.

— Foi a primeira vez que o vi!

— Foi? — pergunto fingindo surpresa. — E, hã, como foi, hã, o encontro? — Ajudaria mais se eu formasse as sentenças corretamente.

— Foi bem — ele diz animado, parecendo pouco afetado por este evento tão importante na vida dele.

— Você vai vê-lo novamente?

— Sim, vamos para Oxford em duas semanas.

— Certo. — Aceno com a cabeça por alguns segundos.

— Izzz-zeee — Harry diz devagar.

— Sim, Harry?

— Como você sabe quando... — Ele brinca com o punho da camisa.

— Quando o quê? — pergunto.

— Quando você ama alguém?

Meus braços, que iam pegar minha frasqueira, param no meio do caminho. Normalmente este é o meu melhor assunto — posso passar horas remoendo meus relacionamentos com Dom. Mas quando é um menino de oito anos que me pergunta isso, acho melhor não seguir esta abordagem prolongada.

— Hã, você está pensando em alguém em particular?

Harry fica vermelho que nem um pimentão. Uma cor nada recomendável para quem tem cabelos cor de cenoura.

— Emily — ele murmura. Pelo menos eu acho que ele disse Emily. Não deu para ouvir direito.

— Hã, Emily?

Ele acena freneticamente que sim com a cabeça.

— Bem... — digo, lutando para encontrar algo sensato para dizer a ele. — Você gosta de ficar perto dela?

— Mais do que qualquer outra! — ele diz entusiasmado. — A maioria das meninas é burra. Elas sussurram e dão risadinhas, mas Emily fala comigo. Ela também não tem pai. E eu sinto esta coisa esquisita. Na minha barriga. — Ele me olha em busca de respostas.

Se ele soubesse que eu sou o último lugar na face da Terra onde ele pode encontrá-las.

Eu adoraria dizer que ele deve ter comido algo estragado e que vai passar, mas infelizmente sei que essas paixonites nunca vão embora.

— No seu estômago? — pergunto, subitamente inspirada por uma coisa.

— Sim. Você também sente?

— Uma espécie de dor de barriga quando você a vê ou quando acha que vai vê-la?

— Sim!

Subitamente, sento-me ao lado de Harry. Na verdade, esta é uma sensação levemente familiar. E muito recente também. Foi com Rob? Will? A resposta é como um tapa no rosto. Droga.

— Izzy?

— Sim, Harry?

— O que você acha de mim e Emily?

— Bom, parece que você gosta um bocado dela.

Ele acena devagar com a cabeça e parece satisfeito com essa resposta completamente inadequada. Gostaria de poder acrescentar algo mais reconfortante, mas não há mais nada a dizer a Harry ou a mim.

Olho para meu relógio e percebo que tenho mesmo que me arrumar para chegar à reunião em tempo. Também preciso ficar sozinha para pensar sobre essa novidade.

— Vamos. Eu vou pegar um picolé para você — digo, estendendo a mão para Harry, e lentamente caminhamos juntos para a cozinha. Posso estar andando despreocupadamente, mas meu coração está a mil por hora. Essa súbita mudança de posição, a favor de alguém que você mal podia ver na frente há poucos dias, e cujas fantasias regulares incluíam um belo pontapé, pode dever-se ao fato de que você está muito, muito cansada.

Deixo Harry e o picolé nas mãos de Monty e tia Winnie e volto para o hall de entrada. Paro ao pé da escadaria.

— Izzy! — uma voz conhecida me chama.

Viro e vejo Simon vir apressado na minha direção.

— Simon, oi! — Ergo as sobrancelhas e aparafuso um sorriso no rosto.

Ele pára na minha frente e franze a testa.

— O que houve com você?

— Comigo?

— Sim, você está esquisita.

— Esquisita?

— Você vai repetir tudo o que eu digo?

— Não, claro que não. Isso seria estranho quando eu estou, claro, me sentindo perfeitamente bem.

— Bem?

— Agora é você quem está fazendo isso.

— Aonde vai? Estava pensando se você não quer ir ver os veados? — Uma caminhada? De novo? Qual é a dessa mania de caminhadas? É uma coisa rural?

— Não posso — digo depressa. — Vou para Londres.

— Quando você volta?

— Amanhã.

Ele parece desapontado.

— Bom, vou estar trabalhando até o próximo fim de semana, mas venho dar uma mão no baile no sábado, se você quiser.

— Excelente! Obrigada! Vejo você mais tarde. — Viro e corro escadaria acima, sentindo a necessidade de colocar-me o mais longe possível de Pantiles. Essa reviravolta nos acontecimentos me deixou muito confusa. Muito confusa mesmo.

Pego minhas coisas no quarto e desço correndo para a cozinha pelas escadas dos fundos. Deixo um bilhete para a família, faço uma festinha rápida em Meg e disparo em direção ao carro.

Minha claustrofobia diminui um pouco depois de estar a alguns quilômetros da fazenda. O que é que estou pensando? Estou ficando maluca? Por que não posso me interessar por Will? Ah, Will. Uma cópia carbono do irmão mais velho, mas não tão bom quanto o original. Muito divertido para ter como companhia, mas sem a profundidade, o carisma, a atratividade e o tremendo brilho do irmão.

Mas é aqui que está o problema. Vai ser muito desagradável se a história voltar a se repetir. É como se eu tivesse visto o gabarito e soubesse todas as respostas. Sei como isso vai terminar. Não vai ser agradável.

Depois de uma reunião rápida com Rose e Mary em Bury St. Edmunds, dirijo velozmente para Londres com só e exclusivamente uma coisa na cabeça. Subo correndo as escadas do edifício e ligo para Aidan. Embora seja domingo, ele concorda em me encontrar em um pequeno restaurante italiano em Kings Road onde todos os funcionários da Table Manners adoram comer. Os garçons nos conhecem bem e sempre tentam nos ensinar um pouco de italiano enquanto explicamos as complexidades da língua inglesa.

Depois de termos usado a expressão *ciao bella!*, como loucos, nos empoleiramos nos bancos do bar, que são bastante incômodos, e pedimos uma garrafa de vinho branco da casa. Aidan me encoraja a começar a história. Eu acho que o deixei meio confuso com as histórias de móveis roubados, aranhas assassinas e urnas com cinzas de pessoas. A minha saga termina com meu passeio à luz do luar com Simon e o fato bastante desagradável de que acho que estou muito interessada nele.

— Você quer dizer Will — diz Aidan neste ponto, tentando ajudar.

Aperto os olhos. Tenho a impressão de que ele não ouviu nada.

— Não, Simon.

Ele fica visivelmente espantado com isso.

— Mas Dom disse que você estava de olho em Will.

— Quando você falou com Dom? — pergunto, cheia de suspeitas.

— Isso importa? Ele disse que você estava interessada em Will.

— Nããão — sibilo, agitando impacientemente o braço e quase dou um soco no rosto do vizinho do lado. — Eu estou interessada em Simon. — Não gosto do modo como a conversa me faz parecer, principalmente porque as pessoas da mesa ao lado pararam de falar para tentar escutar a conversa. Giuseppe, o garçom, abre a boca para dizer algo, mas eu o silencio com um olhar.

— Simon? Você está interessada em Simon? E não em Will? — Aidan diz, incrédulo. Começo a pensar se ele tem alguma deficiência mental. Até mesmo as pessoas sentadas à mesa perto da porta parecem interessadas agora.

— Estou tentando não pensar sobre isso — resmungo. É mais fácil falar do que fazer. Tudo o que eu me lembro sobre Pantiles é o quanto acho Simon maravilhoso. O quanto ele ama a família. O duro que ele está dando para salvar a casa. E o quanto eu o amava.

— Caramba — diz Aidan, para fazer figura, fazendo uma careta e olhando para o copo de vinho por um minuto.

Quando ele se recupera dessa revelação, não tem mais vinho no meu copo e descubro que a garrafa está vazia. Antes que possa abrir a boca para pedir outra, Giuseppe coloca uma bem na minha frente.

— Cortesia da casa! — ele anuncia com ar imponente. Acho que sou um entretenimento mais barato do que um mágico. Talvez eu deva colocar um cartaz dizendo que também estou disponível para festas de casamento e *bar mitzvahs*.

Encho novamente os copos e espero pela resposta de Aidan.

— Mas eu achei que você o *detestava* — ele acaba dizendo.

— Detestava. Mas as coisas mudaram um pouco. Ele é, na verdade, uma pessoa muito legal. Cheia de consideração. E está fazendo todos esses negócios por um motivo nobre: salvar a casa da família.

— E daí?

— Eu comecei a gostar dele. Gostar dele *de verdade*. — Eu me inclino para demonstrar quanto e quase caio do banquinho. Luto para me equilibrar de volta.

— Mas ele não tem uma namorada? — pergunta Aidan. Giuseppe parece ter ficado chateado com a notícia e imagino se ele desistiu completamente de servir às mesas esta noite. Tento ignorá-lo.

— Acho que sim. Uma advogada.

— Ele ainda está saindo com ela? — pergunta Aidan. Giuseppe deixa escapar um pequeno som de desaprovação. Nós dois olhamos para ele e ele faz um gesto magnânimo para que continuemos com a conversa. — Você falou sobre ela com ele?

— Não! Não quero parecer desesperada.

— Bom, como você quer que as coisas se desenvolvam daqui para a frente?

— Colocando toda a história do passado de lado, eu quero, hã...

— Trepar com ele? — Aidan diz para me ajudar.

Ele é tão deselegante. Digo com uma voz cansada:

— Não sei o que quero. Talvez eu só precise terminar o trabalho e voltar para Londres.

— Mas colocando o passado de lado.

— Esta é a parte confusa. Ele foi muito desagradável comigo quando éramos crianças.

— Claro, você o conheceu há anos — Aidan murmura pensativo.

— Sim! Eu o conheço há anos! — repito em voz alta para que as pessoas nos fundos não pensem que sou uma tremenda de uma oferecida.

— Todo mundo é ruim quando eles é crianças — diz Giuseppe. — Uma vez cortar cabelo irmã quando ela dormia e...

— Foi um pouco mais sério do que brincadeiras maldosas de infância, Giuseppe. Foi uma campanha de maus-tratos bastante intensa.

Giuseppe digere a informação e se serve de vinho. Os outros garçons estão correndo de um lado para outro e olhando feio para ele, mas agora estou muito interessada em ouvir a opinião dele.

— Dê um exemplo — diz ele.

Conto sobre quando Simon guardou todos os insetos que pôde encontrar, incluindo algumas aranhas bem grandes, jogou tudo em cima de mim e me trancou dentro de um armário por várias horas. Eu estava petrificada de medo.

— Ah — diz ele no fim da triste história.

— Isso não me parece muito bom, Izzy querida — diz Aidan.

— Mas vocês acham que as pessoas mudam? — insisto, olhando para um e depois para outro.

— Sim! — diz Aidan.

— Não! — diz Giuseppe. — Acho que você tem que perguntar por que ele tão mau? — Giuseppe acrescenta solidário.

— Porque ele não gostava de mim? — respondo com uma voz muito fraquinha.

Ninguém diz nada por um segundo. Posso ver que estão lutando para encontrar algo de bom para dizer.

— Como vai Dominic? — Aidan acaba perguntando.

— Ele está estupidamente bem! — eu quase grito e quase caio do banco novamente com o esforço. — Por que todo mundo quer saber como ele está?

— Quem mais quer saber como ele está?

— Hã? — Meu cérebro encharcado de bebida está lutando para se manter consciente.

— Quem mais quer saber como ele está?

— TODO MUNDO quer saber como ele está. E por quê? — Eu paro e encaro Aidan. — Você está com ciúme, não está? Não é você que está namorando ele, é?

— Não estou com ciúme, Izzy. É que... bom, é muito complicado para explicar. É óbvio que ele não disse nada, portanto também não vou dizer nada. — Ele cruza os braços.

Ele não muda de idéia sobre o assunto, e Giuseppe desaparece atrás do bar para pegar outra garrafa de vinho.

Na manhã seguinte não tenho certeza se estou passando tão mal por causa das descobertas da noite passada ou se foi pelo volume de álcool que despejei garganta abaixo. Eu me arrasto sem nenhuma vontade para o trabalho. Gerald decide que está na hora de fazer algo pelo escritório e insiste em uma arrumação completa das salas que, segundo ele, não parecem suficientemente profissionais. Ele grita instruções através do seu intercomunicador enquanto todos nós passamos quase uma hora marchando para cima e para baixo nas escadas, colocando todos os enfeites de volta no porão. São necessárias três pessoas para mover o Zé Colméia empalhado, e todas as vezes que passo pelas cozinhas sou atingida pelo cheiro de alho. Estou enjoada quando colocamos Zé Colméia no seu hábitat natural e tenho que deitar no porão por cinco minutos.

Aidan está, obviamente, tão mal quanto eu e recusa-se a tirar seus óculos escuros em estilo *Top Gun — Ases Indomáveis*, o que dificulta muito saber quando ele está ouvindo ou tirando uma soneca rápida. Cada vez que um de nós vai até a cafeteira, volta com uma xícara para o outro, como uma espécie de cumprimento pela noite que passamos juntos. Gerald ainda está mandando em todo mundo, portanto, depois de uma passagem pelas cozinhas para confirmar as entregas dos pratos do baile, junto minhas coisas e parto mais uma vez para Pantiles.

Na estrada, reviro o submundo da minha bolsa procurando celular e acabo despejando todo o conteúdo no assento do passageiro enquanto desvio perigosamente de caminhões. Nada de celular. Chego à conclusão de que o deixei na mesa no escritório. Gerald vai me matar. Paro no primeiro posto de gasolina que aparece e ligo do orelhão. Aidan responde. Droga. Faço com que ele prometa mandar o celular via Fedex para a fazenda naquele exato momento e desligo.

Hesito por um segundo antes de ligar para o celular de Dom, para avisá-lo de que estou voltando. Também quero saber com antecedência se houve algum desastre.

Ele responde ao segundo toque.

— Sou eu, Dom.

— Querida! Como vai você?

— Bem.

— Eu sei que é uma situação difícil.

— Ó Dom. É — digo aliviada e maravilhada com as qualidades mediúnicas de Dom.

— Como disse ontem à noite, vou contar a Isabel sobre nós dois hoje. Prometo — ele acrescenta.

Pausa.

— Eu sou Isabel — digo devagar, para ajudá-lo e ajudar a mim mesma.

Desta vez a pausa é do lado dele. Finalmente ele diz:

— Izzy?

Olho para baixo, para certificar-me, e respondo:

— Sim.

— Não foi o seu toque de telefone que soou. De onde você está ligando? — ele diz com voz estranha.

Mas eu não o ouço mais. Estou tentando pensar em alguém cuja voz possa ser confundida com a minha.

E só consigo pensar em uma pessoa.

CAPÍTULO 22

— Dom, posso falar com você por um instante? — pergunto assim que ponho os olhos nele. Quase toda a família está sentada à mesa da cozinha, jogando cartas, e Harry tem uma pilha enorme de moedas na frente dele. Eles estão usando o conteúdo de um grande pote de geléia, cheio de moedas, que usávamos quando eu era criança. A Sra. Delaney está ocupada fazendo alguma coisa. Dom olha para mim com uma série de cartas na mão.

— Pode esperar um segundo, Izz? Só até que eu...

— Não, não posso.

— Achamos Poppet! — Harry diz agitado. Graças a Deus, começava a temer pela vida do gafanhoto que vive na minha chaminé, sem falar na minha própria vida. — Eu a achei no andar de cima! Eles me deram dez libras por isso!

— Isso é maravilhoso, Harry!

Dominic me segue escadaria acima, vários corredores compridos e quarto adentro. Viro-me e olho para ele.

— Dom, você podia ter me contado.

Ele parece sem graça e olha para os pés por um segundo.

— Eu ia contar naquela vez no jardim, mas fomos interrompidos. Sabe, vocês têm exatamente a mesma voz ao telefone. Inacreditável.

— Há quanto tempo isso vem acontecendo?

— Cerca de um mês e meio.

— Um mês e meio! — As contas batem. — Eu pensei que você estava tentando me contar que era gay!

Ele ergue a cabeça ao ouvir isso.

— Gay? Eu? — Aceno que sim com a cabeça. Ele começa a andar de um lado para outro que nem um pavão arrogante. — Por que raios você achou que eu era gay?

— Achei que você estava saindo com Aidan! Ele vive perguntando como vai você!

— Bom, Aidan sabia.

— Aidan *sabia*? Por que você contou para ele e não me contou?

— Eu não contei para ele! Estávamos naquela festa da Lacey-Steele. Lembra?

Tento voltar no tempo.

— Hã, vagamente.

— Você tinha acabado de terminar o namoro com Rob. Você foi pegar algo no escritório e eu estava falando ao celular. Aidan agarrou o celular da minha mão, pensando que era você, e descobriu que não era. A pessoa tinha somente uma voz muito parecida com a sua. Não tive saída a não ser contar.

— Acho que ele também contou para Gerald. Os dois andam obcecados com a sua saúde ultimamente.

— Eu não pareço gay, pareço? — Dom pergunta ansioso.

— É que, bem, você namorou todas aquelas garotas e não dormiu com nenhuma delas!

— Izzy, só porque sou um cara legal e não durmo com todo mundo isso não quer dizer que eu seja gay! Além disso, eu dormi com algumas.

— Foi? Quais? — pergunto interessada.

Ele abre a boca para responder, mas, pensando no relacionamento que tenho com sua nova namorada, a fecha novamente.

— Então você pensou todo esse tempo que eu estava tentando sair do armário, não foi?

— Cecily me disse que você era gay!

— Cecily? — Ele senta na cama.

— Foi. Encontrei com ela em um coquetel.

— Ó meu Deus! Cecily. Ela me convidou para jantar na casa dela. Era um daqueles encontros horrorosos que minha tia vive arrumando para mim. Em algum momento da noite ela deve ter decidido que estava muito a fim de mim, porque, quando voltei para a sala, depois de ir ao banheiro, ela estava sem a blusa!

— O quê? Sem sutiã também?

Ele ri e faz que sim com a cabeça.

— Puxa vida, caramba! Tomei um susto dos diabos! Não sabia o que fazer. Voltei a me sentar e ela começou a se inclinar sobre a mesa, com os peitos dependurados balançando bem em cima da sobremesa, e eu entrei em pânico! Disse que era gay e que estava tentando assumir o fato há anos. Achei que era a única maneira de conseguir sair de lá vivo! Não queria magoar os sentimentos dela, e tudo foi muito embaraçoso, porque ela estava ali fazendo topless. Pedi para não contar para ninguém porque eu não havia assumido oficialmente ainda. Meu Deus, quais as probabilidades que existiam de vocês duas se encontrarem?

— E aquela mania de ficar mostrando os homens que você achava bonitos?

— Estava tentando abrir os seus olhos, completamente obcecados com Rob.

— Mas por que não me disse nada sobre você e Sophie?

— Ela é a sua irmã! E eu achei que você iria ter problemas com isso.

— Bem que eu estava pensando nos motivos pelos quais ela tem me evitado ultimamente.

— Eu queria esperar e ver o quão sério o relacionamento é antes de dizer alguma coisa.

— E é sério?

— Suficientemente sério. E muito confuso. Por que me interessei por ela e não por você?

— Boa pergunta.

Ele parece divertidamente sem jeito.

— Não sei — diz em voz baixa. — Talvez porque nós dois nos conheçamos muito bem? E, além disso, você não está atraída por mim. — A voz dele fica mais forte assim que se sente em um porto seguro.

— Não estou? — pergunto, sem disposição de largar mão deste último ponto.

— Não. Não está.

— Você tem razão, não estou. Como tudo começou?

— Acabamos nos conhecendo muito bem por causa dos fins de semana na casa da tia Winnie. Então, uma noite, quando você havia ido deitar — ele encolhe os ombros e parece ficar envergonhado —, estávamos conversando e... não sei... começamos a nos beijar e...

— INFORMAÇÃO DEMAIS! — grito, colocando as mãos sobre os ouvidos.

Ele pára de falar e sorri. Afasto devagar as mãos dos ouvidos e vou até a janela. Sophie e Dom! Quem diria? Meus olhos se enchem subitamente de lágrimas e eu limpo uma com a mão. Dom nota o movimento e coloca um braço ao meu redor.

— Vamos, não me diga que vai ficar chateada com a novidade.

— Não estou chateada, estou feliz por vocês. — E dou um abraço nele. — Acho que é adorável. Estranho, mas adorável. Mas por que não me contou?

— Desculpe ter guardado segredo. E sinto muito que você tenha descoberto deste modo. Você já tem um monte de coisas para cuidar neste momento.

Meus ombros caem para a frente.

— Como vai indo a aquisição?

— Não sei quase nada, mas todo mundo está muito abatido. Eu cheguei há apenas uma hora.

Alguém bate à porta.

— Izzy, querida! — troveja tia Winnie por trás dela.

Vou até lá e deixo tia Winnie, e Jameson entrarem.

— Você contou para ela? — pergunto a Dom.

— Tia Winnie! — ele diz animado. — Não fique muito emocionada, mas acho que vamos ser parentes!

— Droga — diz tia Winnie desanimada.

Depois de vários goles do xerez para cozinhar, que eu surrupiei da cozinha quando a Sra. Delaney não estava olhando, e várias confirmações repetidas de que se tratava de Dominic e Sophie e não de Dominic e eu (embora eu não tenha muita certeza de que ela não preferiria o contrário), conseguimos finalmente tirar nossa velha tia do estado de choque em que ficou e a afastamos da garrafa.

— Precisava de mim para alguma coisa, tia Winnie? — pergunto.

— Ah! Só vim dizer olá e saber se você já falou com seus pais.

— Eles vão retornar a ligação.

— Certifique-se de que vão mesmo. — Ela levanta e vai em direção à porta. — Vou procurar Monty — diz e sai marchando.

— Posso chamar a senhora de sogra? — Dominic grita.

Ela se vira e o encara lá da porta.

— Você pode me chamar de madame, Dom. Como faria ao falar com a rainha da Inglaterra.

Os dias seguintes passam como um raio. Rose e Mary parecem ter se mudado definitivamente para a casa. Enquanto eu luto com o fornecimento de energia elétrica, artistas e garçons rebeldes que, de repente, tiveram a chance da vida deles para irem até a África e dizem "Vocês não se importam, não é?", Dominic cuida dos ensaios e convence a empresa de fogos de artifício de que o local que escolheram é realmente muito perto da casa. Não tive a mínima chance de falar com Simon, que está trabalhando até tarde da noite na aquisição.

Nós não somos os únicos que estão trabalhando como burros de carga. Fred, o jardineiro, trabalha de sol a sol para que os jardins estejam impecáveis. O plano é, caso o tempo permita, servir um coquetel no gramado dos fundos. A Sra. Delaney continua cozinhando como louca todos os dias, alimentando a família e a equipe de advogados e contadores de Simon. Acho que o Sr. Delaney ainda está hospedado no pub da cidade. Harry e a Sra. Delaney escaparam na noite passada para ir vê-lo.

E eu finalmente consigo achar Sophie, e tivemos uma longa conversa ao telefone. É um tremendo alívio poder conversar normalmente com ela. Não havia percebido o tamanho da tensão em nosso relacionamento. Ela está tão entusiasmada com o relacionamento com Dom que eu não tenho coragem de diminuir a animação dela com a minha triste história.

Levanto cedo na sexta-feira para supervisionar a entrega dos banheiros químicos. É a única hora em que a empresa pode fazer a entrega e, se são deixados sem supervisão, acabam colocando os banheiros a um quilômetro da tenda. O dia está lindo e frio. Dom nem se mexe enquanto eu me visto. Meg me olha sonolenta e decide ficar com Dom. Nem Monty levantou ainda.

Assim que fazem a entrega, vou para a cozinha, tentando ignorar o chamado tentador dos meus adesivos de nicotina. Encontro Simon na cozinha, lendo o jornal do dia anterior.

Ele abaixa o jornal quando entro.

— Izzy! Que diabos faz de pé a esta hora infeliz?

Levo um susto ao vê-lo. Ele está usando um jeans velho e um suéter com decote em V. Está absolutamente delicioso.

— Nada de muito excitante, lamento. Os banheiros químicos acabaram de chegar. Estava mostrando onde devem ser colocados. O que está fazendo? — pergunto.

Ele encolhe os ombros.

— Nada de especial. Não consegui dormir.

— Preocupado?

— Um pouco. Venha cá, sente-se e me diga como vão os preparativos para o baile. Parece que não vejo você há dias! Algum problema?

Não olho nos olhos dele.

— Não, não. Nada de errado.

— Amanhã é sábado e posso ser todo seu se quiser. Faça o que quiser comigo.

— Isso seria ótimo — digo sonhadora. — Quer dizer, hã, isso será muito útil.

Chega o dia do baile e eu imediatamente corro para a janela e espio através das cortinas. Suspiro aliviada, parece que vai ser um dia lindo. Acordo Dom, me visto, coloco dois adesivos de nicotina, brigo com Dom explicando por que não vou trazer uma xícara de chá na cama para ele e corro escadaria abaixo com a minha prancheta. Estou com a adrenalina a mil por hora. Nada como a agitação de uma grande festa para me deixar animada.

— Então, o que quer que eu faça hoje? — Monty pergunta enquanto tomamos chá na cozinha, depois de eu tê-lo convencido que ensinar Jasper a latir sempre que ouvir a frase "Richard e Judy" não é algo exatamente útil. Sem falar que é extremamente irritante.

Olho para a minha prancheta.

— A equipe de serviço do estacionamento chega ao meio-dia. Poderia mostrar exatamente onde devem estacionar os carros? E colocar as placas de aviso para os convidados?

— Considere já feito. — Olho minha lista e marco os dois itens. — Isso é muito divertido, não é, Izz?

— Hummmm.

— Sabe-se lá Deus o que Elizabeth teria dito sobre tudo isso.

— Você acha que ela desaprovaria?

— Ela achava que a fazenda deveria ser mantida estritamente particular. Ela teria odiado a idéia de ter pessoas aparecendo e olhando boquiabertas para a casa dela. Mas temos que evoluir com o tempo, não temos?

Há um pequeno silêncio e eu me concentro na lista. Monty interrompe meus pensamentos mais uma vez.

— Izzy? Sei que não é da minha conta...

— O quê? — Está na cara que ele precisa desabafar algo.

— Você e Simon. Há alguma...? Porque, você sabe, se houver, vai ser maravilhoso.

Abro a boca para responder, mas, neste exato momento, a porta da cozinha se abre e a cabeça de Albert, o terrier, aparece a cerca de noventa centímetros do solo. Eu sei que é Simon porque era algo que fazíamos quando crianças para animar um ao outro.

Dou um largo sorriso quando ele enfia a cabeça pela porta segundos depois.

— Dia! — ele diz alegremente, colocando Albert no chão. — Como está se sentindo, Izz? Papai?

— Você levantou cedo de novo! — diz Monty.

— Eu disse que iria ajudar, e eu e Albert estamos prontos para a ação!

Não posso evitar, eu adoro tudo nele.

— Obrigada, isso é realmente útil. — Sorrio.

— Bom, você fez tanto para nos ajudar com os visitantes americanos. É um modo limitado de dizer obrigado.

— Mas foi um desastre! — protesto.

— Nada em comparação com o que teria sido. Acho que escapamos bem do castigo.

— Café ou chá? — pergunto, indicando o bule com a cabeça.

— Sim, por favor. Onde está seu porta-copos, Izzy? — Ele sorri enquanto observamos o monte de canecas e garrafas de leite.

— Esqueci completamente.

— A anarquia invadiu a cozinha da Sra. Delaney. Devem ser os adesivos de nicotina.

— Como vai a tomada hostil? — pergunto enquanto pego uma caneca e despejo o chá.

Uma nuvem cruza seu rosto.

— Os investidores americanos disseram que terão uma resposta para nós na segunda-feira pela manhã.

— Mas não é esse o prazo final?

— Sim. Vai ser tudo ou nada. Eles querem ficar sozinhos para decidir, portanto resolvi tirar o dia de folga em homenagem ao primeiro evento de Pantiles. Temos que trabalhar amanhã para nos prepararmos para a coletiva de imprensa na segunda-feira. Mas chega de falar nisso tudo. Quem você vai levar como acompanhante ao baile, papai?

Monty pigarreia.

— Na verdade, pensei em convidar Winnie. — Ele me olha ansioso, esperando uma reação minha. — Você não se importa?

Olho radiante para ele.

— Acho que será maravilhoso!

— Sem dúvida alguma — diz Simon, também sorrindo. — A Sra. Delaney vai?

— Não sei, acho que o Sr. Delaney ainda anda por perto.

— Ela pode trazê-lo.

— Vou dizer a ela.

— Vamos lá, Izz, vamos pôr a mão na massa. Depois podemos vir tomar café-da-manhã com todo mundo.

Monty permanece na cozinha, enquanto Simon e eu saímos para o pátio, com Albert e Meg trotando atrás de nós, e vamos até a tenda.

— Então você e Dom também vão estar vestidos a rigor?

— Ah, sim, trouxe algo especial para o baile. É um vestido que sempre uso nessas ocasiões, mais uma doação da fundação Sophie Serranti. Só espero que Dom tenha mandado lavar a roupa dele depois da última festa!

— Ele ainda está na cama?

— Eu o acordei e espero que não tenha voltado a dormir. A lista de coisas a fazer que ele tem é tão comprida quanto a minha. — Pensar em Dom me deixa ansiosa. Depois da euforia inicial, agora estou nervosa, e espero que não tenha muito ciúme do novo relacionamento entre Sophie e Dominic. Dominic e eu fomos tão íntimos por tanto tempo que estou me sentindo como se ele estivesse sendo afastado de mim.

— O que há de errado? — pergunta Simon, olhando para mim.

— Ah, nada! Dominic acaba de me contar que ele e Sophie estão namorando.

— Dominic e Sophie? Sophie, sua irmã?

Aceno com a cabeça.

— Eu achei que ele estava tentando me contar que era gay!

— Dominic? Gay? Você deveria ter me perguntado, eu poderia dizer que ele não era gay. Caramba, é genial, não é? Ele passa a ser parte da família. Mas deve ser estranho também, ele foi seu por tanto tempo.

Olho para ele atentamente por causa desse comentário perspicaz. Simon segura aberta a aba de entrada da tenda e sorri para mim. De repente, percebo que o mesmo poderia ter sido dito sobre mim e Simon há quinze anos.

Acho que este é o melhor dia pré-evento que já tive. Observar este homem calmo e extremamente competente em ação me fez perceber que adversário fantástico ele deve ser profissionalmente. Tudo parece ser feito em metade do tempo e com metade da confusão. Quando a banda chega, no meio da manhã, e avisa que precisam de eletricidade extra, o que nossos geradores simplesmente não conseguem gerar, Simon nem pisca. Simplesmente pega o celular e outro gerador chega em meia hora. Ele não banca o durão com ninguém, não levanta o tom de voz (e eu admito que em dias pré-evento já fui vista gritando como uma maluca), apenas negocia calmamente e as pessoas acabam fazendo o que ele quer. Não há dúvidas de que estou observando um homem muito talentoso trabalhar, e isso só faz com que o deseje ainda mais. Há algo de muito sexy em um homem que é bom no que faz.

— Qual a próxima coisa na lista, Izz? — ele pergunta depois de convencer um artista de que esta noite não é realmente a noite ideal para apresentar-se sem rede de segurança.

A grande tenda de circo está absolutamente magnífica e estou entusiasmada com o resultado. Contratamos um verdadeiro mestre-de-cerimônias para a noite, com tudo o que é necessário, incluindo um bigode enorme e botas de verniz pretas (Rose vai entrar em êxtase). Conseguimos instalar uma corda de equilibrista e um trapézio, onde os artistas se apresentarão em intervalos durante a refeição. As mesas estão colocadas ao redor do picadeiro, que fica no centro da tenda, e, combinando com o tema circense, usamos cores muito fortes nas flores e na decoração.

Enquanto funcionários montam as mesas, tia Winnie, Monty e Harry colocam os brindes em cada uma — maçãs carameladas, bolas de malabarismo e bilhetes de loteria. Olho para eles por um segundo, estão conversando animados e sorrindo.

— Acho que eles nunca ficarão sem ter o que vestir. Os dois juntos devem ter metade da metragem de tweed da nação! — Simon sussurra em meu ouvido e eu caio na risada. — Mas é bonito de ver — ele acrescenta. — Há muito tempo não vejo papai tão contente, mesmo com todos os problemas com a casa. Sua tia Winnie nunca se casou, não foi?

— Não, acho que ela estava muito ocupada cuidando de mim e de Sophie. Mas minha mãe me disse que houve alguém no passado dela.

— O que aconteceu?

— Eu não sei. Nunca falamos a respeito. Sempre foi um tipo de assunto proibido.

Um dos garçons informa que as caminhonetes da Table Manners chegaram e vamos ao encontro delas. Acompanhamos os *chefs* até a tenda de *catering* e eles começam imediatamente a inspecionar o equipamento. Olho para meu relógio. Já são cinco da tarde.

— Como estamos indo? — Simon pergunta.

— Bem, eu acho. Só preciso arrumar alguns arranjos de flores, vi que alguns estão com falhas, mas preciso checar esta entrega antes disso.

— Eu faço isso. Você tem uma lista?

— Obrigada, Simon. Foi simplesmente maravilhoso tê-lo ao meu lado hoje. — Remexo na minha pasta e entrego a lista do que deve ser entregue. — Vou até o jardim buscar um pouco de folhagem. Depois vou trocar de roupa.

— Sem problemas.

Seguimos em direções opostas. Pego uma tesoura de poda e vou para o jardim. Há um enorme loureiro em uma das laterais da casa que pretendo podar. Chegando lá, podo a planta sem dó nem piedade e, se Fred me visse, teria um enfarte na hora.

Quando volto para a tenda, Simon não está em nenhum lugar, de modo que, depois de preencher rapidamente os vazios nos arranjos de flores, dou uma conferida com minha equipe e os *chefs* e subo correndo para mudar de roupa.

Tiro o vestido do cabide atrás da porta e vejo que o porta-terno de Dominic já está vazio. Fico um pouco mais feliz em saber que alguém da empresa está no local do baile. Provavelmente ele está sendo inútil, mas está lá.

Meu vestido é um santo remédio para a auto-estima e agradeço de coração a Sophie todas as vezes que o visto. Tem a marca de uma famosa casa de alta-costura, cujo nome eu nem consigo pronunciar, que dirá fazer compras lá, e é maravilhosamente provocante, deliciosamente colado ao corpo. É um vestido de um ombro só, com uma fenda que vai até o alto da minha coxa, e toda a fenda e a barra terminam em uma linda faixa de renda. Acrescento um par de brincos pendentes em forma de gota que comprei especialmente para este vestido e uma pulseira que tia Winnie me deu. Prendo o cabelo no alto da cabeça, com uma mão ligeiramente trêmula delineio os olhos com lápis preto, esfumaço com um cotonete e passo um pouco de batom vermelho.

Quando volto, Rose e Mary já estão na tenda, vestidas a rigor e conversando animadas com Dominic.

Trocamos cumprimentos com os "oohs" e "aahs" de praxe sobre a roupa de cada uma de nós e vamos ver a tenda.

— Está simplesmente maravilhoso! — suspira Rose, olhando para a imensidão do lugar.

— Obrigada!

— Está tudo pronto?

— Bem, Dom e eu estamos prestes a fazer a última ronda de verificação. — E sorrio para elas. — Por que vocês não vão tomar uns drinques no gramado? Os convidados devem começar a chegar em meia hora. — Dom me dá o intercomunicador.

Rose e Mary movem-se em direção às bebidas com grande animação, parando no caminho para admirar o mestre-de-cerimônias, que já está pronto para entrar em cena. Dom está em contato com a maior parte da equipe pelo intercomunicador e isto é a melhor coisa da noite para ele. Ele fez questão de que todos os funcionários usassem um nome de código, e eu deixo toda essa história de contatos por conta dele. Verifico as mesas, converso rapidamente com os *chefs* e vou até o gramado dos fundos para me certificar de que as bebidas estão prontas para serem servidas, acompanhadas por canapés, assim que os convidados chegarem.

Estou ocupada checando as provisões debaixo de uma das mesas de serviço quando alguém bate delicadamente no meu ombro. Giro sobre os calcanhares e vejo Simon inclinando-se para mim e levanto bem depressa. Não tenho a mínima vontade de deixá-lo me ver agachada, com os peitos achatados e a bunda empinada no ar.

— Simon! — digo feliz. — Nossa, você fica pronto depressa!

— Ninguém tira a roupa mais depressa do que eu, Izzy.

— Hã, verdade? — digo languidamente e pisco depressa para tentar afastar as imagens que surgem em minha mente.

— Você deve se lembrar do tempo em que costumávamos nadar no lago!

— Hã, não. Não mesmo. — Sabe, as crianças deviam prestar mais atenção aos que os pais dizem. Eu deveria ter ouvido mais a minha mãe quando ela me dizia para prestar atenção.

— Você está maravilhosa. É um vestido lindo.

— Obrigada — respondo, me sentindo subitamente sem graça. — Você está muito bonito também.

— O resto da família vai descer logo. Você quer que eu faça alguma coisa?

— Não, estamos bem. Divirta-se.

— Você vai trabalhar a noite toda?

— Acho que poderei tirar meia hora de folga mais tarde.

— Vou guardar uma dança para você. Não deixe de comer algo.

— Vou tentar — respondo, me sentindo absolutamente feliz. Há muito tempo que ninguém se importa se eu como ou não.

— Vejo você mais tarde — ele diz, antes de se afastar com as mãos nos bolsos, em direção a Will, que acaba de aparecer do outro lado do gramado.

Os convidados começam a chegar devagar e eu vejo tia Winnie resplandecente em um vestido de tafetá vinho. Monty, muito orgulhoso, está de pé ao lado dela. Eles acenam para mim. Até mesmo a Sra. Delaney e um cavalheiro ruivo de boa aparência, que eu acho que é o Sr. Delaney, parecem estar felizes e se divertindo.

De repente, a maioria dos convidados parece chegar em uma grande onda, e daí para a frente as coisas começam a movimentar-se em assustadora velocidade. Alguém quebra um copo e corta o dedo. O *chef* executivo tem um ataque porque as pessoas não estão entrando suficientemente depressa na tenda e o primeiro prato vai estragar. Um dos trapezistas sente-se mal e não sabe se vai poder se apresentar ou não. Dominic e eu começamos a movimentar o grupo através da tenda antes que o *chef* tenha um ataque de nervos completo. Não há um plano de lugares — cada mesa é destinada a uma empresa. Os garçons e garçonetes começam a servir o primeiro prato apressadamente, enquanto alguns retardatários vão ocupando seus lugares.

— Estão todos aqui — Dom sussurra para mim.

Olho para a tenda e franzo a testa.

— Quem comprou estes lugares? — pergunto, apontando para duas mesas vazias.

Dominic consulta sua prancheta.

— Uma empresa chamada Maida Insurance. Eles devem chegar mais tarde.

Encolho os ombros e vou até a mesa dos Monkwell. Enquanto caminho pelo labirinto de mesas, girando os quadris para lá e para cá, vejo que eles parecem estar se divertindo muito. Mas, sendo honesta, basta colocar bebida e um pouco de comida decente perto dos Monkwell e eles irão sempre se divertir. Will está muito bonito, mas não consegue ofuscar seu irmão mais velho.

Acabo, finalmente, conseguindo chegar à mesa deles e Simon sorri para mim.

— Não acredito que você organizou tudo isto! É simplesmente surpreendente! É melhor que a Festa Nórdica do Gelo de Lady Boswell?

— Definitivamente! — Sorrio de volta. — Obrigada — digo simplesmente.

— Está cansada?

— Meus pés estão me matando!

— Izzy?

— Sim?

Ele olha rapidamente para tia Flo, que está de costas para nós, mas com os ouvidos presos à nossa conversa.

— Você sabia que nosso velho amigo Gussie está procurando por um gato? — ele diz displicentemente, sem tirar os olhos de mim.

Meu cérebro se agita vagamente em reconhecimento. Ele está falando comigo em nossa língua secreta, penso devagar comigo mesma. O problema é que não a ouvi por quinze anos e estou absolutamente surpresa de que ele se lembre dela.

Gussie quer dizer nós. Qualquer referência a um gato significa que precisamos conversar (deve ser porque, em francês, gato é chat).

— Quando você vai ver Gussie? — pergunto, querendo dizer quando e onde devemos conversar.

Ele sorri e estica o braço para pegar minha mão. Um pico extra de adrenalina começa a correr pelo meu corpo.

Mas o sorriso dele morre no rosto e ele tira os dedos de repente. Está olhando algo atrás de mim e eu me viro para ver o que é. Engasgo, porque, sentando-se calmamente à mesa que estava vazia, usando um smoking, está Rob Gillingham.

CAPÍTULO 23

Depois disso, vejo Dominic correndo na minha direção como um louco. Ele está muito pálido.

— Izzy — ele sibila. — Rob está aqui.

— Eu sei — respondo bruscamente —, consigo vê-lo.

Simon levanta.

— A reserva da mesa está no nome de quem, Dom? — Ele inclina a cabeça sobre a prancheta de Dominic.

A mesa está reservada para a Maida Insurance.

— Devem ser eles — digo, olhando as pessoas tomando seus lugares.

— Eu reconheço algumas — sussurra Dom.

— São todos os membros da diretoria da Gillingham — Simon diz, carrancudo. — Estão tentando me intimidar. Sou o único representante da minha empresa aqui. Droga.

— Eles devem ter comprado ingressos — digo atordoada. — Devem ter planejado tudo isso.

Enquanto conversamos, Rob olha ao seu redor. Assim que nos localiza faz um aceno charmoso, como se fôssemos os melhores amigos dele, e se levanta.

— Jesus! Ele está vindo até nós! — Dom comenta, incrédulo.

Olho para Simon. Ele parece calmo, mas vejo um pequeno músculo no seu pescoço tremer. Isso é dar uma de esperto. Pegar Simon quando ele está mais vulnerável, na sua casa, sem ninguém da empresa para o ajudar e justo quando ele deveria estar relaxando e se divertindo.

— Simon, Isabel e Dominic — Rob nos cumprimenta suavemente. — Que bom ver todos vocês! — Ele estende a mão para Simon, que a aperta, carrancudo. — Posso chamar você de Simon?

— Por que você está aqui?

— Achei que seria uma noite agradável para todos nós. Afinal de contas, as últimas semanas foram um pouco cansativas. Achei que deveríamos comemorar o fracasso da sua negociação, Simon. Você disse que posso chamar você de Simon, não?

Tento ficar mais perto de Simon. Posso sentir que todos os músculos dele estão ficando tensos e por um terrível momento achei que ele iria bater em Rob.

— Afinal de contas — Rob continua, embora um pouco menos confiante —, só quando Isabel nos disse que poderia arrumar ingressos para nós foi que consideramos a idéia de usar a festa como uma espécie de despedida a toda essa idéia ridícula.

— O que você disse? — consigo gaguejar. — Nunca fiz essa sugestão.

— Sabe, nunca vi você representar antes, Izzy. — Ele dá uma risadinha. — Pelo menos não em público, meu amor. Mas devo dizer que estou muito impressionado. — Ele olha ao redor da tenda. — Você tem sido um tesouro nestas últimas semanas. Sabe, Simon, não acho que teríamos vencido esta negociação se não fosse esta pequena pérola aqui.

— Não há vencedores nisso — Simon diz com voz fria.

— Vamos ver — Rob diz suavemente —, vamos ver. — E ele volta para seu lugar.

Viro-me para olhar para Simon.

— Simon, não vi nem falei com Rob Gillingham desde aquele nosso último encontro, eu juro. Ele está simplesmente... — O resto das minhas palavras desaparece, pois a família toda circunda Simon querendo saber quem é Rob e o que significou tudo aquilo. E é nesse momento que um dos *chefs* bate no meu ombro para informar que há um problema na cozinha.

O resto da noite é uma confusão em ritmo alucinante. Luto contra o impulso de ir dar um belo chute nos testículos de Rob, mas meu sexto sentido me diz que qualquer exibição deste tipo não vai ajudar Simon a ganhar na negociação. Faço o melhor que posso para ignorar Rob, embora ele tenha o atrevimento de erguer seu copo para mim todas as vezes que passo pela mesa dele. Por outro lado, Simon não me olha mais nos olhos. As coisas na mesa dos Monkwell estão visivelmente tensas, mas todos estão mantendo desconfortavelmente as aparências. Quando tenho finalmente cinco minutos livres, caminho ansiosa até a mesa deles.

— Simon, posso falar com você?

— Sobre?

— A história com Rob Gillingham, claro.

— Izzy, eu estou exausto e não quero dar a Rob Gillingham a satisfação de nos ver brigando. Podemos conversar sobre isto amanhã?

Eu quero muito esclarecer as coisas entre nós, mas Simon está certo, Rob já nos viu conversando e nos observa com interesse. Concordo com um sinal e volto ao trabalho.

Mais tarde, Rob consegue me apanhar. Ele dá um passo para o lado, quando passo perto dele, e impede meu caminho.

— Izzy, você nunca telefonou — ele diz muito sério e com um ar chateado.

— Rob, seu monte de merda. Não acredito...

— Ora, ora, Izzy. As pessoas vão começar a comentar — ele diz, colocando a mão no meu braço.

Olho para o lado e vejo Rose e Mary me observando. Faço um grande esforço e sorrio para elas. Elas relaxam um pouco, sorriem de volta e olham para o outro lado.

— Então, como vão as coisas entre você e Simon Monkwell?

— Por quê? Quer ligar para o jornal e passar a informação?

— Não seja tão amarga, Izzy, eu fiz o que precisava fazer. Você teria feito o mesmo se estivesse no meu lugar.

— Duvido muito, Rob. Nunca conseguiria dormir novamente com você fosse pelo que fosse.

— Não diga isso. A propósito, seu amante está nos observando.

Olho pelo ombro e vejo Simon olhando fixamente para nós. Não há como disfarçar o olhar de desgosto no rosto dele.

São quase quatro da manhã quando termino de supervisionar a operação de limpeza, mas, apesar do cansaço, não consigo dormir. Dominic já está roncando de leve quando entro no quarto. Repasso mentalmente várias vezes a cena com Rob, ensaiando o que quero dizer a Simon e o que ele pode dizer de volta. Ele realmente acredita que estive passando informações para Rob todo esse tempo? O sol já havia nascido quando caio em um sono agitado.

Na manhã seguinte, entro vagarosamente na cozinha para tomar o café-da-manhã e sou recebida pela visão de tia Flo com uma forte ressaca e tia Winnie e Monty assustadoramente felizes. Tento, sem sucesso, evitar contato visual com todos eles.

— Olá, Izzy. Que festa maravilhosa! Parabéns! — tia Winnie me cumprimenta. Ela está maluca? Ela esteve na mesma festa que eu! — Tirando aquela coisa com Rob. Aquilo foi, sem dúvida, horrível. Pobre Simon. Eu teria ido até lá e dado um soco nele.

— Gostaria que tivesse feito isso — respondo tristonha.

— Simon não falou nada a respeito. Simplesmente nos disse para ignorá-los.

— Ele não disse nada sobre mim? — pergunto esperançosa. Isso não parece muito ruim.

— Não. Mas o que foi que você viu naquele Rob? Um jovem com ar horroroso.

Desabo na cadeira. Isso é tudo de que preciso, uma meia hora animada me lembrando de como andei errada em minha vida amorosa.

— Você está bem, Izzy? — tia Winnie pergunta preocupada.

— Sim, estou bem.

— Você não parece bem — diz Monty. — Está doente? Qual das meninas ficava sempre doente, Winnie?

— Estou bem.

— Era a Izzy quem só podia sentar no assento dianteiro do carro porque ficava enjoada?

— Eu não fico enjoada no carro.

— Eu não sei por que comigo as duas sempre tinham que sentar no banco traseiro.

— Eu não fico enjoada no carro.

— Sempre um pouco hipocondríaca, como a Flo. Tão bonitinha.

— Mas eu não fico enjoada no carro.

— Na verdade, acho que era Sophie, Monty querido. Mas você tem razão, Izzy não parece nada bem. Você andou de carro esta manhã, Izzy?

— EU NÃO FICO ENJOADA NO CARRO PORCARIA NENHUMA! — Estou muito ansiosa em esclarecer o assunto, a única razão pela qual não pareço estar bem é porque eles estão conseguindo me estressar.

Os dois me olham surpresos.

— Quer voltar para a cama?

— Tia Winnie, apesar de querer muito voltar para a cama e ficar lá por tempo indeterminado, tenho que ajudar na limpeza — tento dizer isso com o máximo de dignidade possível. Não é suficiente.

— Estou fazendo ovos mexidos para a equipe de Simon, Izzy. Quer um pouco? — pergunta a Sra. Delaney no fogão.

— A equipe de Simon? Eles estão aqui?

— Estão todos na sala de estar — diz Monty. — Acho que estão se preparando para a coletiva de imprensa amanhã. A propósito, foi uma festa maravilhosa a de ontem. Há anos não me divertia tanto! — Todos concordam de modo barulhento.

Faço uma careta quando a Sra. Delaney aparece enérgica e me dá um prato de ovos mexidos com torradas. Estou desesperada para ver Simon novamente, nem que seja por um minuto, mas sabe Deus quando eles vão sair do escritório.

A manhã passa rapidamente. Preciso supervisionar a operação de limpeza da tenda, bem como a remoção de várias peças de equipamento. Gerald também telefona exigindo um relatório. Passo pelo menos dez vezes na frente da sólida porta de madeira da sala de estar, cheia de esperanças de que Simon saia e eu possa ter a chance de falar com ele. Minha oportunidade aparece na metade da manhã, quando o vejo desaparecer na cozinha. Acelero o passo e chamo:

— Simon!

A figura à minha frente hesita e depois vira. A linguagem corporal não é boa. É grosseira e agressiva.

— Isabel. Bom-dia.

— Hã, bom-dia. — Paro na frente dele. — Simon, preciso conversar sobre a noite passada.

Ele suspira.

— Acho que vamos ter que falar a respeito alguma hora dessas. Então, vamos lá. — Ele pega resignadamente o meu cotovelo e me leva até a cozinha deserta. Sentamos à mesa. Olho ao redor, nervosa.

A cozinha não é um bom lugar. Ela nunca fica vazia tempo suficiente, principalmente com Dom por perto.

Começo primeiro:

— Simon, você não acreditou em nada do que Rob Gillingham disse na noite passada, não é?

Os olhos de Simon permanecem fixos no piso. Ele olha, sem ver, uma lajota.

— Não sei — ele diz finalmente. — Me diga você. — E, por fim, me olha.

— Claro que não! Depois de tudo o que passamos nestas últimas semanas você acha mesmo que eu ainda mantinha contato com ele? Ele estava inventando coisas!

— Isabel, deixe que eu faça uma pergunta. Antes de voltar a Pantiles, como é que você se sentia a meu respeito? Seus sentimentos verdadeiros sobre mim?

Eu pisco. A pergunta me pegou completamente desprevenida.

— Bem, eu, hã, acho que, em... — Os olhos dele estão colados no meu rosto. — Eu não gostava muito de você — termino com uma vozinha.

— Jura, Izzy? Só "não gostava"? Isso é um pouco suave para alguém de personalidade tão forte. Tem certeza de que não me odiava? Não se esqueça de que eu estava aqui quando éramos crianças. Eu me lembro muito bem de tudo.

Respiro bem fundo. Esta é a primeira vez que falamos abertamente sobre os maus-tratos que ele me impôs.

— Está bem, eu odiava você. É isso o que quer ouvir? Isso me torna culpada de fornecer informações a Rob Gillingham?

— Foi esse o plano?

— O que você quer dizer com isso?

— Você voltou a Pantiles para conseguir algum tipo de vingança melodramática? Afinal de contas, tem que admitir que estar namorando o diretor da empresa que eu estou tentando comprar é uma enorme coincidência.

— Nós *havíamos* terminado quando eu vim para cá e, sim, foi uma coincidência. Você tem que entender isso. Você também acha que eu providenciei um baile para quinhentas pessoas aqui ao mesmo tempo?

— Estou dizendo que você e Rob podem ter visto a oportunidade. Algo onde os dois iriam lucrar alguma coisa. E sabe, Izzy, não culpo você. Não a culpo mesmo.

— O que está tentando dizer? Que meu comportamento foi falso? — Ouço o meu coração disparar. Não gosto do rumo que a conversa toma, pois parece terrivelmente perigoso.

— Talvez não. Talvez tudo tenha sido verdade. Talvez você e Rob não tenham planejado nada.

— Nós não planejamos nada!

— Mas o ponto, Izzy, é que bem lá no fundo eu não confio em você.

— Você não confia em mim? — digo sem acreditar.

— Sim, e isso faz com que eu me sinta terrivelmente culpado. Por causa de nosso passado. Por causa do que aconteceu há quinze anos. Eu fiz tudo aquilo a você e, mesmo assim, não confio em você.

— Eu não acredito que você acha que eu faria algo para magoar você ou a sua família.

— Sinto muito, não posso evitar.

— É você quem tem um lado ruim, não sou eu — retruco violentamente.

Ele se retrai um pouco ao ouvir isso e eu olho para a mesa, com vergonha de mim mesma.

— Tudo o que aconteceu não vai desaparecer, vai? — ele diz devagar. — Você vai ficar esperando o tempo todo por uma falha no meu caráter. Alguma ação ou pensamento mesquinho que poderá significar um retorno ao passado.

Eu hesito por um milésimo de segundo, ele tocou em um ponto delicado.

— Eu faria isso se estivesse no seu lugar — ele acrescenta.

— Então me diga o porquê, Simon. Diga-me o porquê de tudo aquilo há quinze anos.

Ele me olha por muito tempo e toca meu rosto com a mão. Eu sorrio esperançosa.

— Não há nada a dizer, Izzy — ele fala e sai da cozinha.

Levo alguns segundos antes de conseguir me concentrar e sair correndo para o quarto, com Meg trotando atrás de mim. Paro na frente do espelho e olho para mim mesma. Uma Isabel muito pálida e com ar assustado me olha de volta. Não chore, ameaço a mim mesma, não se atreva a chorar. Penso em procurar Dom ou tia Winnie, mas percebo que se fizer isso precisarei contar a conversa toda e que isso vai fazer a represa arrebentar.

Antes, minha mente não duvidava de que Simon e eu compartilhávamos algum tipo de intimidade. Era a mesma intimidade que tínhamos há quinze anos, até que os maus-tratos começaram — e eu não tenho explicações para eles. Portanto, talvez eu não conheça mesmo este homem. Talvez eu tenha imaginado coisas que simplesmente não existem. Talvez os paus que nascem tortos morram tortos. Que diabos vou fazer? Vá para casa, diz uma vozinha dentro de mim. Vá para casa, onde você pode morrer de tanto chorar e comer quantos Cornettos quiser.

Fecho os olhos e apóio a testa contra o espelho frio. Há um pequeno problema aqui. O probleminha é que eu acho que o amo. Quase tanto quanto na minha infância, mas agora é um amor diferente. Mais intenso, mais feroz. Mas minha razão diz que eu o amava há quinze anos e veja o que aconteceu naquela época. Sou tão idiota a ponto de correr novamente o risco?

E, embora seja muito difícil lidar com isso, acho que me apaixonei pela família dele. Eu não quero somente a ele, quero que a família dele seja minha também. Mas como isso vai funcionar, Izzy? Tia Winnie e Monty parecem estar formando algum tipo de ligação, e você será obrigada a voltar a esta casa e ver Simon no centro dela. Vê-lo casando, ver os filhos dele crescerem, bater papo com tia Flo, desejando ardentemente que fosse você ali no meio de tudo. Contraio as mãos. É quase insuportável.

Vou para a cama e deito. Meg sobe na cama e se aninha na curva das minhas pernas com um suspiro de contentamento. Na meia hora seguinte fico exatamente assim, olhando paralisada para o teto, sentindo-me um pouco reconfortada com a companhia peluda ao meu lado. Por fim, puxo o edredom por cima da minha cabeça e fecho os olhos em um esforço de bloquear a dor. Acho que devo ter adormecido, Deus sabe como dormi pouco nos últimos dias, porque só me lembro de uma batida forte na porta. Acordo sobressaltada.

— Izzy? É Dom. Posso entrar? — ele pergunta.

— Claro! — respondo.

A cabeça dele aparece por trás da porta.

— Aí está você! Procurei você por todo lado! O que aconteceu? — ele pergunta assustado, vendo meu rosto em petição de miséria.

— Simon — murmuro.

— O que ele fez?

Sinto lágrimas aflorarem novamente. Dom vem até a cama, senta e me dá um grande abraço. Este pequeno gesto de carinho é demais para mim e eu desabo. Quando meus soluços finalmente diminuem, Dom faz com que eu conte tudo.

— Deixa ver se eu entendi. Simon não quer ficar com você por causa da infância de vocês...

Eu interrompo: — Ele nem disse que queria ficar comigo.

— Oh. Mas mesmo que quisesse não poderia, por causa do passado de vocês.

— Acho que sim.

— O que você acha?

— Eu não sei.

— Você seria capaz de confiar nele novamente?

— Ele me magoou muito. Acho que ele partiu meu coração. Penso que ele está certo. Não podemos ficar juntos. — Lágrimas voltam a encher meus olhos. — Nossa infância sempre vai estar entre nós, não vai?

— O que você vai fazer?

— Vou para casa, eu acho.

— Esta seria a coisa mais sensata e inteligente a ser feita.

— Você acha mesmo?

— Quando voltarmos para Londres, eu compro um Cornetto para você.

Ele dá uma palmadinha no meu joelho e finalmente diz:

— Quer que eu vá buscar um chocolate?

— Está vendo? Agora você entende por que pensei que você fosse gay.

— Estou simplesmente em contato com o meu lado feminino — ele diz com o máximo de dignidade possível e sai, pois seu lado feminino já disse que ele não precisa de resposta para a pergunta sobre o chocolate.

Não acho que tenha me sentido tão miserável alguma vez na minha vida.

Ah, sim, que tola. Já me senti assim.

CAPÍTULO 24

Segue-se uma noite horrível, na qual Simon se recusa a me olhar nos olhos, mesmo quando tia Flo inicia uma animada discussão sobre a atratividade de cabelos longos ou curtos nos homens. Depois de um tempo, deixo todos discutindo e vou para a cama. Fico acordada até às quatro da manhã, esperando ouvir o carrilhão do grande relógio do hall quando lembro, muito tempo depois, que os oficiais de justiça o levaram embora. Fico em tal estado de nervos que acendo a luz, verifico que horas são e Meg e eu começamos a andar para cima e para baixo enquanto tento me convencer de que os acontecimentos dos últimos dias não justificam começar a fumar. Embora não consiga acordar Dom, que consegue dormir sempre, acordo o desgraçado de um gafanhoto que começa a crocitar, feliz da vida. Sinto-me como se tudo fosse parte de um gigantesco quebra-cabeça para o qual não tenho todas as peças. Se eu pudesse saber o que falta, talvez as coisas ficassem no lugar.

Devo ter dormido em algum momento, porque, quando acordo, a cama de Dom está vazia, sem nenhuma coberta, e as malas dele estão em uma pilha arrumada no pé da cama.

Alguém bate na porta e Meg entra correndo. Dom vem atrás dela com uma xícara de chá.

— Sabe — diz ele —, acho que vou sentir falta deste lugar. Nosso apartamento vai parecer bastante vazio depois daqui.

— O que você vai fazer agora? — pergunto, lembrando a sua atual condição de desempregado.

— Acho que vou escrever meu romance e viver um tempo do dinheiro que este trabalho rendeu.

— Então você vai estar em casa o tempo todo? — bebo um golinho do chá.

— Será que podemos perguntar se podemos levar Meg conosco?

— Era o que eu estava pensando. — Sorrio, tremendamente reconfortada pelo fato de que poderemos adotá-la. — Caso contrário, será outra perda.

— Eu vou perguntar a respeito agora mesmo. Acabe de se vestir e de fazer as malas e vejo você lá embaixo.

— Quem está lá embaixo? — pergunto. Não estou segura se quero encontrar com Simon.

— Toda a família, menos Simon. Ele está se preparando para a coletiva de imprensa desta manhã. E estamos ajudando a arrumar a mobília para tia Winnie fazer a devolução. Depois disso, acho que é o escritório para você e o apartamento para mim.

Ele sorri e sai do quarto. Depois de me vestir, começo a guardar as coisas na mala e fico uns bons dez minutos olhando através da janela. Você vai se sentir melhor quando for embora, digo para mim mesma com firmeza, e depois passo outros dez minutos olhando através da janela. Alguém bate novamente na porta.

— Estou indo — grito para Dom e começo a enfiar freneticamente as roupas nas minhas malas.

— Não, sou eu, Izzy, tia Winnie. Posso entrar?

Vou até a porta e a abro. Tia Winnie e Jameson praticamente desabam para dentro do quarto.

— Olá, querida! Vim ver se está tudo bem com você! Estou preocupada.

Franzo as sobrancelhas.

— Estou bem, estou fazendo as malas.

Meg tenta brincar com Jameson, mas ele, sendo mais velho e mais sábio, não está ligando a mínima para ela. Ele se enrola em um canto do quarto com ar digno. Tia Winnie fecha a porta atrás de si. Faço uma grande cena e começo a dobrar minhas roupas antes de colocá-las na mala, em vez de fazer como sempre faço, enfiá-las de qualquer modo lá dentro.

Estou bem, até que ela finalmente fala:

— Então você está indo embora?

Sinto as lágrimas aflorarem.

— O que mais posso fazer? — pergunto, praticamente engasgando com o esforço de manter as emoções sob controle.

Tia Winnie acha que estou engasgando e dá algumas palmadas fortes nas minhas costas. Fico meio de olho para ver se ela não decide usar a manobra de Heimlich.

Ela senta-se na cama.

— Você poderia ficar. Ficar e ver o que acontece.

— Simon e eu conversamos a respeito. Não achamos que é uma decisão inteligente.

— Inteligente? — bufa tia Winnie. — Acho que você é muitas coisas, Izzy, mas inteligente não está na minha lista. — Olho para ela intensamente. É isso mesmo o que ela quer dizer? — Veja, Izzy. Depois que você foi deitar ontem à noite, Dom me contou o que aconteceu. — O que e quando aconteceu? Este é o problema em ter tanta história presa em um só lugar. Ela percebe que estou olhando em dúvida e acrescenta: — Quando você e Simon eram crianças.

— Oh.

— Acho que Dom estava preocupado com você e precisava ouvir uma segunda opinião. Eu imaginava que algo havia acontecido. Quero dizer, você sempre tinha uma reação estranha quando o nome de Simon era mencionado, e nunca quis voltar aqui para uma visita depois que se mudaram.

— Qual a sua segunda opinião?

— A história é uma coisa engraçada, Izzy. Se você tivesse encontrado Simon Monkwell pela primeira vez há somente algumas semanas, estaria nesta situação? Quero dizer, a de querer ficar com ele? Ou teria formado uma impressão completamente diferente dele?

— Hã, eu não sei. Vamos chegar a algum lugar com esta conversa, tia Win? Algum ponto específico? Eu realmente posso ficar sem uma aula de filosofia.

— Pense em antigos amigos de escola. — Penso nos poucos amigos que fiz quando Sophie e eu vivíamos com tia Winnie. — Se os encontrasse pela primeira vez agora, seria amiga deles? Ou o elo que a liga a eles é simplesmente o compartilhamento de recordações em comum?

— Você está questionando como eu me sinto a respeito de Simon? — pergunto hesitante, tentando descobrir quando ela vai chegar ao ponto.

Ela parece aliviada e acena com a cabeça. Sento-me ao lado dela na cama.

— Tia Winnie, eu o amo porque o conheço tão bem. Não porque compartilhamos memórias em comum. Na verdade, são as memórias em comum que estão nos mantendo afastados.

Tia Winnie dá umas palmadinhas na minha mão por um segundo e olha para o chão.

— Izzy, já que estamos falando sobre histórias compartilhadas, acho que há algo que preciso contar.

Olho para ela, insegura. Será que vai falar dos fatos que eu não entendo? Das informações que farão com que tudo se encaixe?

— Há anos que eu queria falar a respeito.

— O quê? — A frase sai um pouco mais bruscamente do que eu pretendia.

— Bom, Monty e eu éramos... como dizer? Éramos namorados.

Todas as datas se confundem na minha mente e eu digo, horrorizada:

— Ele teve um caso?

— O h, não! Não, foi antes dele se casar. — Relaxo um pouco. — Foi por causa disso que conhecemos os Monkwell.

— Então, o que aconteceu?

— Ah, foi tudo muito bobo. Nós dois éramos muito jovens. Tínhamos somente vinte anos. Não, Izzy, não foi durante a guerra — ela diz quando abro minha boca, e a fecho novamente. — De qualquer modo, nossas famílias eram brutalmente contra o namoro, o que complicou muito a nossa vida. Um dia tivemos uma grande briga, nem lembro o motivo, mas na época parecia o fim do mundo e eu saí dizendo que não queria vê-lo nunca mais. Eu estava prestes a partir para os Estados Unidos, para passar algumas semanas com alguns parentes, e fui embora sem dizer adeus de tão zangada que estava com ele; ele podia ser absolutamente irritante, sabe? Mas eu também era. Foi o maior erro que cometi na minha vida. Voltei para cá e o encontrei desconfortavelmente noivo de Elizabeth. — Ela olha para longe, perdida em um mundo particular. — Eu me lembro muito bem, era verão, um verão quase tão quente quanto este. Eu usava um lindo conjunto de blusa e cardigã, com meu colar de pérolas, e valsei na direção da fazenda, morrendo de saudades dele, achando que nossa briga boba já estaria esquecida. E lá estava ela. Sentada no gramado, no centro de uma manta de piquenique, bebendo champanhe com o resto da família. Só descobri mais tarde que estavam noivos. A família dele não gostava muito de mim. Achavam que eu era uma influência perturbadora. — Ela se inclina e sussurra de modo conspiratório: — Eu era uma jovem um pouco doida naquela época. Andava a cavalo sem sela e nadava nua na piscina.

— Eles tinham uma piscina?

— A primeira coisa que Elizabeth fez foi aterrar a piscina e colocar o jardim de rosas sobre ela. É claro que meu comportamento não iria significar muito nos dias de hoje, seria considerado espirituoso ou coisa parecida, mas naquela época era muito inadequado para uma potencial Senhora da Mansão. Os Monkwell queriam alguém com mais dignidade. Alguém que iria tratar os serviçais como serviçais, não como pessoas com quem se pode fofocar no jardim dos fundos. Elizabeth era perfeita para o papel. A família a adorava, e aparentemente jogaram Monty em cima dela tão brutalmente que ele estava noivo sem mesmo saber. Pobre querido, quando olho para trás percebo que ele parecia um pouco *atordoado* naquele dia.

— Então, o que aconteceu quando ele viu você?

— Ele não me viu. Eu me aproximei, vindo da lateral da casa, e vi todos sentados no gramado. Monty estava segurando a mão de Elizabeth de costas para mim, de modo que me virei e saí correndo. Não podia ter ido falar com ele, não com toda a família presente, teria sido muito embaraçoso. Nunca soube se ele ficou sabendo que eu estive lá. A mãe dele me viu, mas duvido que ela tenha mencionado o fato. Às vezes penso se as coisas teriam sido diferentes se ele tivesse me visto.

— Você não tentou falar com ele?

— O orgulho, Isabel, minha querida! A causa da ruína de vários relacionamentos. Estava furiosa com ele e não acreditava que iriam mesmo se casar. Acho que se tivesse levado o assunto mais a sério teria ficado e lutado por ele. Quando você é tão jovem não percebe como decisões como essas podem mudar vidas.

— Você acha que ele a amou?

Ela olha pensativa para o nada, por cima do meu ombro, e responde baixinho:

— Sim, acho que amou. Os meninos nasceram, e depois você e Sophie nasceram, os dias mais felizes da minha vida. — Eu me inclino e aperto a mão dela, agradecida. — Comecei a ouvir falar cada vez menos deles. Comecei a me afastar das pessoas que me contavam coisas sobre eles. O tempo passou para todos nós.

— Mas você nunca se casou, tia Winnie. — E, subitamente, percebo que este é o caso de amor infeliz de que minha mãe falou. Era Monty. Winnie olha para a mesa por um segundo e responde suavemente: — Não. Mas não tenho certeza de que teríamos sido felizes juntos. Nós dois nos suavizamos muito agora, mas, antigamente, éramos uma dupla muito passional e tínhamos brigas horrorosas. Elizabeth teve uma grande influência tranqüilizadora sobre ele. Um relacionamento sempre precisa de uma rocha sólida.

— Você está sendo muito pragmática, tia Winnie.

— Bom, você não pode passar a vida se lamentando. Precisa seguir em frente e tirar dela o que pode, quando pode. — Ela bate na minha mão com certa força.

— Como meus pais vieram morar em Pantiles? — pergunto.

— Um pouco de masoquismo da minha parte. Quando seu pai estava trabalhando aqui e sua mãe decidiu que queria manter os cavalos, sugeri a fazenda dos Monkwell antes mesmo dela terminar a frase. Queria uma desculpa para vir até aqui e ver como eles se davam. Depois disso, seus pais resolveram ficar por alguns anos e, naturalmente, os Monkwell davam-se muito bem sem mim. Seja como for, estou feliz em ter finalmente contado tudo. Há anos venho querendo contar, mas nunca encontrei o momento certo.

Ficamos sentadas em silêncio por um segundo e eu lamento um pouco que nada nesta história é a resposta sobre o que procuro sobre Simon. Contudo, explica um pouco do estranho comportamento que me cerca.

— Engraçado como duas famílias podem estar tão inextricavelmente ligadas, não? — digo suavemente. — Você e Monty, eu e Simon. — Tia Winnie dá uma nova palmadinha na minha mão. — Nenhuma das histórias terminou bem, não é, tia Winnie?

— Essa não é a história toda, Izzy.

— O que quer dizer com isso?

— Você fica até que a coletiva de imprensa termine?

Concordo com a cabeça e ela sai para que eu acabe de fazer as malas.

Nosso último café-da-manhã é muito tristonho. Todo mundo está demasiadamente preocupado com as negociações da aquisição hostil e todos pulamos para atender o telefone sempre que ele toca, esperando que seja uma decisão dos investidores americanos antes do prazo estabelecido. Mas ou é um colega escoteiro querendo falar com Harry ou um jornalista querendo um comentário de Simon, ou uma voz feminina sensual querendo falar com Will (não imaginava que ele fosse um tremendo conquistador). Estou muito grata pela atmosfera pesada, porque posso me moldar a ela sem muitos comentários. Tia Flo volta do passeio com Poppet e eu faço uma anotação mental para verificar minha bagagem e ter certeza de que Poppet não se enfiou nela quando eu não estava olhando. Fazemos Harry correr para todo lado em uma série de trabalhos de última hora, porque ele está deixando todos malucos com seu discurso de que ele, Harry Delaney, só conseguiu arrecadar quarenta e seis libras e trinta centavos, enquanto o corado Godfrey Farlington, que parece inacreditavelmente precoce e precisando de uma surra com um bastão bem grande, arrecadou muito mais.

Depois das revelações de tia Winnie, olho para Monty com outros olhos. Tento imaginá-los mais jovens, mas só consigo vê-los como são agora, não somente pelo visual atual, mas em suas responsabilidades e comportamentos. Não consigo imaginá-los jovens e despreocupados. Olho para tia Winnie. Neca, não funciona. Não consigo.

A coletiva de imprensa está marcada para as onze da manhã. A empresa de RP de Simon achou que seria uma boa idéia realizá-la aqui na casa, para enterrar de vez os boatos sobre os oficiais de justiça. Dominic e eu não temos absolutamente nada para fazer, já que a empresa de RP é a responsável pela organização. Uma garota eficiente chamada Victoria entra e sai da cozinha enquanto ficamos sentados, bebendo café, e esperamos por alguma novidade. A Sra.

Delaney está assando alguns biscoitos para a imprensa, o que é absolutamente desnecessário, mas ela parece estar feliz em fazê-lo.

Olho cuidadosamente ao meu redor. Dom conversa com tia Winnie, a Sra. Delaney e Harry, e tia Flo desapareceu com Will. Monty e eu somos os únicos sentados à mesa.

— Tive uma conversinha com tia Winnie esta manhã — digo suavemente.

— Eu sei, ela me contou — ele diz. — É engraçado, mas depois de tanto tempo ela não mudou nada. Está apenas mais suave.

— Ela disse que costumava ser um bocado passional.

— Um pouco! Brigávamos a cada dois dias! Pelo menos agora vamos brigar uma vez por semana.

Ergo as sobrancelhas.

— Agora? — pergunto.

— Bom, vamos ver o que acontece.

— Então vocês vão namorar?

Ele me olha.

— Na semana que vem vou levá-la para jantar fora. Isto é, se não estivermos ocupados mudando de casa! Você se importa?

— Claro que não! Estou extremamente feliz! — Olho para ele radiante. São as melhores notícias que ouço em muito tempo. Com o que tenho passado, isso não é difícil.

— Dom me perguntou se vocês podem adotar a Meg. Respondi que é claro que sim, ela parece ter se afeiçoado muito a vocês dois. Mas eu esperava, todos nós esperávamos, na verdade, que veríamos mais você depois que isso tudo terminasse. — Ele ergue as sobrancelhas de modo sugestivo.

Eu me inclino e dou uma palmadinha na mão dele, balançando levemente a cabeça.

— Obrigada por nos dar a Meg, Monty. — E, com isso, saio em direção ao jardim murado e ligo para o escritório.

— Oi, Stephanie — digo desanimada.

Eu a ouço soltar a fumaça do cigarro. Ou ela talvez só estivesse prendendo a respiração.

— Acho que você quer falar com Gerald, certo?

— Hã, sim. Se ele estiver aí.

Depois de um tempo, Gerald atende.

— Você vai voltar para o escritório em algum momento hoje ou decidiu declarar feriado?

— Tive que arrumar alguns detalhes, volto mais tarde. Você precisa de mim?

— Não tenho certeza se nossa seguradora pode cobrir você. A menos que possamos encaixar você na cláusula de forças maiores, junto com desastres naturais.

— Vamos, vamos, Gerald, não seja assim.

— Como vai Dominic?

— Namorando com Sophie.

— Ele contou então?

— Você também sabia?

— Aidan me contou.

— Eu achei que Dom estava tentando me dizer que era gay.

— Dominic? Gay? Você ficou maluca, Izzy?

— Acho que sim. Aidan não é heterossexual, é?

— Não, ele é definitivamente gay.

— A propósito, não tenho nenhuma festa programada para este final de semana, tenho?

— Não, não. Achei que você poderia precisar de um fim de semana livre.

— Obrigada, Gerald.

— Agora desapareça. E não me ligue se precisar de alguma coisa, será mais fácil ligar para o Exército da Salvação.

Sorrio comigo mesma e desligo.

— Alguma novidade? — pergunto a Monty quando volto para a cozinha.

— Sim, Sam acaba de passar por aqui. Disse que os americanos querem prorrogar o prazo para terem mais tempo para decidir.

— Isso é um problema?

— Não sei direito, mas Sam não parecia muito feliz. Mesmo assim, eles vão continuar com a coletiva de imprensa. Os jornalistas já começaram a chegar. Vamos espiar pelos fundos?

Por volta das quinze para as onze perambulamos pela sala de estar, onde a empresa de RP montou uma grande mesa, cercada por quinze cadeiras e várias fileiras de cadeiras na frente dela. A sala já está completamente agitada, as pessoas estão reunidas tomando chá e comendo os biscoitos da Sra. Delaney. Há uma grande mesa de bufê e eu e Dom vamos comer alguma coisa. O número de pessoas aumenta a cada minuto e nós temos que conversar aos gritos acima do burburinho. Flo e Will juntam-se a nós, os dois parecendo inesperadamente pensativos.

— Você está bem? — pergunto para tia Flo, preocupada.

— Sim, querida. Só um pouco preocupada com Simon.

— Tenho certeza de que ele já enfrentou coisas piores do que esta — digo, tentando reconfortá-la.

— Sim, mas eu não. Eles podem tirar a nossa casa, Izzy. — Ela sussurra esta última informação em meu ouvido como se acabasse de entender a gravidade da situação.

— Ele vai achar uma saída — digo, sabendo muito bem que não vai conseguir desta vez.

Nosso pequeno grupo fica de pé nervosamente no fundo da sala até que a porta se abre e Simon marcha sala adentro, cabeça erguida e orgulhosa. Eu sufoco uma pequena exclamação. Ele está absolutamente lindo. Com um corte de cabelo bem curto.

— Ó meu Deus! — geme Flo. — Ele é como Sansão. Vai perder toda a sua força.

— Ele deve ter cortado o cabelo esta manhã — murmura Dom.

Sou invadida por um desejo súbito por ele, forte como um tapa no rosto. Daria tudo para poder passar por cima de todas estas pessoas e me atirar nos braços dele. Sinto um frio no estômago enquanto o observo sentando-se atrás da mesa e inclinando-se para murmurar algo para um de seus colegas. Estou tão concentrada nele que não vejo mais ninguém entrando na sala.

Victoria, a relações-públicas, fica dando olhadelas insinuantes na direção de Simon. Ela rebola pela sala no alto dos seus saltos dez, vestida em um lindo terninho estilo Jackie Onassis. Olho para a minha própria roupa. Uma saia de crochê preto, botas salto dez de camurça ameixa e uma malha ameixa com bordados.

— Ó meu Deus — resmunga Dom.

— Eu sei — sussurro de volta. — Onde você acha que ela comprou aquele conjunto?

Dou uma olhadela para ele e, de repente, vejo que ele não está olhando para Victoria. Está olhando para outra pessoa. Instintivamente já sei quem é e meus olhos confirmam os fatos.

— Ah, mas que droga — suspiro.

CAPÍTULO 25

Não tenho a mínima vontade de que Rob me veja, de modo que me movo furtivamente para a frente e sento-me de repente em uma das cadeiras. Dom se junta rapidamente a mim.

— Parece que Rob está em todos os lugares em que estou — reclamo.

— Por que ele está aqui?

— Acho que é porque ele é um dos diretores da Wings.

— Mas ele não é um diretor-executivo.

— Sim, mas é o responsável por tudo isto, não é?

— Como é que vamos sair daqui?

Olho para a porta. Não temos como sair sem chamar o máximo de atenção possível e dar a impressão de que estamos fugindo.

— Vamos ter que ficar aqui até o fim e escapar com o resto do pessoal — digo firmemente. Eu posso fazer isso. Sentar quietinha e permanecer fora do ângulo de visão, repito para mim mesma. Na verdade, era exatamente isso o que eu planejava fazer. Esconder-me bem longe de toda esta história horrível, e que alguém me desenterre só daqui a alguns anos.

A conferência começa com um representante da agência de RP apresentando as pessoas à mesa. Abaixo mais na cadeira. Provavelmente não vou chamar a atenção no papel da única anã da sala. Simon levanta e fala sobre a excelente empresa que ele acha que a Wings pode ser, desde que administrada corretamente, e descreve rápido alguns dos planos que tem para a empresa. Explica que os investidores americanos, que possuem a quantidade decisiva de ações para a negociação se concretizar, desejam uma extensão no prazo para analisarem as opções.

— Então ele não conseguiu convencê-los a vender — Dom murmura para mim. — Ele está absolutamente perdido.

— Pode ser que ele consiga levantar o capital em algum lugar — sussurro de volta. Dom me dá uma olhada. — Bom, ele pode — insisto. As pessoas sentadas na nossa frente viram-se e olham para mim com cara feia. É só isso? Nada mais a ser dito? É só mais outra semana. Mas há o problema dos móveis que a tia Winnie *precisa* devolver hoje, e o banco está de olho na propriedade que nem um urubu. Dom está certo. Ele está perdido.

Encolho-me ainda mais na cadeira e fecho a cara. Penso em todo o trabalho que todos tiveram na propriedade — Monty, Will, a Sra. Delaney. Até mesmo a tia Winnie e Dom fizeram a parte deles. Penso no que Simon tem passado para poder manter sua casa. Tudo isso para nada. Tudo porque Rob Gillingham quer manter seu cargo em uma diretoria. Subitamente meus olhos são atraídos para outra direção. Rob parece muito satisfeito consigo mesmo, olhando para seu reflexo na janela e dando sorrisinhos enquanto o representante do banco americano cita os motivos para o atraso, mencionando indiretamente o artigo no jornal. Ele sabe que ele ganhou. Todo mundo sente isso. Meu Deus, a vida às vezes pode ser tão injusta.

Os jornalistas começam a fazer perguntas. Simon defende-se de umas perguntas maldosas sobre quantas pessoas serão demitidas com a compra da Wings. Alguém então pergunta quais são os planos para a Wings se a aquisição hostil não for realizada. Rob ergue-se em um salto.

— Acho que posso responder a essa pergunta. Mas deixe-me começar dizendo que todos os membros da diretoria da Wings estão lutando intensamente para evitar que esta tomada hostil se realize. Acreditamos que um futuro com a equipe administrativa atual é preferível a qualquer futuro com a empresa de Simon Monkwell. Nós admitimos que os lucros não foram os que os acionistas esperavam, mas esperamos que nossos parceiros nos Estados Unidos, que estão conosco desde a formação da Wings, fiquem do nosso lado. Temos grandes planos para a empresa, que já foram descritos para nossos acionistas, e acreditamos que eles garantirão que os lucros da Wings alcancem níveis de retorno aceitáveis. Garantimos que não vamos demitir ninguém. Não estou sozinho em pensar que Simon Monkwell garantirá o pior cenário possível para os que se preocupam com a Wings, tanto acionistas como funcionários. Os informes da imprensa não foram exagerados. Ele não é um homem de palavra. Ele não é um homem que cumpre suas promessas.

— COMO VOCÊ PODE DIZER ISSO! — grito. Só que achei que disse isso em pensamento, e posso ver perfeitamente, pelo número de rostos girando em minha direção, que não foi bem assim. Também descubro que estou de pé. Tento sentar bem depressa. Tenho certeza de que podemos abafar tudo e que vou distrair as pessoas apontando para fora da janela ou coisa parecida. Mas Dom não me deixa sentar. Bato nele freneticamente.

— Vamos lá, Izzy — sussurra Dom —, vá lá na frente. — Ele me dá um empurrão e eu paro no fim da fileira de assentos. Registro vagamente os rostos que me encaram: Simon com olhos vivamente interessados, Monty e Flo boquiabertos. A equipe de Simon parece absolutamente pasmada e Victoria corre na minha direção. É muito tarde para desmaiar? Que diabos estou pensando? Nada racional, óbvio.

Dou uma olhada em Rob e fico mais resoluta. Subitamente estou furiosa. Empurro as mãos de Victoria para o lado e marcho decidida para a frente. Antes que alguém possa dizer algo, eu digo para a sala:

— Rob Gillingham tentou deliberadamente me usar para conseguir todos os detalhes possíveis sobre a oferta de aquisição de Simon Monkwell. Ele sabia que eu estava trabalhando na fazenda e me fez acreditar... — meu lábio treme um pouco e olho para Dom, que faz um sinal encorajador com a cabeça — ... que gostava muito de mim. Ele vazou todas as informações, que eu passei inocentemente para a imprensa, para tentar confundir os acionistas. Ele é um homem sem honra e desonesto, e a última pessoa na Terra a manter as suas promessas. Ele é uma víbora. — Víbora, Izzy? Víbora? — E Simon Monkwell é o homem mais honrado que eu já conheci. Ele sempre mantém suas promessas — acrescento para dar um reforço.

Olho para a sala por um segundo, até que o flash de uma câmera me traz de volta à realidade. Dou uma última olhada no rosto maravilhado de Simon e tento sair da sala com um pingo de dignidade. Infelizmente, disparo em direção à porta e quase fico com um olho roxo. Quando chego ao hall de entrada, corro em direção à cozinha.

— Izzy! — exclama a Sra. Delaney. — O que aconteceu...? — Mas eu continuo correndo até chegar ao jardim murado. Caio sentada no chão e olho para minhas mãos, que tremem como loucas com toda a adrenalina que corre pelo meu corpo. Esta deve ter sido a coisa mais embaraçosa que já fiz na vida. Cubro o rosto com as mãos. O que Simon vai pensar?

Dom chega segundos depois.

— Ó meu Deus! — ele diz e sorri.

— Eu parecia uma completa lunática? — pergunto perturbada.

— Vamos dizer assim, não acho que a Sra. Delaney vai pedir para que você tome conta de Harry algum dia. Mas foi maravilhoso! A melhor coisa que você já fez na vida!

— Meu Deus, Dom. Foi horrível, simplesmente horrível. O que eu estava pensando? Por que não fiquei com a boca fechada?

— Porque você estava certa, Izzy. Tudo o que você disse sobre Rob e Simon estava certo.

— Alguém disse alguma coisa depois que eu saí?

— O teto desabou. Os jornalistas começaram a disparar perguntas, mas eu saí para vir atrás de você. Will, Monty e Flo ainda estão lá. Eles vão nos contar o que aconteceu! — Ele senta no chão, ao meu lado.

— Você tem um cigarro?

— Izzy, você não fuma.

— Só me dê um cigarro.

Dom faz um som de reprovação e tira um moço de cigarros do bolso. Eu acendo um cigarro e trago fundo até que a fumaça chegue às minhas botas. É a coisa mais deliciosa do mundo. Justamente o que eu preciso para me livrar do infeliz vício do adesivo de nicotina.

— Simon disse alguma coisa? — pergunto finalmente.

Dom balança a cabeça.

— Você acha que ele vai ficar zangado? Eu estraguei tudo?

— Como poderia? Rob é o vilão da história.

— É justamente o que eu precisava. Um pouco mais de humilhação e vergonha. Podemos ir embora agora, Dom?

— Temos que carregar toda a mobília, e não podemos fazer isso antes que todos saiam.

— Quanto tempo mais? — pergunto suplicante.

— Umas horas.

— Eu vou ficar aqui e morrer devagarinho de vergonha. Se Deus for misericordioso, Ele acaba comigo neste momento.

Dom dá uma palmadinha no meu joelho e diz:

— OK. Vou pegar um café para você.

— Veja se consegue encontrar algo para comer! — grito para a silhueta que some. Ele ergue a mão para dizer que ouviu.

Sento e olho para o chão, com os braços ao redor dos joelhos, e fico perturbadoramente reconfortada com o cigarro. Quando termino de fumar, sento desajeitada sobre os pés e fico pensando no que estará acontecendo lá dentro. Dom está certo, eu deveria usar sininhos para prevenir as pessoas quando me aproximo ou, pelo menos, fazer um seguro contra terceiros. Olho para o relógio — 11h20. Os americanos ainda têm quarenta minutos para aceitar a oferta e meu pequeno discurso pode ter sido o catalisador de que necessitavam. Ou o mais provável é que queiram se livrar dessa história toda.

Estou muito nervosa para ficar parada. Levanto e começo a inspecionar os canteiros. Caminho de planta em planta, pegando folhas, inspecionando flores, e até arranco algumas. Descubro uma peônia sendo absolutamente esmagada por uma madressilva e puxo alguns galhos para deixar a peônia pelo menos respirar. Ando um pouco mais e descubro alecrim, sálvia e erva-cidreira. Meu Deus! Onde Dom se meteu? Será assim tão difícil fazer uma porcaria de uma xícara de café? Quanto tempo ele vai me deixar aqui brincando de jardineira antes de vir em meu socorro com um pouco de cafeína?

— Izzy? — Ouço uma voz chamando ao longe. Não é Dom. — Izzy? — Consigo ver o topo da cabeça de tia Winnie procurando por mim, esperançosa.

— Tia Winnie! — segredo. Ela não me vê. — TIA WINNIE! — chamo novamente. Ela olha na minha direção e eu faço acenos furtivos. Desta vez ela me vê, acena de volta e dá uma corridinha cômica nas pontas dos pés, que eu imagino seja para dar um ar de segredo ao ato.

— Isabel, minha querida! Dom me disse que você estava aqui fora! — ela diz em altos brados, caso os espiões que a seguiam tenham perdido a sua pista. Ela chega mais perto e me dá um beijo no rosto. Sentamos.

— O que está acontecendo? — pergunto.

— Bom, aquelas meninas Repêr...

— Garotas de RP — corrijo.

— Foi o que eu disse.

— Não, você disse meninas Repêr, como se fosse uma palavra. É RP, que quer dizer...

— Izzy, você quer ouvir o que tenho a contar ou não?

— Sim, quero. Desculpe.

— Bom — ela me dá uma encarada —, as meninas Repêr estão tentando se livrar dos jornalistas, mas eles estão esperando, desesperados, para descobrirem quem é você.

— Onde está Simon?

— Ele desapareceu na sala de estar com o resto do grupo. Uma das meninas Repêr queria encontrar você para conseguir algum tipo de declaração, mas dissemos que não sabemos onde você está. Ela foi falar com Simon.

— Como ele parece estar? Zangado?

— Não.

— Chateado, então?

— Não.

— Um pouco desapontado?

— Não, acho que mais para perseguido.

— Perseguido?

— Bom, é uma história e tanto para os jornalistas! Diretor de empresa ameaçada por uma aquisição hostil usa a moça do bufê para obter informações!

— Eu não sou a moça do bufê! Sou uma *promoter*! Espero que aquela desgraçada garota de RP não diga que eu sou a moça do bufê. Gerald vai matá-la! Você acha que vai sair nos jornais?

— Acho que você vai aparecer nos jornais, sem dúvida alguma.

— Será que desta vez Gerald me despede? Não vai ficar bem perante os nossos clientes.

— Não! — tia Winnie diz alegremente. — Não vai ficar bem mesmo.

— Eu nunca contei para ele que Rob tentou obter informações comigo. Achei que ele teria um ataque!

— Bom, ele vai ter um agora, com certeza!

Eu me lembro de ter escrito uma lista, anos atrás, sobre o que queria conseguir na vida. Era algo sobre encontrar um homem decente e ser bem-sucedida na minha profissão. Como é que pude fracassar tão monumentalmente nas duas coisas?

— Podemos ir embora agora? — pergunto desesperada para tia Winnie.

— Temos que esperar até que todos tenham saído para retirar a mobília, Izzy!

— Posso esperar por você na sua casa? Acho que não posso ver ninguém.

— Claro! Mas você não quer dizer adeus para a família?

— Eu envio cartões para todos! — digo infeliz. — E flores. E chocolates. Além disso, vou ver Monty quando ele for buscar você na semana que vem.

— Izzy, eu acho que eles estão prestes a perder Pantiles — ela diz suavemente. — Não pode, pelo menos, desejar boa sorte? Você não precisa ver Simon — ela acrescenta inteligentemente.

Dom aparece por sob o arco, carregando três canecas de café fumegante.

— Desculpe, Izzy! As pessoas ficaram me cercando em busca de informações. Mas eu não disse uma palavra. Não soltei um pio. Mesmo quando eles me torturaram! — Ele sorri. — A Sra. Delaney mandou isto. — Ele tira alguns biscoitos quebrados misturados com fiapos do bolso do paletó.

Consigo dar um meio-sorriso de volta.

— Você não disse onde eu trabalhava, disse? — Ele balança a cabeça. — Talvez eles não descubram e Gerald não me mande embora.

— Hum, eu acho que ouvi uma das garotas de RP contando para eles.

Olho para Dom horrorizada. As coisas vão ficar piores ainda?

Dom encolhe os ombros.

— Talvez Gerald não se importe com isso.

— Confidencialidade é supostamente o alicerce dos nossos negócios!

Olho para os dois, sem fala por um segundo. Para completar a história, vou perder meu emprego e não acho que vá conseguir outro muito depressa. Lágrimas enchem novamente meus olhos e eu as enxugo impaciente. Já estou cansada de chorar.

— Espero por você na sua casa, tia Winnie.

Os dois percebem que pedir para que eu fique não vai funcionar em nada e concordam com a cabeça.

Marcho em direção à casa e subo para meu quarto, onde Meg me espera. Bato a porta em um ato de desafio que passa completamente despercebido — os moradores desta casa estão tão acostumados com portas batendo como com gafanhotos. Pego minhas malas e saio cambaleante em direção à porta. Completamente carregada, desço com dificuldade, com Meg atrás de mim. Meu orgulho ofendido e machucado já é uma carga e tanto. Depois de anos de abuso, ele finalmente desistiu de andar sozinho.

Consigo ter sucesso e chego ao carro sem cruzar com nenhum membro da família, e então tento encontrar as chaves sem largar uma das malas. Finalmente as encontro na bolsa, enfio tudo no porta-malas, abro a porta do passageiro para Meg entrar e sento no banco do motorista. Minha mão treme tanto que mal consigo enfiar a chave no contato, mas acabo conseguindo, engato a primeira marcha e olho para a frente. Um homem e uma mulher estão parados na frente do carro. Olhando melhor, percebo que são os meus pais.

CAPÍTULO 26

Olho para eles, surpresa. Infelizmente, meu pé escorrega na embreagem, o carro dá um pulo para a frente e eu quase atropelo os dois. Ambos saltam para trás com o susto.

Eu saio do carro.

— Meu Deus, desculpem — digo enquanto vejo que minha mãe tem a mão no pescoço e está ofegante. — O que vocês estão fazendo aqui?

Os dois me dão um beijo e um abraço, cumprindo solenemente suas obrigações.

— O que estão fazendo aqui? — repito.

— Izzy, tia Winnie telefonou — diz minha mãe. — Pegamos o primeiro avião que encontramos.

Franzo as sobrancelhas. Caramba, tia Winnie está levando minha vida amorosa muito a sério.

— Eu vou ficar bem — respondo automaticamente.

— Não, não é isso — diz meu pai. — Podemos ir conversar em algum lugar?

O único lugar de que me lembro onde conseguiremos um pouco de privacidade é o jardim de muros avermelhados. Meg e eu vamos à frente, seguindo pelo caminho bastante gasto. O que eles estão fazendo aqui? Alguém da família morreu ou coisa parecida? Felizmente o jardim murado está deserto e meus pais sentam-se no velho e empenado banco do jardim. Sento no chão, com Meg ao meu lado.

Olho para eles em expectativa.

— Tia Winnie telefonou? — pergunto.

Eles olham um para o outro, e então minha mãe respira bem fundo.

— Sim. Ela disse que você e Simon Monkwell estavam ficando muito próximos.

— Não estamos mais — respondo seca.

Meu pai se empertiga.

— Mesmo? — ele diz e olha para minha mãe.

— O que está acontecendo? — insisto, olhando para um e depois para o outro.

— Bem, talvez agora não esteja acontecendo nada — diz meu pai devagar, olhando para minha mãe enquanto algum tipo de mensagem não-verbal está sendo transmitida.

— Isto tem alguma coisa a ver com Simon? — pergunto de repente. — Porque se tem eu gostaria muito de saber o que está acontecendo.

— *Vocês* estão juntos?

— Estivemos. Tinha esperanças de que pudéssemos ficar juntos novamente — confesso. — Mas agora acho que não.

Meus pais olham um para o outro pelo que parece ser uma eternidade.

— O que é? — pergunto. — Vocês não podem deixar de me contar agora.

— Ela já é suficientemente adulta — minha mãe diz para meu pai. — Ela vai entender.

Meu pai acena com a cabeça como se tivesse decidido algo e vira para mim.

— Izzy, o que tenho a dizer é muito difícil para mim. Eu tinha esperanças de que você nunca precisasse saber, pois é algo de que me envergonho muito.

— O que é? — sussurro, sentindo-me bastante fraca.

— Só estou contando isto porque, levando em consideração seu relacionamento passado ou presente com Simon Monkwell, seria injusto que você não soubesse. Não queremos que fique sabendo por ele.

Ele respira fundo e continua:

— Quando moramos na propriedade e você tinha cerca de onze anos de idade, tive um caso com Elizabeth Monkwell. — Ele me olha bem dentro dos meus olhos e espera que as palavras façam sentido para mim.

— Um caso? — digo finalmente.

— Sim.

— Que tipo de caso?

Ele parece levemente confuso com a pergunta e olha para minha mãe.

— Hã, o tipo normal, Izzy.

Eu tremo um pouco e mudo de posição. Aliso o pêlo de Meg e espero que as palavras façam efeito. Fico surpresa em ver que minha mão está tremendo.

— Um caso longo? — pergunto finalmente.

— Não — ele responde rápido —, um caso muito curto. Umas poucas semanas. Sua mãe e eu estávamos atravessando uma fase ruim, Izzy. — Ele segura a mão de minha mãe. Ela sorri para ele e acena com a cabeça, como se o encorajasse a continuar. — O que não é absolutamente uma desculpa para o que eu fiz. Eu só queria que você soubesse que não existem desculpas. — Isto deve ser muito difícil para o meu quase sempre obsessivamente correto pai.

— Mas o que você fez? — insisto.

— Lembra-se de quando sua mãe esteve fora cuidando de sua avó quando ela caiu?

— Vagamente. — Lembro-me de comer vários jantares congelados.

— Bem, eu achava muito difícil cuidar do trabalho e de vocês duas ao mesmo tempo. Tia Winnie estava com sua mãe e não podia vir ajudar. Eu não entendia por que vovó precisava das duas com ela.

Aceno com a cabeça, imaginando quando é que ele vai chegar ao ponto.

— Foi então que Elizabeth Monkwell veio me ajudar com o jantar todas as noites e ficamos íntimos.

— Certo — digo devagar, sentindo que ele espera algum tipo de reação de minha parte.

— Um dia estava na casa principal, entregando algo, e Elizabeth e eu ficamos conversando na sala de estar por alguns minutos. Não sei como aconteceu, mas de repente estávamos, hã... bem, nos beijando.

Estremeço levemente. Espero sinceramente que não vá ouvir uma descrição passo a passo de todo o caso. Posso precisar de outro cigarro. Fico pensando se eles compraram algo no *free shop* e se seria muito rude de minha parte perguntar.

— Onde é que Simon entra nessa história? — pergunto subitamente, assustada com o pensamento de que ele pode estar ligado a tudo. A minha noção de tempo começa a ficar muito confusa e eu começo a imaginar se, de repente, somos meios-irmãos.

— Bom, um dia Simon nos viu juntos.

— Viu?

— Sim. Ele nos viu.

— O que ele fez?

— Simplesmente olhou para nós e saiu da sala. Ficamos muito perturbados. Elizabeth foi atrás dele, mas não acho que algum dia ela tenha conseguido fazê-lo falar a respeito.

— O que aconteceu, então?

— Contei tudo para sua mãe quando ela voltou para casa e concordamos que o melhor para todos seria sairmos daqui. Eu aceitei o primeiro emprego que surgiu, que foi na Itália, e vocês foram viver com tia Winnie durante o ano letivo.

— E isso foi tudo? Tudo, tudinho?

— Sim. Isso foi tudo.

— Tia Winnie sabia dessa história?

— Sim. Contamos para ela porque ela estava tentando nos convencer a ficar na Inglaterra. Estava preocupada com o fato de vocês terem que mudar de escola.

— O que Simon achou? O que ele disse?

Meu pai balança a cabeça.

— Nunca soubemos. Como disse, não acho que algum dia Elizabeth tenha conseguido fazê-lo falar a respeito. Foi pouco antes dele ir para o internato. Nós pensamos que se você vai ficar íntima de Simon deveria saber a respeito.

Concordo com a cabeça, tentando colocar uma confusão de pensamentos em algum tipo de ordem.

— Deve ter sido no final das férias de verão. Lembro-me da Sra. Monkwell me ajudando com meu cartão de aniversário para você. Mas vocês não mudaram para a Itália até o ano seguinte.

— Que foi quando apareceu o novo emprego.

— Mas foi naquele outono que...

Minha mãe inclina-se para a frente.

— O quê, querida?

Olho fixamente para ela, me esforçando para pensar mais claramente. Foi naquele outono que Simon começou a ser tão horrível comigo. Os maus-tratos começaram devagar, mas foram aumentando até chegarem ao auge no Natal.

— Simon foi muito desagradável comigo por uns tempos. Foi durante aquele outono. Não pode ter sido uma coincidência — digo devagar.

Todos franzimos a testa. Minha mãe diz:

— Mas por que ele seria desagradável com você? Ele era desagradável com Sophie também?

Balanço a cabeça.

— Não, só comigo.

Subitamente, meu pai parece sobrecarregado com a culpa.

— Por que não nos contou? Poderíamos tê-lo impedido — ele diz ferozmente.

— Talvez ele simplesmente estivesse descontando em Isabel — minha mãe diz para meu pai. Meu pai concorda com a cabeça, mas posso ver que ele está tremendamente aborrecido com o fato.

— Mas por que ele iria descontar em mim? — pergunto.

— Talvez você deva perguntar para ele — diz minha mãe, gentilmente. — Afinal de contas, vocês são adultos agora.

Toco meu pai com a mão. Ele parece absolutamente devastado com o desenrolar das coisas. Ele me olha.

— Que confusão, Izzy. Sinto muito. Não fazia idéia — ele diz suavemente e pega minha mão, ato que provavelmente é o contato mais físico que eu e meu pai tivemos em vinte e seis anos. É irônico que seja o resultado de algo como isto.

Levanto de repente. Preciso encontrar Simon e falar com ele.

— Hã, Izzy? — diz minha mãe, um pouco preocupada. — Você está bem?

— Hum?

— Izzy? Você não vai ter um treco, vai?

— Vocês acham...? Quero dizer, Simon achou...? — Minhas palavras desaparecem enquanto meu cérebro confuso está tentando entender tudo o que está acontecendo. — Que horas são? — pergunto de repente.

— Hora de você ir descansar um pouco? Meio-dia e meia — diz meu pai, inseguro. — Você está se sentindo bem?

— Preciso ir! — digo e saio depressa do jardim.

— Izzy, sentimos muito ter contado as coisas desse modo — minha mãe grita atrás de mim.

Ando de costas por um segundo.

— Acho que foram as melhores notícias que eu já ouvi! — grito de volta. — Vou mandar tia Winnie aqui!

Meg e eu saímos correndo para casa, entramos na cozinha e percorremos o longo corredor.

— Meus pais estão no jardim murado! — grito para tia Winnie, que parece surpresa. Vou até o hall de entrada e vejo Victoria. — Victoria! — grito. — Onde está Simon?

— Na sala de estar. Mas eu realmente não acho que você deva... — As palavras dela somem atrás de mim enquanto invisto em direção à porta e entro com tudo.

Uma multidão de rostos me olha. Vejo Simon enquanto ele se levanta.

— Izzy? — ele diz, surpreso.

— Simon, posso ter uma palavrinha rápida com você? Em particular?

Ele parece assustado com a mulher de aparência levemente ensandecida à sua frente, mas consegue se recuperar bem. Que profissional!

— Hã, claro que pode. Sam, você assume? Com licença, pessoal, volto logo.

Ele me acompanha para fora da sala e tenta a porta da biblioteca. Trancada. Segundo as instruções.

Ele tenta outra porta. Trancada novamente. Segundo as instruções.

Frustrado, ele me arrasta na frente de Victoria em direção ao armário debaixo da escada e me empurra para dentro, parando somente para acender a luz antes de entrar atrás de mim e fechar a porta.

— É o nosso velho esconderijo! — digo surpresa.

— Hã, sim. Izzy, eu odeio fazer com que você vá direto ao ponto, mas poderia me dizer do que se trata? É um pouco estranho conversar assim. Dois adultos não conseguem ficar de pé direito aqui e nossas cabeças estão inclinadas em ângulos incômodos.

— Eles me contaram, Simon.

— Contaram o quê?

— Tudo.

— Quem contou? Izzy, meu pescoço está começando a doer.

— Meus pais. Eles pegaram um avião que saía de Hong Kong ontem à noite. Eles me contaram sobre sua mãe e meu pai. — Tento diminuir a minha animação. — Você não quis me contar que eles estavam tendo um caso, não foi? Por que não me contou?

— Quase contei, mas não consegui. Você iria me odiar por ter contado tudo.

Nós nos entreolhamos por um momento. Acho que ele está sorrindo, mas é muito difícil saber por causa do ângulo da cabeça. Com um movimento rápido ele se inclina e puxa dois caixotes de madeira de um canto. Devem ser os que usávamos para nos sentar. O problema é que, com a idade, fiquei um pouco mais melindrosa e tenho medo de aranhas, em especial de Poppet. Não consigo dizer que prefiro ficar de pé porque Simon me puxa para baixo e me faz sentar em um. Felizmente ele me distrai, pegando na minha mão.

— É engraçado, eu esperava que você nunca descobrisse — ele diz devagar. — Mas graças a Deus eles contaram para você.

— Foi por isso que você foi tão desagradável comigo?

— Caramba, Izzy, eu não sei o que dizer. Eu só tinha treze anos, mas tinha idade suficiente para saber sobre sexo e entender o que estava acontecendo quando vi os dois juntos.

— O caso deles não durou muito, você sabe. Umas poucas semanas.

— Eu sei disso agora, minha mãe conseguiu falar comigo a esse respeito quando fiquei mais velho. Muito depois de você e Sophie terem ido embora. Se ela soubesse o que eu estava fazendo com você, teria conversado comigo mais cedo.

— Por que você descontou tudo em mim?

— Acho que pensei que a culpa era sua. Quer dizer, naquela idade é muito difícil culpar os adultos por alguma coisa. Nessa época eles ainda são essas criaturas divinas que sempre estão certas sobre tudo, de modo que saí procurando alguém para levar a culpa. Foi então que me lembrei de que a sua família veio morar na propriedade por sua causa, algo a ver com você querer andar a cavalo. E eu culpei você pelo caso, pela minha infelicidade. Na época tudo pareceu completamente racional. Na minha cabeça, eles tiveram um caso porque nossa amizade os colocou juntos. Sempre pensei em encontrar um meio de pedir desculpas a você, mas não tinha como, a não ser que lhe contasse a razão do meu comportamento. E durante estas últimas semanas, à medida que começamos a nos conhecer novamente, descobri que o tema da nossa infância era muito difícil de ser abordado. Não sabia como explicar minhas maldades e não poderia nunca contar que seu pai e minha mãe tiveram um caso. Izzy, eu sinto muito.

— Não se preocupe, Simon. Agora eu sei de tudo e isso é o que importa. Mas eu julguei você tão mal todos estes anos.

Ele encolhe os ombros.

— Achei que era melhor assim, melhor que você pensasse mal de mim do que do seu pai. Eu me sentia culpado de ter tratado tão mal minha primeira amiga, mas não sabia o que fazer. De uma certa forma foi um castigo.

É quase doloroso ver este homem orgulhoso e honrado tão angustiado.

— Se não tivesse sido assim, teríamos continuado amigos, sem nunca darmos um passo a mais no relacionamento — tento confortá-lo.

Ele dá outro sorriso.

— Não tinha analisado a situação por este ângulo. E imagino que este seja um modo infinitamente mais agradável?

— Infinitamente. Eu viveria aquele outono horroroso mais duas vezes se com isso pudesse ficar com você no final.

— Eu vou compensar você, prometo. — Gosto do som desta frase. O sorriso dele aumenta de tamanho e ele chega mais perto. É óbvio que este é o nosso momento, esta é a parte onde tudo acaba bem. Estou dolorosamente consciente da presença dele, do calor das suas mãos, desses olhos maravilhosos olhando bem dentro dos meus. Ele chega um pouco mais perto, inclinando lentamente o rosto na minha direção, até que...

Uma voz alta nos interrompe, vinda do lado de fora:

— Você disse *no* armário? Com os diabos, sobre o que é que você está falando? O que quer dizer com no armário? Nenhum filho meu poderia... — E neste momento a porta é escancarada. — Oh, oi, Izzy, oi, Simon — diz Monty. — O que diabos vocês estão fazendo no armário?

— O que parece que estamos fazendo, papai?

— Bom, realmente não sei. Vocês dois parecem passar muito tempo em espaços pequenos e restritos. Não acham que deveriam falar com alguém sobre isso? — O rosto de tia Flo aparece ao lado do dele. Ela puxa o braço do irmão.

— Vamos embora, querido. Acho que eles estão tendo um momento particular.

Monty deixa-se ser levado embora, e Flo fecha gentilmente a porta. Podemos ouvi-lo trovejar:

— Um momento particular? Que diabos você quer dizer com isso? — enquanto caminham até o fim do corredor.

Esta pausa permite que eu ponha meus pensamentos em ordem.

— Simon, o que aconteceu com a tomada hostil? — Estou horrorizada comigo mesma por nem ter pensado em perguntar antes. Pego depressa na mão dele. — Você perdeu a casa? Não faz mal, tudo vai ficar bem. Vamos dar um jeito e...

— O que você fez na coletiva de imprensa foi surpreendente — ele diz, brincando com a minha mão.

— O quê? Fazer papel de tola? Eu sou perita nisso.

— A única pessoa com cara de bobo era Rob Gillingham. Ao meio-dia, a diretoria da Wings perdeu o controle da empresa.

— Você quer dizer que tudo deu certo? — pergunto sem fôlego.

— Isso quer dizer que o banco americano finalmente aceitou nossa oferta e nos vendeu suas ações. Não acho que a Wings conseguiria convencê-los a não fazer isso depois de seu ataque de artilharia pesada.

— Então você não vai perder a casa? — pergunto.

Ele balança a cabeça devagar.

— Espero que não. Acho que serei capaz de convencer o banco a esperar até que tenhamos vendido algumas partes da Wings e consolidado o resto da empresa. Talvez até possamos transformá-la na empresa altamente rentável que já foi um dia. Os americanos têm a primeira opção para comprar de volta as ações.

— Quanto tempo vai levar?

— Com sorte, um ano, no máximo um ano e meio. Nada está garantido, mas vamos ter algum dinheiro entrando na empresa agora, vindo de investidores. Não muito, mas o suficiente para viver e retomar a mobília.

— Você vai demitir muita gente?

— Izzy, algumas pessoas vão ter que perder o emprego porque a empresa não está gerando nenhum lucro. Mas não tantas quanto a diretoria atual teria demitido.

— Mas Rob disse que eles não iriam demitir ninguém.

— Ele mentiu. Convenhamos, ele não é uma pessoa famosa pela honestidade, é? Eu lamento ter pensado que você estava passando informações para ele. Estava começando a ficar paranóico. Esta tomada hostil representava tanto para tantas pessoas. Eu soube, assim que você abriu a sua boca lá, que nada daquilo poderia ser verdade.

Ele sorri para mim e meu coração dispara loucamente.

— Será que Gerald vai deixar você trabalhar aqui na fazenda?

— Se eu ainda tiver um emprego.

— Tenho certeza de que terá quando ele ouvir o mundo de coisas que precisam ser feitas. Estou pensando em abrir a casa ao público, abrir um salão de chá, fazer concertos ao ar livre, esse tipo de coisa. Seria perfeito para você. As empresas vão fazer fila para realizar eventos aqui depois desse baile. E eu poderia me aposentar permanentemente das tomadas hostis. Passar uma parte das terras para Will.

— Isso seria fantástico. Eu fico um pouco triste por Will.

— Temos que conversar sobre ele?

Desta vez ele me beija mesmo. O beijo é interminável e mudamos desajeitadamente de posição em nossos caixotes de madeira. Ele desce uma das mãos para o meio das minhas costas e me aperta contra ele. Por fim, nos separamos e nos olhamos por um momento. Acho que nunca vi ninguém tão sexy.

— Simon, e as histórias que andei ouvindo sobre uma advogada? Você está namorando alguém? — pergunto de repente.

— Não estou exatamente namorando. — Eu o fulmino com os olhos. — Ah, Izzy, deixa disso, eu não sou um monge. Posso dizer com segurança que desde que você entrou em cena novamente não falei com ela, muito menos me encontrei com ela. Deixa disso — ele diz me levantando.

— Aonde vamos?

— Você eu não sei, mas preciso finalizar uma aquisição bastante grande.

Saímos do armário e tropeçamos na Sra. Delaney.

Ficamos por um minuto temporariamente cegos com a luz.

— Sra. D.? O que *está* fazendo? — pergunta Simon enquanto nos equilibramos.

— Montando guarda — ela responde ferozmente. — Monty e Flo disseram que vocês estavam aqui, e ele... — ela aponta acusadoramente para Sam, que parece petrificado — ... queria perturbar vocês.

— Oh, hã, obrigado, Sra. D.

— De nada. — Ela funga e marcha de volta para a cozinha.

— Simon, você vem? — pergunta Sam.

— Vou, em um segundo.

Sam sai correndo na nossa frente, vermelho que nem um pimentão.

— Sabia que eu cortei o cabelo por sua causa? — Diz Simon enquanto andamos devagar, de mãos dadas, em direção à sala de estar.

— Foi?

— Sim, lembrei que você disse que achava homens com cabelo curto muito atraentes.

— Você está lindo.

— Você acha que consegue aturar a minha família? Eu sei que eles são um pé no saco, mas fazem parte do pacote.

— Eu adoro a sua família — protesto.

— Ainda bem, porque eles vão se meter em tudo. Vamos estar procurando constantemente por aranhas, dividir a cama com pelo menos sete cães e Harry vai aparecer no meio da noite pedindo contribuições para a arrecadação de fundos dos escoteiros. — Dou uma risadinha. — Dei cinqüenta libras para Harry grudar um pedaço de peixe defumado debaixo do capô do Porsche de Rob.

— Não!

— Pelo menos agora ele vai vencer o concurso. Se não fosse assim, nunca iríamos parar de ouvir falar nisso.

— Estava um pouco chato ouvir o nome de Godfrey Farlington.

— Esta foi provavelmente uma má hora para deixar de fumar, não?

— Na verdade, eu não fumo.

— Jura? Quer um cigarro?

— Você tem um?

— Ahá! Peguei você!

— Não, eu não fumo mesmo. Nunca fumei. Dom é quem fuma.

E, falando no diabo, Dominic aparece. Ele está com meu celular na mão.

— Izzy, eu sinto muito, mas há alguém na linha que insiste em falar com você.

— Quem é? — pergunto.

— Lady Boswell.

Simon pára na porta da sala de estar.

— Lady Boswell? — ele repete. — Da Festa Nórdica do Gelo?

Nossos olhos se encontram. Eu sempre disse que ele podia ler minha mente, porque pega o celular da mão de Dominic.

— Lady Boswell? Aqui é Simon Monkwell... — ele diz suavemente. Ele aperta minha mão e a porta se fecha silenciosamente atrás dele.